ベル・ジャー
著 シルヴィア・プラス
訳 小澤身和子

エリザベスとデイヴィットに

ベル・ジャー

シルヴィア・プラス

一

奇妙で、蒸し暑い夏だった――その夏、ローゼンバーグ夫妻は電気椅子にかけられ、わたしは自分がニューヨークでなにをしているのかよくわからずにいた。処刑に関してはなにも知らない。電気椅子にかけられると考えるだけで気分が悪くなるし、どの新聞にもそのことばかり書かれている――目を見張るような見出しが、通りを曲がり、かびやローストピーナッツの臭いが充満する地下鉄の入り口に差し掛かるたびに、じっとこちらを見ていた。わたしとは関係のないことだけど、考えずにはいられなかった。生きたまま神経の先の先まで焼かれるのはどんな感じなのだろう。

きっとこの世で一番ひどいことに違いない。

ニューヨークはもうじゅうぶんひどかった。朝九時には、どういうわけか夜のあいだに滲み込んできた、ニセモノの田舎の朝露みたいなみずみずしさは蒸発して、甘い夢のおわりみたいに消えていた。灰色のみかげ石の峡谷の底では、太陽が照りつけて熱くなった通りがゆらめき、車のルーフはジリジリと焼け付くくらいまぶしくて、乾いた灰のような砂埃がわたしの目の中に吹きこみ、喉の奥に入っていった。

ローゼンバーグ夫妻のニュースはオフィスのラジオでもずっと耳にしていたから、頭から離れなくなってしまった。初めて死体を見たときもそうだった。そのあと何週間も、死体の顔（あるいはその残骸と言ったほうがいいかもしれない）が、朝食のベーコンエッグや、バディ・ウィラードの顔のうしろにすっと現れるようになった。バディはそもそもわたしに死体を見せた張本人で、そのうちわたしは、その死体の顔をひもでくくりつけて持ち歩いているんじゃないかと思うようになった——あさ黒くて、鼻がもげていて、ヴィネガーみたいな臭いのする風船のように。

あの夏、わたしは自分がどこかおかしいことに気づいていた。頭に浮かぶのはローゼンバーグ夫妻のことや、クローゼットの中で魚みたいにだらりと吊り下がっている、着心地が悪くて高いだけの服を買い続ける自分の愚かさ、そして大学で意気揚々と積み上げていった小さな成功の数々なんて、マディソン・アベニュー沿いに並ぶつるつるした大理石と大きな窓ガラス張りの建物の前では、シューシューと音を立てて消えていくだけということばかりだった。

ほんとうなら、人生を謳歌しているはずだったのに。

ほんとうなら、アメリカじゅうの何千人というわたしのような女子大学生の羨望を集めているはずだった。いつかの昼休みに、〈ブルーミングデールズ〉でわたしが買ったサイズ七のエナメルシューズと、それに合う黒いエナメルのベルトとバッグと同じものを身に着けて、街を歩きたくてたまらない女の子たち。わたしの写真が、わたしを含む十二人の女の子が関わっている雑誌に載ると——大きな雲みたいな白いチュールスカートの上に、露出度の高いシルバーのラメのコルセットを付けて、〈スターライト・ルーフ〉っぽいレストランでマティーニを飲んでいる写真で、撮影のために雇われたか駆り出されたかした、特にこれといった特徴のない、アメリカ人らしい骨格の若い男たちが一緒に写っている――みんなきっと、わたしは目まぐるしい日々を過ごしていると思うはずだ。

さすがアメリカだね、と彼女たちは言うだろう。十九年間も辺ぴな町に住んでいて、雑誌も買えないくらい貧乏だった女の子が、奨学金をもらって大学に行き、あちこちで賞をもらって、しまいには自分の車みたいにニューヨークを自在に操っているんだからと。

でもわたしは、なにも操れてなどいなかった――自分のことですらそうだ。ただ、宿泊しているホテルからオフィスへ行き、パーティーへ行き、パーティーからホテルへ戻ってくると、またオフィスへ行くだけで、なんの感覚もないトロリーバスに乗っているみたいだった。大半の女の子たちみたいに、わたしも興奮したほうがよかったのかもしれないけれど、うまく反応できなかった。心の奥はしんとしていて空っぽだった。竜巻の目はきっとこんな感じだ。ごった返しの騒ぎの中心にいながら、ぼんやりと進んでいく。

宿泊先のホテルには、わたしのような子がほかに十一人いた。

みんな、ファッション雑誌のコンテストで、エッセイや物語や詩やコピーを書いて賞を取り、賞金としてニューヨークでの一ヵ月間の仕事と滞在費のほかに、数えきれないほどの特典（たとえばバレエのチケットやファッションショーのパス、有名な高級サロンでのヘアカット）や、そのほかにも、興味がある分野で成功している人たちと会えたり、顔色を良く見せるためのメイクのアドバイスをもらえたりした。

今でもそのときにもらったメイクセットを持っている。茶色の目と髪をした人に合うものだ。小さなブラシが付いた楕円形の茶色いマスカラ、指先でつけられるくらいの大きさの丸い容器に入ったブルーのアイシャドウ、そして赤からピンクまでの三本のリップが、ふたの裏に鏡がついた金色の小さな箱に入っている。それに加え、色がついた貝殻やスパンコール、そしてビニールでできた緑色のヒトデが縫い付けられている白いプラスチック製のサングラスケースもまだ持っている。

こんなふうに次々とプレゼントがもらえるのは、関連企業にとっては無料広告のようなものだからだとは気づいていたけれど、しらけた目では見れなかった。わたしはただ、湯水のように与えられるプレゼントの数々に夢中だった。その後は長いあいだ、見えない場所に隠していたけれど、しばらくして、わたしがまた大丈夫になったときに取り出してきたから、今でも家のあちこちにある。リップは今もときどき使うし、先週は赤ん坊が遊べるようにと、サングラスケースからビニールのヒトデを切り取ってやった。

そのホテルではわたしを含む女の子が十二人、同じ棟の同じフロアのシングルルームに隣り合わせで泊まっていて、前に住んでいた大学寮を思わせた。そこはいわゆるちゃんとしたホテルではなかった——つまり、同じフロアに男女が入り混じっているようなホテルではなかったということだ。

〈アマゾン〉という名の女性専用のこのホテルに泊まっている女の子たちのほとんどは、わたしと同じ年頃で、男に目をつけられたり騙されたりしない場所に娘を住まわせたいと願う裕福な両親がいた。彼女たちはみんな、帽子とストッキングと手袋を身に着けなければ授業に出られない、ケイティ・ギブスのような気取った秘書の専門学校に通っていたり、あるいはケイティ・ギブスのような学校を卒業して、企業の重役の秘書として働きはじめたばかりだったりして、いつかキャリアがある男と結婚するのを待ち望みながら、ただニューヨークでふらふらしていた。

彼女たちはひどく退屈そうだった。サンルーフの上であくびをしたり、ネイルをしたり、バミューダ島で焼いた肌をキープしようとしたりしている姿を見かけたけれど、究極につまらなそうだった。そのうちの一人と話したら、その子はヨットにも、飛行機であちこち飛び回ることにも、クリスマスにスイスでスキーをすることにも、ブラジルで会った男たちにも飽きていた。

ああいう女の子たちにはうんざりする。羨ましすぎて言葉も出てこない。十九年間、わたしはニューイングランドを出たことがなかった。ニューヨークに滞在することになって初めて外に出られて、絶好のチャンスを得たというのに、わたしはただのんびりと、あふれる水みたいに可能性が指のあいだから漏れていくのを座って眺めていた。

問題のひとつはドリーンだったのではないかと思う。

ドリーンのような子には、それまで会ったことがなかった。彼女は南部にある上流の子が通う女子大の学生で、輝くプラチナブロンドを綿菓子のように顔のまわりにフワフワさせ、青い目は透き通った瑪瑙(めのう)のように固くてなめらかで、なにがあっても壊れなそうで、口元にはいつも人を小馬鹿にするような微笑みを浮かべていた。意地悪な感じではなく、面白がっているような、ミステリアスな笑い方で、まるで彼女のまわりにいる人たちはみんな馬鹿で、その気になれば、いつでもうまいジョークのネタにしてやれるんだから、と言っているみたいだった。

ドリーンはすぐに、女の子たちのなかからわたしを選んだ。ドリーンといると、自分はほかの子たちよりもずっと頭が切れると思えたし、彼女はほんとうに驚くほど面白い人だった。よく会議室でわたしの隣に座っては、オフィスを訪れた有名人たちが話をしている最中にウィットの利いた皮肉を耳元でささやいてきた。

ドリーンいわく、彼女が通っている大学はファッションにとても敏感な子が多く、女の子たちはみんなワンピースと同じ素材のバッグ用カバーを持っていて、着替えるたびにおそろいのバッグみたいにして持つのだそうだ。こうした些細な話にわたしは感動していた。まさに素晴らしく手がかけられた退廃した人生そのもので、わたしは磁石のように惹きつけられた。

唯一ドリーンが大声で怒鳴るのは、わたしが締切までに原稿を仕上げようとするのを邪魔するときだった。

「なにをそんなに一生懸命がんばってるの?」彼女はピーチ色のシルクのガウン姿でわたしのベッドに寝転びながら、ニコチンで黄色くなった長い爪にやすりをかけていて、わたしはベストセラー作家のインタビュー原稿をタイプしている最中だった。

パジャマのこともあった――ドリーン以外の女の子たちは、夏用のコットンのパジャマとキルトの部屋着、あるいはビーチでも着られるタオル地のローブを自宅から持ってきていたけれど、ドリーンは床まで届くくらい長い、ナイロンとレースのすけすけのネグリジェを持ってきていて、静電気で体にまとわりつく、肌と同じ色のガウンを着ていた。少し汗っぽい面白い匂いがして、それを嗅ぐたびにわたしは、指でつぶすとムスクの香りがする、貝殻みたいな形のシダの葉を思い出した。

「原稿が提出されるのが明日だろうが、月曜日だろうが、ジェイ・シーのおばさんにとっちゃどうでもいいことだよ」ドリーンは煙草に火をつけると鼻からゆっくりと煙を吐き、そのせいで彼女の目が隠れた。「ジェイ・シーの醜さは罪だね」ドリーンは淡々と話し続けた。「あのおばさんの老いぼれた旦那は、部屋じゅうの電気を消してからそばに行くようにしてるはずだよ。そうじゃなきゃ吐いちゃうもん」

ジェイ・シーはわたしの上司で、ドリーンの言い分をよそに、わたしは彼女がすごく好きだった。ジェイ・シーは、つけまつげをしてジュエリーをじゃらじゃら着けた、いわゆるファッションフリークのエディターではなかった。外見はものすごく醜かったけれど、知性があるから、そんなことは彼女にとっては大したことではないように思えた。数ヵ国語で記事を読んでいて、この業界の腕のいい書き手は全員知り合いだった。

わたしは、かっちりしたオフィス用のスーツと昼食会用の帽子を脱いだジェイ・シーが、でぶな夫と一緒にベッドにいるところを想像しようとしたけれど、できなかった。ベッドで人が一緒に寝ているところを想像するのは、いつもすごく難しかった。

ジェイ・シーはわたしになにかを教えたがっていた――わたしが出会う年上の女性はみんなそうだ。でも急に、彼女たちに教えてもらうことなんてなにもないと思えてきた。わたしはタイプライターのふたを下ろして、カチッと音を立てて閉めた。

ドリーンがにやりとした。「おりこうだね」

誰かがドアを叩いた。

「誰?」わたしはあえて立ち上がらずにそう答えた。

「私だよ、ベッツィー。パーティーに行かないの?」

「たぶんね」わたしはまだドアまで行こうとしなかった。

カンザスからそのまま連れてこられたみたいなベッツィーは、ブロンドのポニーテールを弾ませ、映画『シグマ・カイの恋人』の主人公みたいな笑顔をいつもふりまいていた。あるとき、ピンストライプのスーツを着たあごの青いプロデューサーのオフィスにベッツィーと二人で呼ばれて、テレビ番組向きのネタがないかと聞かれたことがあった。そこでベッツィーは、カンザスのとうもろこしには男と女があることについて話しはじめた。どうでもいいとうもろこしの話をあまりに興奮してまくしたてるものだから、プロデューサーも目に涙を浮かべて喜んでいたけれど、残念だけどその話は使えないな、と言われていた。

しばらくして、美容担当のエディターが説得してベッツィーに髪を切らせ、雑誌の表紙を飾らせた。今でもときおり、「○○の妻はＢ・Ｈ・ウラッグを着る」といった美しい妻をイメージした広告記事でにこにこ笑う彼女をみかける。

ベッツィーはいつも、まるでわたしを救おうとでもしているみたいに、彼女やほかの女の子たちと一緒になにかしようと誘ってきた。でもドリーンのことは一度も誘わなかった。かげでドリーンはベッツィーを、田舎者のポリアンナと呼んでいた。

「私たちと一緒にタクシーで行く？」ベッツィーがドア越しに尋ねてきた。

ドリーンは首を振った。

「ううん、大丈夫」とわたしは答えた。「ドリーンと一緒に行くから」

「わかった」パタパタとベッツィーが廊下を去っていく音が聞こえた。

「いやになったら帰ればいいんだから」ドリーンは、わたしのベッド脇にある読書灯のスタンド部分で煙草をもみ消しながら言った。「それから街へ繰り出そうよ。ここでやるパーティーって、学校の体育館でやってた古臭いダンスパーティーみたい。なんでいつもイェール大の男ばっかり集めるわけ？　馬鹿ばっかりなのに！」

バディ・ウィラードもイェール大に通っていたけれど、今思えば、彼が変だったのは馬鹿だったからなのかもしれない。まあ、なぜか成績は良かったし、グラディスって名前のケープコッドに住むろくでもないウェイトレスと関係を持っていたけれど、これっぽっちも直観力がなかった。でも、ドリーンは違う。彼女が口にすることはなんでも、わたしの心の奥底から聞こえてくる秘密の声みたいだった。

わたしたちは、劇場へ向かう人たちの車の渋滞に身動きが取れなくなっていた。乗っていたタクシーは一台前のベッツィーたちが乗っているタクシーと、一台後ろのほかの女の子四人が乗ったタクシーに挟まれたまま、少しも動けずにいた。

ドリーンは美しかった。ストラップレスの白いレースのドレスをぴったりしたコルセットの上にジッパーを締め上げて着ていて、そのせいで体の真ん中がくびれて、その上も下の部分も見事なくらい膨らみ、薄くパウダーがはたかれた肌はブロンズ色に輝いていた。そして、まるで香水店の中にいるのかと思うくらいきつい香水をつけていた。

わたしはシルクの細身のワンピースを着ていた。四十ドルで買ったものだ。ニューヨークに行ける幸運を引き寄せた一人が自分だとわかったときに、奨学金の一部を使って派手に買い物をして手に入れた。すごく変わったスタイルのワンピースで、下にはどんなブラも付けられなかったけれど、わたしは少年のように細くて、ほとんど揺れるものがない体をしていたから、大して問題にならなかったし、蒸し暑い夏の夜は、むしろ裸に近いほうが良かった。

でも、都会で暮らしているせいで、日焼けが褪せてきていた。肌が黄色くて中国人みたいだった。普段なら、着ているワンピースや変な肌の色が気になってしかたなかっただろうけれど、ドリーンと一緒にいるとそんなことは忘れてしまった。ものすごく賢くて、シニカルな人間になった気がした。

青いダンガリーシャツと黒いチノパンに、型押しされた革のウエスタンブーツを履いた男が、バーのストライプの日除けの下で、わたしたちのタクシーを目で追っていた。彼がこちらへゆっくりと近づいてきても、なんの期待もしなかった。彼の目的は間違いなくドリーンだからだ。男は渋滞で停まっている車と車のあいだを縫うようにやってくると、愛嬌をふりまきながら、わたしたちのタクシーの開いた窓に寄りかかってきた。

「ねえ、ちょっと訊きたいんだけど、こんな素敵な夜に、きみらみたいな素敵な女の子たちが二人きりでタクシーに乗って、なにしてるの？」

そうして彼は真っ白な歯を見せて、歯磨き粉のコマーシャルみたいに笑みを顔いっぱいに広げた。

「パーティーに向かうところなの」わたしは、うっかり口走ってしまった。ドリーンが急に黙りこくって、白いレースのバッグカバーを興味なさそうにいじりはじめたからだ。

「なんだか、つまらなそうだな」と男は言った。「それより、あそこのバーで一緒に飲まない？友達もいるんだ」

そしてバーの日除けの下で前かがみで立っている、カジュアルな服装の男たちのほうをあごで指した。男たちはさっきから彼のことを目で追っていて、彼が視線を返すと急に笑いはじめた。

その笑い声を聞いて、警戒するべきだった。低俗で知ったかぶりの男がするような笑い声だったのに、渋滞にはまっていた車がまた動きだしそうで、わたしはこのままタクシーの中にいたら数秒後には、雑誌社の人たちが念入りに計画してくれたのとは違うニューヨークを見られるチャンスを逃したことを、後悔するはずだと思ってしまった。

「どうする、ドリーン？」わたしは尋ねた。

「どうする、ドリーン？」男はそう繰り返すと、また大きな笑顔を見せて言った。今でも、笑っていないときの彼の顔を思い出せない。きっと、ずっと笑っていたのだろう。彼にとっては、あんなふうに笑っているのが自然だったに違いない。

「別に、いいけど」とドリーンはわたしに言った。わたしはドアを開け、ちょうどまた少しずつ動きだしたタクシーから二人で一緒に降りて、バーに向かって歩きはじめた。

キーッというひどいブレーキ音に続いて、ドン、ドンと鈍い音がした。

「おい！」わたしたちが乗っていたタクシーの運転手が、怒りで紫色になった顔を窓から出して怒鳴っていた。「なに考えてんだよ!?」

その運転手が急に車を止めたせいで、後ろのタクシーが思い切りぶつかってきたのだ。中に乗っていた四人の女の子たちは、手足をうねらせながら、なんとか床から這い上がろうとしていた。

男は笑うと、わたしたちを歩道に残したまま、クラクションが鳴り響き怒鳴り声が飛び交うなかへ戻っていって運転手に金を握らせた。そうして女の子たちを乗せたタクシーが一台ずつ列になって動きはじめた。まるでプライズメイドしかいない披露宴みたいだった。

「来いよ、フランキー」男が仲間の一人に声をかけると、背の低い、しみったれた男がやってきて、わたしたちと一緒にバーに入った。

その人は、わたしにとって我慢ならないタイプの男だった。靴を脱いでストッキングだけになっても一七八センチも身長があるわたしは、背の低い男とならぶときはいつも少し猫背になって腰をかがめ、おしりの片側を上げて反対側を下げて、少しでも背を低く見せようとする。でもそのたびに、サーカスの余興をしているみたいに、ぶざまで暗い気分になるのだ。

一瞬、身長に合わせて二組に分かれられたらいいのにと、むちゃくちゃなことを願った。そうすれば、最初に話しかけてきた男と一緒にいられると思ったのだ。彼は一八〇センチを軽く超えていた。でもすぐにドリーンと先に行ってしまい、わたしのことは見向きもしなかった。フランキーが肘のあたりにちょっかいを出してきたけれど、わたしは気づかないふりをして、ドリーンのそばに座った。

バーの中はとても暗くて、ドリーン以外はほとんどなにも見えなかった。プラチナブロンドと白いワンピースのせいか、彼女は全身真っ白で銀色に光っていた。バーにかけられたネオンサインが反射していたのだろう。これまで一度も見たことのない人の写真のネガのような彼女の影に、自分が溶けていくように思えた。

「ねえ、なに飲む?」大きな笑顔を浮かべて、男が言った。

「私はオールドファッションにしようかな」とドリーンはわたしに言った。

お酒を注文するときはいつも困ってしまう。ジンとウィスキーの違いもわからなかったし、美味しいと思える飲み物を注文できたためしがなかった。バディ・ウィラードやほかの大学の男の子たちは、たいていハードリカーを買うお金がなかったし、お酒を飲むこと自体を軽蔑していた。お酒も飲まず、煙草も吸わない大学生の男の子がなんと多いことか。わたしはその全員を知っているんじゃないだろうか。バディ・ウィラードは、無理してわたしたちにデュボネを一瓶おごってみせたことがあったけれど、あれだって、ただの医学生でも良いものはわかるってことを証明するためだった。

「ウォッカにする」とわたしは言った。

男はわたしをじっと見つめると、「なんで割る?」と訊いてきた。

「そのままで」とわたしは答えた。「いつもそのままで飲むから」

氷やジンやなにかで割って飲むと言ったら、馬鹿にされると思った。以前見たウォッカの広告には、青い光に包まれた雪の吹き溜まりの真ん中に、グラスにたっぷりと注がれたウォッカが置かれていた。ウォッカは水みたいに透き通っていたから、そのままでウォッカを飲んでも問題ないだろうと思った。頼んだお酒を飲んでみたら美味しかった、なんてことが起きればいいのに。

ウェイターがやってくると、男は四人分の飲み物を注文した。いかにも都会らしいバーで牧場にいるみたいな服装ですっかりくつろぐ彼を見て、この人はもしかすると有名人なのかもしれないと思った。

　ドリーンはなにも言わずにコルクのコースターをいじっているだけで、しまいには煙草に火までつけはじめたけれど、男はちっとも気にしていないようだ。彼女のことを見つめ続けているその姿は、動物園で大きなコンゴウインコを見つめて、なにか言うのをじっと待っている人みたいだった。

　注文したものがやってくると、わたしのお酒は透き通っていて、前に見たウォッカの広告とそっくりだった。

「仕事はなにをしてるの？」ぼうぼうに生えたジャングルの草に取り囲まれているような沈黙を破るみたいに、わたしは男に尋ねた。「ここ、ニューヨークでなにをしてるの？　ってことだけど」

　男はゆっくりと、大変なことを強いられているかのように、ドリーンの肩から目を離した。

「ＤＪなんだ」と彼は言った。「きっときみも知ってるんじゃないかな。レニー・シェパードって名前でやってる」

「私、知ってる」とドリーンが急に口を開いた。

「それはなによりだ、ハニー」と男は言って、笑いだした。「有名ってのも、役に立つもんだな。実は僕はめちゃくちゃ有名だからね」

レニー・シェパードは、フランキーの顔をしげしげと見ていた。

「ねえ、二人はどこから来たの?」フランキーが急に座り直して言った。「きみの名前は?」

「この子はドリーン」レニーはドリーンのむき出しの腕に手を回して、軽くぎゅっとしながら言った。

ドリーンが彼にされていることに気づいていながら、なにも言わなかったことには驚いた。ただじっと座ったまま、髪をブリーチしてブロンドにした黒人女が白いワンピースを着ているみたいな浅黒い肌をして、優雅にお酒をすすっていた。

「わたしはエリー・ヒギンボトム」と名乗ってから「シカゴから来たの」とわたしは付け加えた。そういうことにしておけば、安心に思えた。その夜に言ったりやったりすることを、ほんとうのわたしや本名、ボストン出身であることと結びつけたくなかった。

「そしたら、エリー。少し踊らない?」

オレンジ色のスエードの厚底靴を履いて、安っぽいTシャツの上によれよれの青いジャケットを着たちんちくりんな男とダンスをするなんて、考えただけで笑えた。この世界で見下すものがあるかと訊かれれば、青い服の男と答えるだろう。黒でも灰色でも茶色だっていい。でも青い服は笑うしかない。

「そんな気分じゃないから」わたしはそう冷たく言い放つと、彼に背を向けて、ドリーンとレニーのほうに椅子を引き寄せた。

二人はもう、何年もお互いのことを知っているような雰囲気になっていた。ドリーンはグラスの底に沈んでいるフルーツを、銀色の細長いスプーンですくい上げようとしていて、レニーはドリーンがスプーンを口に運ぶたびに甘えたような不満の声をあげ、犬のふりなのか、じゃれるような仕草でスプーンからフルーツを落とそうとしていた。ドリーンはくすくす笑いながら、フルーツをすくい続けた。

わたしは、ウォッカこそわたしのお酒だと思いはじめていた。これまで飲んだどのお酒にも似ていなかったけれど、マジシャンが剣を飲み込んでいくみたいにまっすぐ胃の中に流れていって、力がみなぎり、神になったような気分だった。

「俺はもう行くよ」フランキーが立ち上がった。

バーが暗くて彼の顔ははっきりと見えなかったけれど、そのとき初めて、彼の声が馬鹿みたいにかん高いことに気づいた。誰も彼のほうを見なかった。

「おい、レニー、おまえ、俺に借りがあるだろう。覚えてないのか？　借りの話だよ。わかってんのか？」

フランキーが見ず知らずのわたしたちの前でレニーに借りを返せと言うのは変だと思った。でもフランキーが立ったまま、何度も同じことを繰り返すので、ついにレニーはポケットに手を突っ込んで、緑色のドル札を丸めたぶ厚い束を取り出すと、そこから一枚剝がしてフランキーに渡した。あれは十ドル札だったはずだ。

「いいから、とっとと消えろよ」

一瞬、レニーはわたしにもそう言っているのかと思ったけれど、ドリーンが「エリーが行かないなら私も行かない」と言うのが聞こえた。エリーという偽名でドリーンがわたしを呼んだのには、やるなと思った。

「ああ、そうか。エリーも来るよ。そうだろ?」レニーはわたしにウィンクをした。

「いいよ、行く」とわたしは答えた。フランキーは意気消沈して夜の街に消えていったことだし、わたしはドリーンについて行こうと思った。見られるだけのものを見ておきたかった。

わたしはきわどい状況にいる人のことを観察するのが好きだった。たとえば交通事故や街頭でのケンカ、実験用のガラス容器（ジャー）の中でアルコール漬けにされた赤ん坊が目に飛び込んできたら、立ち止まってじっと見入ってしまい、忘れられなくなった。

この方法でなければ学べなかったことをたくさん学んだし、たとえそれでショックを受けたり、気分が悪くなったりしても絶対に表には出さず、その代わりに、まるではじめからわかっていたようなふりをした。

二

なにがあっても、レニーの家に行こうと思っていた。

ニューヨークのアパートメントということを除けば、彼の部屋は農場の小屋にそっくりだった。空間を広くするために仕切りを取り払い、壁にはパイン材を貼り、馬蹄の形をしたカウンターは特別におそろいの木材で取り付けてもらったそうだ。床もパイン材だったと思う。

足元には大きな白い熊の毛皮が敷かれていて、家具はインド製のラグマットがかけられた低いベッドが何台もあるだけだった。壁には絵の代わりに、鹿やバッファローの角や剝製にされたウサギの頭が飾られていた。レニーは、そのおとなしい小さな灰色の鼻先と、ジャックラビット特有の硬い耳を親指でさして言った。

「ラスベガスで轢いちゃってさ」

レニーが部屋を歩くと、履いているウエスタンブーツがピストルの銃声のような音を響かせた。

「音響効果だよ」と言う彼の姿はどんどん小さくなって、遠くに見えるドアから消えていった。

すると突然、四方八方から音楽が鳴りはじめた。そして止んだと思ったら、レニーの声が聞こえてきた。「十二時のディスクジョッキー、レニー・シェパードがお届けする、ポップ・ミュージックのザ・トップテン。ほろ馬車隊が選ぶ今週の第十位は、黄色い髪のかわい子ちゃんが最近すっごく聴いていているはずの、この曲。唯一無二の名曲、『ひまわり』（カンザスの州花）！」

　わたしはカンザス生まれ、カンザス育ち
　結婚もカンザスでするんだろう……

「変なやつ！」とドリーンは言った。「あいつ、変じゃない？」

「そうだね」わたしは言った。

「ねえ、エリー、お願いがあるんだけど」彼女はまるで、エリーがわたしのほんとうの名前だと思い込んでいるみたいだった。

「なに？」

「そばにいてよね、いい？　あいつが変なことをしようとしてきたら、勝てる見込みはないからさ。あの筋肉見たでしょ？」そう言ってドリーンはくっくっと笑った。

　レニーが奥の部屋から突然出てきた。「この部屋には二万ドル相当の録音機材があるんだぜ」そして彼はふらりとバーカウンターへ行くと、三つのグラスと銀の氷入れ、そして大きなピッチャーを並べて、数種類の瓶からお酒を混ぜはじめた。


　待っているねと約束してくれた真っ青な目をしたかわいい子ちゃん

「最高だろ?」レニーは三つのグラスをバランスを取りながら運んできた。グラスの表面には、大きな水滴が汗のように浮き出ていて、グラスを渡すと氷がカランと音を立てた。ギターを掻き鳴らす音で曲が終わると、次の曲を紹介するレニーの声が聞こえた。

「自分の声を聞くのって、格別だよな。まぁ、それはそうと」レニーは視線をじっとわたしに注ぎながら言った。「フランキーはそそくさといなくなっちまったから、きみのために誰か呼んだほうがいいな。仲間に電話するよ」

「大丈夫」とわたしは答えた。「別に、そんなことしなくていいから」単刀直入に、フランキーよりも何サイズか大きい人を呼んでほしいとは言えなかった。

レニーはほっとしたようだった。「きみがいいならいいけど。ドリーンの友達に失礼なことはしたくないからさ」そして、白い歯を剥き出してドリーンに満面の笑みを見せた。「そうだろ、ハニーちゃん?」

レニーはドリーンに手を差し出すと、二人はなにも言わずにグラスを手に持ったまま、ジルバを踊りはじめた。

わたしは近くのベッドの上で足を組んで座ると、熱心だけど平然と見えるように心がけた。以前見かけた、アルジェリア人のベリーダンサーを見物していたビジネスマンみたいに。でも、ウサギの剥製がかかっている壁にもたれかかったとたん、ベッドがずれて部屋の真ん中へ向かって動きはじめたので、代わりに床に敷かれた熊の毛皮の上に座ってベッドにもたれかかることにした。

　お酒がまずくていやだった。飲むたびに、ますます澱んだ水のような味になっていった。グラスの真ん中あたりには、黄色の水玉模様がついたピンクの投げ縄のイラストが描かれていた。投げ縄の一センチ下くらいまで飲んでからグラスを置き、しばらくしてまた飲もうとすると、水量がまた投げ縄のところまで増えていた。

　カウボーイについて歌った曲に合わせて歌うレニーの声が、部屋じゅうに鳴り響いた。「ワイオ、ワイオ、ワイオミングから出たことがあるかって？」

　曲と曲のあいだの音楽が鳴っていないときも、二人はジルバを踊り続けていた。わたしは赤いラグや白い毛皮やパイン材を背景に、自分が小さな黒い点に縮んでいくように思えた。地面に開いた穴になったような気分だった。

　お互いにどんどん夢中になっていく二人を見ているのには、やるせないものがある。ましてや同じ部屋にいるおじゃま虫が自分だけの場合はとくに。

　それは特急列車の車掌車から遠ざかっていくパリを眺めるのに似ている——一刻一刻と街は小さくなっていくけれど、実際に小さくなっているのは自分自身のような気がして、街のきらめきや喧騒から時速一六〇キロという猛烈な速さで離れていきながら、ますます寂しさを募らせていくのだ。

レニーとドリーンはときどき体をぶつけ合い、キスをしたかと思うと、さっと体を引いてごくごくとお酒を飲み、また体をくっつけ合った。いっそのこと、ドリーンがホテルに戻る気になるまで、熊の毛皮の上で横になって寝ていようかと思った。

そのとき、レニーがひどいうめき声をあげた。体を起こして見てみると、ドリーンがレニーの左の耳たぶに嚙み付いていていた。

「やめろよ、ビッチ!」

レニーが身をかがめてドリーンを肩に担いだはずみで、彼女のグラスは長い大きな弧を描き、床のパイン材にあたってコツンと音を立てた。レニーはまだうめき声をあげながら、くるくる回転していて、ドリーンの顔はよく見えなかった。

誰かの目の色に気づくみたいにごく普通に、ドリーンの胸がドレスから飛び出しているのに気づいた。レニーの肩の上で腹ばいになったまま彼女が足をバタバタさせて叫び声をあげるたびに、胸は大きな茶色いメロンみたいに少し揺れた。でもそのうち二人は突然笑いはじめて、だんだん回る速度がゆるやかになり、今度はレニーがスカートの上からドリーンのおしりに嚙みつこうとしたので、わたしはそれ以上のことがはじまらないうちに玄関から外に出て、両手で手すりにしがみつきながら、半分滑るようにして、やっとのことで下の階に降りていった。

ふらふらと歩道に出てはじめて、レニーの家には冷房がかかっていたことに気づいた。一日じゅう歩道が吸い上げていた熱帯のような蒸し暑さが、侮辱の最後のとどめを刺すかのように顔を打ちつけてきた。自分がどこにいるのか、見当もつかなかった。

一瞬、タクシーを拾ってパーティーに行くことも考えたけれど、結局やめた——ダンスはもう終わっているだろうし、紙吹雪や煙草の吸殻やくしゃくしゃにされた紙ナプキンが散乱する、誰もいないがらんとした倉庫で一日を終えるのは気が引けた。

わたしは一番近い角まで、左側にある建物の壁を人差し指の腹でなぞって体のバランスを取りながら、慎重に歩いていった。標識に目をやり、バッグの中からニューヨークの地図を取り出した。今いる場所は、ホテルまでちょうど縦に四十三ブロック、横に五ブロックのところだった。

歩くのはまったく苦にならなかった。小さな声でブロックを数えながら、行くべき方向に進んでいくと、ホテルのロビーに着いたころには完全に酔いが覚めていた。足が少しむくんでいたけれど、それは面倒くさがってストッキングを履かなかった自分のせいだった。

ロビーはがらんとしていて、明かりの付いた小さなブースの中で、客室のキーをかけるフックや鳴らない電話に囲まれながら夜勤のフロント係の男が居眠りしているだけだった。

自動のエレベーターに滑り込むと、自分の階のボタンを押した。ドアは音の出ないアコーディオンみたいに折りたたまれて閉まった。耳がキーンとした。すると、アイメイクがにじんだ中国人の女が、わたしの顔を馬鹿みたいにじっと見つめているのに気づいた。もちろん、そこにいるのはわたしだけだった。疲れ切って、しかめつらをした自分の姿に愕然とした。

廊下には誰の姿もなかった。自分の部屋に入ると、中は煙が充満していた。最初、わたしを裁くために煙がどこからともなく現れたのかと思ったけれど、ドリーンが吸った煙草のことを思い出して、窓の換気口を開けるボタンを押した。ホテルの窓は開けて外に身を乗り出したりできないようにはめ殺しになっていて、わたしはなぜかそのことに激しい怒りを覚えた。

窓の左側に立って木枠に頬を押し付けるとダウンタウンが見え、端のほうでは国連の建物が暗闇のなかで、不気味な緑色をした火星の蜂の巣みたいに均整を保っていた。車道では赤と白のライトが動いていて、橋には明かりも見えたけれど、なんていう橋なのかはわからなかった。

あまりの静けさに気分が塞いだ。あたりを包む静寂の静けさではなく、わたしのなかにある静けさに。

車は音を立てて走っているし、車の中や建物の明かりのついた窓の向こうにいる人々も音を立て、ハドソン川だって音を立てているのはよくわかっていたけれど、なにも聞こえなかった。ニューヨークの街は、わたしの部屋の窓に貼られたポスターみたいに平坦で、きらきら輝いたり点滅したりしていたけれど、結局この街では思うようにはいかなかったから、実際にそこにあってもなくても同じかもしれない。

ベッドサイドに置かれた陶器みたいに白い電話機は、わたしを色んなものとつなげてくれることだってできるはずなのに、死を象徴するみたいにそこでじっと黙りこくっている。電話番号を教えた人たちの顔を思い浮かべれば、これからかかってくるかもしれない電話の相手を一覧にできるかもしれないと思ったけれど、思いつくのはバディ・ウィラードの母親くらいで、しかもそれは、国連で働く彼女の知り合いの同時通訳者に教えるから、と言われたからだった。

わたしは乾いた笑い声を小さく漏らした。

ウィラードさんが紹介してくれようとしている同時通訳者が、どんな人なのかは想像できた。彼女はニューヨーク州北部で結核の治療を受けている息子のバディとわたしをずっと結婚させたがっていた。息子が寂しくならないようにと、その夏にわたしが結核療養所でウェイトレスの仕事ができるように手配までしていた。ウィラードさんもバディも、なぜわたしがニューヨーク・シティに行くことを選んだのか、理解できなかったようだ。

ホテルの部屋のドレッサーの上にある鏡は少しゆがんでいて、銀色が強かった。そこに映った顔は、歯医者が詰め物に使う水銀の玉に映る影みたいだった。ベッドのシーツのあいだにもぐりこんで寝てしまおうとも考えたけれど、それは書き込みすぎて汚くなった手紙を、新しいまっさらな封筒に入れるのと同じくらい気が進まなかった。そこで熱いお風呂に入ることにした。

熱いお湯に浸かっても治らないことはたくさんあるはずだけど、わたしはあまり知らない。死にそうなほど悲しいとき、あまりにも不安で眠れないとき、一週間も恋人に会えないとき、とことん落ち込んでからわたしはこう言うのだ。「熱いお風呂に入ろう」

バスタブの中では瞑想する。お湯はとても熱くて足を入れるのがやっとくらいがいい。ゆっくりと体を沈めていき、首までお湯に浸かる。

今まで体を伸ばしたことのあるバスタブの天井はどれも覚えている。質感やひび割れ、色、染み、照明——もちろん、バスタブも。高級感のあるアンティークの脚がついたもの、モダンな棺桶みたいな形のもの、室内につくられたスイレンの池を見下ろすピンクの大理石でできた派手なもの、蛇口の形や大きさ、さまざまなソープホルダーも覚えている。

熱いお風呂に入っているときが一番、自分自身を感じられる。

ジャズやニューヨークの喧騒よりもさらに高いところ——女性専用ホテルの十七階にあるバスタブの中で一時間近くお湯に浸かりながら、自分自身がふたたび浄化されていくのを感じていた。洗礼やヨルダン川の水など、そんなものは信じていないけれど、信心深い人たちが聖水に感じるのと同じようなものを、わたしは熱いお風呂に感じるのだと思う。

わたしは自分に言い聞かせた。「ドリーンは消えていく、レニー・シェパードは消えていく、フランキーは消えていく、ニューヨークは消えていく。みんな消えてなくなって、どうでもよくなる。あんな人たちのことは知らないし、知りあいになったこともないし、わたしはなんの汚れもない。飲んだお酒も、見てしまったねちっこいキスも、帰り道に肌についた汚れも、ぜんぶ純粋なものに変わっていくからね」

透明なお湯に長く浸かっていればいるほど、汚れが落ちていくように思えた。ようやくバスタブから出て、大きくて柔らかな白いバスタオルに身をつつむと、生まれたての赤ん坊のように純粋で優しい気持ちになった。

どのくらい長く眠っていたのだろう。ノックの音で目が覚めた。最初は気にしていなかった。というのも、ドアを叩いている人は「エリー、エリー、エリー、中に入れて」と言い続けているけれど、わたしはエリーなんて人は知らなかったからだ。でもしばらくすると、最初の鈍いドンドンというノック音に混じって、コンコンという軽い音が聞こえてきて、もっとはっきりした声で「グリーンウッドさん、お友達がドアを開けてほしいそうです」と言うのが聞こえ、そこでようやく、ドアを叩いているのがドリーンだと気づいた。

わたしは飛び起きると、暗い部屋の中で少しめまいを覚えながら体のバランスをとった。こんなふうに起こそうとするドリーンに怒りを覚えた。あんな侘しい夜から抜け出せる唯一のチャンスは、ぐっすり眠ることだけだったのに台無しだ。眠ってしまっていることにすれば、ノックの音はやんで静かになるかもしれないと思って、少し待ってみたけれど、音は一向にやまなかった。

「エリー、エリー、エリー」と最初の声がつぶやき、もうひとつの声は「グリーンウッドさん、グリーンウッドさん、グリーンウッドさん」と責めるような口調で名前を呼び続けていた——まるでわたしのなかにもう一人の人格がいるみたいに。

ドアを開けると、廊下の明るさに思わずまばたきした。夜でも昼でもなく、そのあいだに突然滑り込んできて、永遠に終わらない、うす気味悪いみっつ目の時間帯のように思えた。

ドリーンはドア枠にへばりついていて、わたしが出ていくと、腕のなかに倒れ込んできた。頭が胸のあたりまで垂れていて、ごわごわしたプラチナブロンドが黒い根元からフラダンスの衣装みたいに垂れ下がっていたから、顔は見えなかった。

ずんぐりとして背が低く、うっすらと口ひげを生やした黒い制服姿の女性がそばにいるのに気づいた。わたしたちが泊まっている階にある従業員で混み合った小部屋で、ワンピースやパーティードレスにアイロンをかける夜勤のメイドだった。なぜドリーンを知っているのか、なぜ静かに彼女の部屋に案内しないで、ドリーンと一緒にわたしを起こそうとしたのかはわからなかった。

わたしの腕に支えられて、何度かしゃっくりをする以外はおとなしくしているドリーンを見ると、メイドは年季の入ったシンガー製のミシンと白いアイロン台が置かれた仕事部屋へ向かって廊下を大股で歩いて戻っていった。わたしはあとを追いかけて、ドリーンとはなんの関係もないと言いたい気持ちに駆られた。彼女は昔ながらのヨーロッパ移民みたいに、厳格で働き者で道徳的に見えたし、オーストリア人の祖母を思い出させたからだ。

「横にならせて、横に」とドリーンはつぶやいた。「とにかく横になりたいの、横に」

このまま彼女を抱えて部屋の敷居をまたいで中に入り、わたしのベッドに寝かせてしまえば、もう二度と彼女から離れられないとわたしは思った。

ドリーンの体は温かく、わたしの腕に預けられた部分は枕をいくつか重ねたみたいに柔らかかったけれど、ピンヒールを履いた足はだらりと垂れて床を引きずっていた。長い廊下を抱えて歩くには、とてもじゃないが重すぎる。

こうなったら、ドリーンを廊下のカーペットの上に置き去りにして、自分の部屋のドアを閉めて鍵をかけてまた寝るしかない。ドリーンは目を覚ましても、なにがあったか覚えていないだろうし、わたしが寝ているあいだにこの部屋の前で寝てしまったんだと思って、自力で起き上り、お行儀よく自分の部屋に戻っていくだろう。

緑色の廊下のカーペットの上にそっとおろそうとすると、ドリーンは低いうめき声をあげてわたしの腕から前にのめりだした。その途端、口から茶色い嘔吐物がいきおいよく飛び出してきて、わたしの足元に大きな水たまりができた。

すると急に、ドリーンの体がもっと重たくなった。見ると、垂れた頭が嘔吐物に突っ込んでいて、プラチナブロンドが沼地の木の根っこのように水たまりの中に垂れていた。すっかり眠ってしまったようだった。わたしは身を引いた。わたしも半分眠っていたのかもしれない。

その夜、これからどうドリーンと付き合っていくかを決めた。彼女をよく見て、言うことには耳を傾けるけど、心の奥底ではいっさい関わらないようにしよう。心のなかでは、ベッツィーや彼女の純粋な友人たちに忠実でいよう。わたしが似ているのは、実はベッツィーなのだから。

音を立てずに後退りして部屋の中に戻ると、わたしはドアを閉めた。考え直して、鍵はかけないことにした。さすがにそこまではできなかった。

翌朝、陰うつなにぶい暑さのなかで目を覚ますと、服を着替えて冷たい水で顔をさっと洗い、リップをつけて、ドアをゆっくりと開けた。このときはまだ、ドリーンが嘔吐物にまみれて横たわっているところを想像していたのだと思う――わたしの醜い本性を示す確固たるあかしとして。

でも廊下には誰もいなかった。端から端まで敷かれたカーペットは、清潔でどこまでも緑色が続いているみたいに見えたけれど、わたしの部屋のドアの前には、誰かがうっかりグラスの水をこぼしたのを叩いて乾かそうとしたような、黒い変なしみがうっすらとついていた。

三

雑誌『レディース・デイ』のパーティー用テーブルには、半分に割られた黄緑色のアボカドにカニ肉のマヨネーズ和えを詰めたものや、レアに焼かれたローストビーフや冷製チキンが載った大皿が並べられ、その合間にカットグラスのボウルに盛られたブラックキャビアが置かれていた。その日の朝は、ホテルのカフェテリアで朝食をとる時間がなくて、煮詰まって鼻が曲がるほど苦くなったコーヒーを飲んだだけだったから、わたしはすごくおなかがすいていた。

ニューヨークに来るまでは、ちゃんとしたレストランで食事をしたことなどなかった。〈ハワード・ジョンソン〉の店はそのなかには入らないだろう。あそこではバディ・ウィラードみたいな人たちと一緒に、フライドポテトやチーズバーガーを食べてバニラ・フラッペを飲んだだけだ。なぜだかわからないけれど、わたしはなによりも食べることが好きなのに、いくら食べても太らない。ある時期を除いて、十年間体重は同じままだ。

とりわけ好きなのは、バターやチーズ、それにサワークリームをたっぷり使ったものだ。ニューヨークでは、雑誌社の人たちやオフィスを訪れたセレブリティを囲む無料の昼食会が頻繁に開かれていたこともあり、つい手書きの大きなメニューに目を走らせる癖がついてしまった。エンドウ豆を使ったサイドディッシュが五十セントあるいは六十セントなどと書かれていて、わたしはそのなかでも一番豪華で値段が高い料理を選んでは、次々と頼んでいった。

わたしたちの食事はいつも経費でまかなわれていたから、罪悪感を覚えることはなかった。なるべく早く食べることを心がけていたので、ほかの人たちを待たせる心配もなかった。それに、彼女たちはたいていダイエット中で、シェフの気まぐれサラダやグレープフルーツジュースしか頼まなかったし、ニューヨークで出会った人はほとんど体重を減らそうとしていた。

「最高にかわいらしくて頭のいい若い女性たちをお迎えできて、うちのスタッフはなんてラッキーなんでしょう」と、でっぷりとした頭の禿げた幹事の男が、襟元に付けたマイクに向かってぜえぜえと息を切らしながら言った。「我々『レディース・デイ』のフード・テイスティング・キッチンのコーナーは、みなさまへの感謝の気持ちを込めて、ほんのささやかなおもてなしのしるしに、本日の会を設けさせていただきました」

上品な淑女らしい拍手がぱらぱらと起きると、わたしたちはいっせいにリネンがかけられた巨大なテーブルについた。

その部屋には、同じ雑誌社で働くわたしたち十一人の女の子と、面倒を見てくれている大半の編集者たち、そして衛生的な白いスモックを着て、きちんとヘアネットをつけ、揃ってピーチパイみたいな色の完璧なメイクをした『レディース・デイ』のフード・テイスティング・キッチン担当のスタッフ全員が集まっていた。

十一人しか女の子がいなかったのは、ドリーンがいなかったからだ。彼女の席はなぜかわたしの隣に準備されていたけれど、椅子は空いたままだった。わたしは、テーブルに置かれた名札をドリーンのために取っておいてあげることにした――ポケットミラーになっていて、上のほうにはレースのような飾り文字で「Doreen」と書かれている。そして鏡のまわりにはリースみたいにデイジーの花がつや消しのペイントで描かれていて、銀色の穴を覗き込むとそこに顔が映るようになっていた。

ドリーンはその日、レニー・シェパードと一緒だった。その頃には、自由時間の大半をレニーと過ごすようになっていた。

『レディース・デイ』――毎月異なるテーマと場所を設定して、色とりどりの食事を見開き二ページにわたってカラーで贅沢に紹介することで知られる女性誌――の昼食会がはじまる一時間前、わたしたちはどこまでもピカピカのキッチンを案内され、まぶしい照明の下でアップルパイ・ア・ラ・モードを撮影するのがいかに難しいかを見せられた。上にのったアイスクリームがどんどん溶け出すから、倒れないように爪楊枝で後ろから支えて、どろどろになるたびに取り替えなければならないそうだ。

キッチンに山積みにされた料理を見て、わたしはめまいを覚えた。実家にじゅうぶんな食べものがなかったわけではないけれど、祖母はいつも安くてお得な骨付き肉の料理やミートローフを作り、誰かが最初の一口をフォークで口に運んだとたん、「ちゃんと味わって食べなさいよ。一ポンド四十一セントもしたんだから」と言うのが口癖だった。

椅子の後ろに立って歓迎の挨拶を聞いているあいだ、わたしは首を垂れて、キャビアが盛られたボウルの位置をこっそり目で確かめていた。ひとつは、まるで狙ったかのようにわたしの椅子とドリーンが座る予定だった椅子のあいだに置かれている。

わたしの向かいに座っている女の子は、マジパンでできたフルーツが山のように盛られた中央のお皿のせいで手が届かないだろうし、右隣のベッツィーは育ちが良すぎるから、パンとバターを載せるお皿を肘のあたりに置いて取れないようにしておけば、わざわざ取ってほしいとは言ってこないだろう。それに、ベッツィーの隣の女の子の右側には、また別のキャビアのボウルがあるんだから、欲しければそれを食べればいい。

祖父とよく言い合っていたお決まりのジョークがある。わたしの家の近くにあるカントリークラブの給仕長をしていた祖父は、月曜日が休みだったため、毎週日曜日になると祖母が車で迎えに行っていた。わたしと弟が交代で祖母についていくと、祖父はいつも日曜日用の豪華なディナーを出してくれたので、クラブの常連客みたいな気分になれた。祖父はわたしに美味しくて珍しい食べ物を教えるのが好きで、わたしは九歳になる頃には、冷たいヴィシソワーズやキャビア、アンチョビペーストのとりこになっていた。

祖父のジョークというのは、わたしは自分の結婚式でキャビアをむさぼっているに違いないというものだった。それが面白かったのは、わたしは結婚するつもりなどなかったし、もし結婚したとしても、祖父がカントリークラブのキッチンから盗んでスーツケースに入れて持ち帰ってこない限り、それだけのキャビアを買う余裕はないとわかっていたからだ。

　水の入ったゴブレットや銀のカトラリー、ボーンチャイナが立てるカチャカチャという音に紛れて、わたしはチキンのスライスを自分の皿に敷きつめた。そして、パンにピーナッツバターを塗るみたいに、その上にキャビアを厚く塗りたくると、チキンを一切れずつ指でつまみ、キャビアがこぼれ落ちないように丸めてから食べた。

　どのスプーンを使えばいいのか極度に悩むことを繰り返した末、食事中のテーブルでなにか間違ったことをしても、ある種の傲慢さをもって、自分のふるまいは正しいと完全に理解しているかのようにふるまえば、その場をやり過ごせるし、誰にもマナーが悪いとか育ちが悪いとは思われないことに気づいた。その代わりにただ、ユニークでウィットに富んだ人だと思われるだけで済むのだと。

　このごまかし方を学んだのは、ジェイ・シーが有名な詩人とのランチに連れて行ってくれたときだった。噴水とシャンデリアだらけの高級レストランで、濃い色のスーツに真っ白なシャツを着ている男ばかりいるなか、その詩人は染みがついた茶色のごわごわしたツイードジャケットと灰色のパンツ、それに首元が開いた赤と青のチェックのジャージ姿だった。

　彼は手でサラダを食べた――自然と芸術のアンチテーゼについてわたしに語りながら、サラダの葉を一枚一枚指でつまんでいた。青白くて丸っこい詩人の指が、水滴をしたたらせるレタスの葉をサラダボウルから彼の口へと次々と運んでいく光景に、わたしの目はくぎづけになった。くすくす笑ったり、失礼なことをささやいたりする人は誰もいなかった。詩人は指でサラダを食べるのを、ごく自然で賢明なことのように思わせていた。

『レディース・デイ』のエディターやスタッフは誰も近くに座っておらず、ベッツィーは優しくて気さくで、しかもキャビアを好きでもないようだったので、わたしはますます大胆になっていった。そこで、冷製チキンとキャビアを載せた最初の一皿を食べ終わると、もう一皿分取った。そして次にアボカドとカニ肉のサラダに取り掛かった。

アボカドは大好きな果物だ。毎週日曜日、祖父はよくブリーフケースに入れた汚れたシャツ六枚と、日曜版の新聞から切り抜いた漫画の下に隠してアボカドを持って帰ってきてくれた。そして、ぶどうジャムとフレンチドレッシングを一緒に鍋で溶かして作ったガーネット色のソースを、半分に切ったアボカドに詰めて食べる方法を教えてくれた。そのソースが懐かしくて、ホームシックになったくらいだ。それに比べると、カニ肉は味気なかった。

「毛皮のショーはどうだった？」キャビアをめぐって取り合いにならないことがわかると、わたしはベッツィーに尋ねた。そして、スープ用のスプーンでお皿に残ったいくつかの塩辛い黒い卵をかき集めると、きれいに舐めとった。

「きれいだったよ」とベッツィーは微笑んで言った。「ミンクのしっぽとゴールドのチェーンで、どんな服装にも合うスカーフの作り方を教えてもらったの。チェーンは〈ウールワース〉で一ドル九十八セント出せばもう一本もらえるようなものでいいんだって。ヒルダはショーが終わるとすぐに毛皮の卸売り業者の倉庫に行って、ミンクのしっぽをかなり安く手に入れてた。それから〈ウールワース〉に行ってチェーンを買って、帰りのバスの中で縫いつけたのよ」

わたしはベッツィーの向かい側に座っているヒルダをちらっと見た。すると案の定、彼女は毛皮のしっぽでできた高級そうなスカーフを巻いていて、その一方からは金メッキのチェーンが垂れていた。

わたしはヒルダのことをよくわかっていなかった。身長一八〇センチで、大きくてつり上がった緑の目と、ぶ厚く赤い唇をして、スラブ人みたいな虚ろな表情をしていた。彼女は帽子を作っていた。ファッションエディターの下で働いていて、ドリーンやベッツィー、そしてわたしのような文芸側の人（健康や美容についてしか書かれていないものもあったけれど、それでもコラムを書いていた人たち）とは一線を画していた。しっかり文章が読めるのかどうかはわからなかったけれど、ヒルダは驚くような帽子を作った。ニューヨークの帽子作りの専門学校に通っていて、毎日オフィスに、麦わらや毛皮、リボンや微妙な色合いのベールを使って自分で作ったという新しい帽子をかぶってきた。

「すごいね」とわたしは言った。「ほんとうにすごい」そう言いながら、ドリーンがいればよかったのにと思った。彼女なら、ヒルダが変ちくりんな毛皮のスカーフを作ったことについて、絶妙に痛烈なことを言って、わたしの気持ちを上げてくれたことだろう。

わたしはひどく落ち込んでいた。その日の朝にジェイ・シーに仮面を剝がされたばかりで、自分自身に対して抱いている心がざわざわするような疑念がすべて現実となっていくように思え、もうこれ以上真実を隠すことはできないと感じていた。十九年間、テストで良い点数や賞金、助成金を取ることばかり考えてやってきたけれど、勢いを失い、そうした競争からすっかり脱落しようとしていた。

「どうして一緒に毛皮のショーに行かなかったの？」とベッツィーが訊いてきた。彼女は同じ質問を繰り返しているような気がした。一分前にも同じ質問をしたのに、わたしが聞いていなかったのかもしれない。「ドリーンと一緒に出かけてたの？」

「ううん」とわたしは言った。「ショーには行きたかったんだけど、ジェイ・シーから電話があって、オフィスに来るようにって言われたものだから」ショーに行きたかったというのはまったくの真実ではなかったけれど、そうだったと自分に思い込ませようとしていた。そうすれば、ジェイ・シーにされたことに思うぞんぶん胸を痛められるからだ。

わたしはベッツィーに、その朝ベッドでごろごろしながら、毛皮のショーに行こうと思っていたことを話した。その前にドリーンが部屋にやってきて、「なんのためにあんなショーを観に行きたいの？　それより、レニーとコニーアイランドに行くんだけど、一緒に行かない？　レニーが素敵な人を紹介してくれるよ。どうせみんな、昼食会のあとに映画のプレミア上映に行ったりして疲れきっているだろうから、私たちがいなくてもどうってことないよ」と言ったことは、あえて言わなかった。

一瞬、そうしようかなと思った。ショーはたしかに馬鹿みたいだし、毛皮にもまったく興味がなかった。でも結局、好きなだけベッドでごろごろしてからセントラルパークに行って、アヒルがいる池のあたりで一番芝生が伸びている場所を探して、寝そべって過ごすことにした。

ドリーンには、ショーにも昼食会にも映画のプレミアにも行かないけれど、コニーアイランドにも行かずにベッドの中にいると伝えた。彼女がいなくなってから、なんでわたしは自分がすべきことをきちんとするという、前にはできていたことができなくなってしまったのだろうと考えた。それで悲しくなって、疲れてしまった。でもそのあと、それだけでなく、ドリーンみたいにするべきではないことすらまともにできないのはなぜなのだろうとも考えて、もっと悲しくなって、疲れたのだった。

今が何時なのかもわからなかったけれど、廊下で女の子たちが大笑いしていたり、名前を呼んだり、毛皮のショーに行く準備をしたりしているのが聞こえた。しばらくして廊下が静かになると、わたしはベッドに仰向けになってぼんやりとした白い天井を見上げた。そうしていると、静けさがどんどん大きく膨らんできて鼓膜が破裂しそうになった。そのとき、電話が鳴った。

わたしはしばらく電話を見つめていた。受話器が骨みたいな色の電話機の中で微妙に震えていたから、鳴っているのはたしかだった。ダンスのときかパーティーで誰かに電話番号を教えて、そのまま忘れていたのかもしれない。わたしは受話器を持ち上げると、感じのいいハスキーな声で話しはじめた。

「もしもし？」

「ジェイ・シーよ」ジェイ・シーは、残忍なほどの速さで用件をまくしたてた。「今日、オフィスに来る予定はあるのかなと思って電話したんだけど？」

わたしはシーツのあいだに身を沈めた。なぜジェイ・シーはわたしがオフィスに行くと思ったのかは、わからなかった。わたしたちはすべての予定が書き込まれたガリ版刷りのスケジュール表を渡されていて、大半の日は午前も午後もオフィスから離れて街で過ごしていた。もちろん、そのうちのいくつかの予定は行っても行かなくてもよかったのだけど。

沈黙が続いた。それからわたしはおとなしい声でこう言った。「毛皮のショーへ行こうかと思っていたんですが」もちろん、そんなことは考えてもいなかったけれど、ほかになんと言えばいいのかわからなかったのだ。

「毛皮のショーに行くつもりだって、ジェイ・シーには言ったんだけど」とわたしはベッツィーに言った。「でも、彼女は少し話がしたいからオフィスに来るようにって。仕事もあるからって」

「あらら！」ベッツィーが同情するように言った。きっとメレンゲとブランデーのアイスクリームが載ったデザート皿に、わたしがポタポタと涙をこぼしたのを見たのだろう。彼女が触れてすらいない自分のデザート皿をわたしのほうに押しやってきたから、わたしは自分の分を食べ終わると、上の空でそのデザート皿をわたしのほうに取り掛かった。涙を見せるのは少しきまりが悪かったけれど、ほんとうの涙だった。ジェイ・シーに、実にひどいことを言われたのだ。

十時くらいにふらふらとオフィスに入っていくと、ジェイ・シーはデスクから立ち上がってドアを閉めた。わたしは自分のタイプライターが載っているデスクの前の回転椅子に彼女と向き合うように座り、彼女も自分の回転椅子に座ってわたしと向かい合った。窓際には、たくさんの鉢植えが何段にも置かれていて、熱帯植物園みたいに彼女の背後から葉を広げていた。

「ここの仕事が面白くないの?」

「え? そんなことありません」とわたしは答えた。「すごく面白いです」大声で言えばもっと説得力をもたせられるかもしれないと思ったけれど、ぐっとこらえた。

これまでずっとわたしは、猛烈に勉強して読書して書いて働くのが自分がしたいことなのだと自分に言い聞かせてきて、それは実際にほんとうのことのように思えたし、なんでもうまくこなして、成績はオールAだった。そして大学に行く頃には、誰もわたしを止められなくなっていた。

わたしは町の新聞「ガゼット」の大学生特派員で、文芸誌の編集者もやり、学業上や社会上の違反や処罰を決める(人気の高い)委員会の書記もやっていた。それに著名な女性詩人と教授からの支援もあって、東海岸で一番大きな大学の大学院にまで行けることになり、それまでのあいだずっと奨学金がもらえると約束されてもいた。そして今は、知的なファッション誌の一番優秀なエディターのもとで働いているというのに、いったいわたしはなにをやっているのだろう? どんくさい馬車馬のように、尻込みしてばかりだ。

「どんなことも面白いです」その言葉は、木でできた五セント硬貨みたいに、中身のない単調さをもってジェイ・シーのデスクの上にばらばらと落ちていった。

「それならいいけど」ジェイ・シーは少し不機嫌な声で言った。「その気になって頑張れば、この一ヵ月のあいだにここでたくさんのことを学べるのよ。あなたの前にいた子は、ファッションショーみたいなものはいっさい気にかけていなかった。ここでのインターンを終えたら、すぐに『タイム』誌に行ったわ」

「ええ！」わたしは相変わらず陰にこもった声で言った。「そんなに早く」

「たしかに早かったわね。あなたにはあと一年大学生活が残っているけど――」ジェイ・シーは少し穏やかな口調で続けた。「卒業後はどうするつもり？」

いつも頭のなかで考えていたのは、大きな奨学金をもらって大学院に行くとか、助成金をもらってヨーロッパじゅうを転々として勉強するとかいうことで、それから教授になって詩集を書いたり、詩集を書いてなんらかの編集者になったりすればいいと思っていた。普段なら、こうした計画がすらすらと口をついて出てきた。

「自分でもよくわからないんです」そう言う自分の声が聞こえた。それを聞いて、体の奥深いところに衝撃が走った――それが真実だと悟ったからだった。

それは真実らしく聞こえたし、ずっと家の前をうろついていた得体のしれない人が、突然近寄ってきて、実はほんとうの父親だと名乗りはじめ、たしかにその人は自分とそっくりだから自分の父親であることは間違いなく、ずっと父親だと思っていた人が実はニセモノだったと気づくのと同じように、それが真実だと気づいてしまったのだ。

「ほんとうによくわからないんです」

「そんなことじゃ、何もできないわよ」ジェイ・シーは、一瞬ためらってから言った。「言語はなにができるの？」

「ええと、フランス語は少し読めるはずですし、ドイツ語はずっと学びたいと思っています」ずっとドイツ語を習いたいと思っているとまわりの人に言い続けて、五年くらいになる。

母はアメリカで過ごした幼少期にドイツ語を話していたが、第一次世界大戦中だったこともあり、学校で子どもたちから石を投げられた。わたしが九歳になる前に亡くなった父もドイツ語を話したが、プロイセンの鬱々とした集落の出身だった。当時ベルリンで「国際的な生活を送る実験プログラム」に参加していたわたしの一番下の弟も、ネイティブ並みにドイツ語を話す。

ドイツ語の辞書や本を手に取って、有刺鉄線のような黒い文字がぎゅうぎゅう詰めになっているのを見たとたん、心が貝のように閉じてしまうなんていうことは言わなかった。

「ずっと出版業界に入りたいと思っていました」なんとかしてわたしは、以前のように明るく自分を売り込むスイッチを見つけるべく、糸口をたぐりよせようとしていた。「どこかの出版社を受けてみるかもしれません」

「それなら、フランス語とドイツ語が読めなくちゃね」とジェイ・シーは容赦なく言い放った。

「それからおそらく、ほかの言語もいくつか。スペイン語とかイタリア語とか……ロシア語ならなおいいでしょう。毎年六月になると、何百人もの女の子たちが編集者になりたいと言ってニューヨークにやってくるの。だから、そこらへんの子にはないものを武器にしなくちゃ。語学を勉強したほうがいいわ」

わたしの四年生の履修スケジュールには語学を学ぶための時間が少しもないとは、とても言えなかった。独自の視点で考えることを教える、成績優秀者だけが履修できる特別プログラムを取ることになっていて、トルストイとドストエフスキーについてのクラスと、上級創作詩のクラスを除いた時間はすべて、ジェイムズ・ジョイスの作品における漠然としたテーマについて論文を書くために充てようと思っていた。まだテーマが絞り込めていなかったのは、『フィネガンズ・ウェイク』を読んでいなかったからだ。でも、担当教授はわたしの論文をとても楽しみにしていて、双子の表象についての手がかりをくれると約束してくれていた。

「なにかできることはないか探ってみます」と、わたしはジェイ・シーに言った。「最近できた初級ドイツ語集中講座なら、取れるかもしれません」このときは、ほんとうにそうしようと思っていた。学部長を説得して、例外的なことをさせてもらう方法は心得ていた。彼女はわたしを興味深い実験対象のように見ていたからだ。

大学では物理と化学を必修科目として取らなければならなかった。すでに植物学は履修していて、成績もよかった。一年間を通して一度もテストで間違わなかったし、いっそのこと植物学者になって、アフリカの野草や南米の熱帯雨林の研究をしてもいいかもしれないと思っていた時期もあった。イタリアでアートを学んだりイギリスで英文学を学んだりするよりも、変わった分野で普通の人とは違う研究をするほうが大きな助成金を得られる。それにそこまで競争相手もいない。

葉っぱを切って顕微鏡で覗いたり、パンのカビや性周期のシダに見られる奇妙なハート型の葉っぱの絵を描いたりするのは好きだったから、植物学は楽しかった。そうしたことは、すごく真実味を帯びているように感じられた。

でも、物理の授業に出た日は死ぬほど最悪だった。

背が低くて肌が黒く、かん高い舌っ足らずな声で話すマンジ先生は、ピチピチの青いスーツを着て教壇に立っていた。手には小さな木のボールが握られていて、先生はそれを溝のついた急斜面の台に転がして加速度をa、時間をtとすると説明すると急に、黒板のあちこちに文字や数字やイコール記号を書きなぐりはじめ、わたしの思考はそこで完全に停止した。

わたしは物理の教科書を寮に持ち帰った。大きな本で、インクが染みやすい紙にガリ版刷りされたもので四百ページもあり、絵も写真もなく図と公式だけが書かれていて、赤レンガ色の厚紙のカバーで綴じられていた。それはマンジ先生が女子大生に物理を説明するために書いたもので、もしわたしたちに効果が見られれば出版しようと考えていた本だった。

わたしはそこに書かれていた公式を勉強し、授業に出てボールが台を転がり落ちるのを見ながら、ひたすら授業の終わりを知らせる鐘の音が聞こえるのを待っていた。学期末にはほとんどの子たちが落第していたけれど、わたしの成績はAだった。マンジ先生は、授業が難しすぎると不満を言いにきた女の子たちに対して「いや、そんなはずはないよ。だってAを取った子だっているんだから」と言っていた。「誰なんですか？　教えてください」と女の子たちは問いただしていたけれど、マンジ先生は首を横に振るだけでなにも言わず、小さくにやりと笑ってわたしのほうを見るだけだった。

そのとき、次の学期は化学から逃れようと思った。物理の成績はオールAだったかもしれないけれど、わたしはうろたえていた。物理を学んでいるあいだはずっと吐きそうだった。すべてを文字と数字に縮めてしまうことに耐えられなかったのだ。葉の形や葉が呼吸する孔の拡大図、カロチンやキサントフィルといった魅力的な言葉の代わりに、マンジ先生は醜くて読みにくいサソリのような文字で数式を書いた。しかも、お得意の赤いチョークで。

化学はこれよりもっとひどくなるとわかっていた。化学の実験室には九十種類以上の元素記号が書かれた大きな表が掲げられていたし、金や銀、コバルト、アルミニウムといった美しい完璧な言葉がぜんぶ短縮された醜い略語にされた挙げ句、後ろに重さを示す数字までつけられているのを見たからだ。これ以上あんなことに頭を悩ませたらおかしくなってしまうし、完全に落第する。最初の半年間は、恐ろしい意志の力によってなんとか乗り切れただけなのだから。

そこでわたしは、巧みに練り上げた計画を学部長に持ちかけた。

そして、わたしは結局のところ英文学専攻なのだから、シェイクスピアの授業を受ける時間が必要だと訴えた。先生もわたしも、わたしが化学の授業でふたたびAを取ることがわかりきっているならば、なんのために試験を受ける必要があるのでしょうか？　ただ授業に出て、点数や単位のことなど考えずに、教えを吸収するだけではだめなのですか？　成績優秀者のなかでも特に優秀な人たちにとって、重要なのは形式よりも内容なのではないでしょうか？　成績なんて所詮くだらないものに過ぎないのではないですか？　いつもAを取っている人にとっては、特にそうなのでは？　この大学では、わたしたち以降の世代は科学を二年生の必修科目にするのをやめたばかりで、わたしたちが古い決まりに縛られて苦しむ最後の学生になったということも、この計画の追い風となった。

マンジ先生はわたしの計画に賛成してくれた。わたしが彼の授業を好きなのは、単位や成績といった実質的な目的があるからではなく、化学そのものの魅力に夢中だからだというのがわかって嬉しかったのだと思う。シェイクスピアの授業を受けることにしたあとも化学の授業は受けたいと付け加えておいたのは、我ながら天才的だった。そんなことは言わなくても良かったけれど、わたしが純粋に化学を諦めきれずにいると思わせることができた。

もちろん、そもそも成績でAを取っていなければ、こんな計画は成功しなかっただろう。もし学部長が、わたしがどれほど怯えて滅入っていたかということや、化学を学ぶのに適しておらず、数式を見るだけでめまいがすると医者に診断書を書いてもらうなどという、藁にもすがるような解決策をどれほど真剣に考えていたかを知ったら、わたしの訴えなど少しも聞かずに、なにがなんでも履修させられていたはずだ。

折よく、わたしの申し出は教授会で可決され、あとになって学部長に聞いたところによると、何人かの教授はこの申し出に感銘を受けてすらいたそうだ。彼らには真の知的成長の一歩だと思えたのだろう。

その年の残りの日々のことを考えると、笑いがこみあげてくる。化学の授業には週に五回出て、一度も休まなかった。マンジ先生はボロボロのひな壇式の大講堂の一番下で、試験管の中身を別の試験管に移しては、青い炎や赤い光や黄色い雲みたいなものを作っていた。わたしは先生の声を遠くで蚊が飛んでいるだけと思うことにして遮断すると、自分の席でのんびりと、明るい光や色とりどりの炎を目で楽しみながら、ヴィラネルやソネットなどの詩についての論文を何ページも何ページも書き続けた。

マンジ先生は時折目を上げて、わたしがなにかを書いているのを見つけると、嬉しそうに優しくほほ笑みかけてきた。きっと、わたしが公式を書き留めているのは、ほかの女の子たちのように単に試験のためではなく、彼の授業に感銘を受けて書き出さずにはいられなかったからだ、とでも思っていたのだろう。

四

なぜジェイ・シーのオフィスで突然、化学の試験をうまく回避したときのことが頭に浮かんだのかはわからない。

彼女が話をしているあいだじゅう、頭の後ろのあたりにマンジ先生が手品の帽子から飛び出てきたみたいに現れて、小さな木のボールと試験管を手に持って立っている姿が見えていた。イースター休暇の前日、試験管から大きな黄色い煙が立ち上り、卵の腐ったような臭いが漂うと、教室にいた女の子たちとマンジ先生はいっせいに大笑いしていた。

わたしはマンジ先生に申し訳ない気持ちでいっぱいだった。先生の足元で手と膝をついて、ひどい嘘をついたことを謝りたかった。

ジェイ・シーは短編小説の原稿の山をわたしに手渡しながら、さっきよりもずっと優しく話しかけてきた。わたしは午前中の残りの時間をかけて原稿を読み、その感想をオフィスで使うピンクのメモ用紙にタイプすると、翌日ベッツィーが読めるように、彼女の上司の部屋に届けた。ジェイ・シーが時折顔を出しては実用的な話やちょっとした噂話をしてきて、そのたびに仕事の手を止めなければならなかった。

その日は、ジェイ・シーが有名な作家二人とランチに行くことになっていた——男性と女性の作家だった。男性作家は短編小説を『ニューヨーカー』誌に六篇、ジェイ・シーに六篇売ったばかりだった。雑誌が短編小説を六篇もまとめて買うとは知らなかったので、これには驚いた。六篇の物語が生み出すかもしれない金額を想像して、がく然とした。ジェイ・シーは、このランチは慎重にならなければならないと言っていた。というのも、女性作家も短編小説を書いているのだが、『ニューヨーカー』には一篇も掲載されたことがなく、ジェイ・シーもこの五年間で一篇しか買っていなかったからだ。ジェイ・シーは、より名が知られている男性作家をおだてると同時に、そこまで知られていない女性作家を傷つけないように気を使わなければならなかった。

ジェイ・シーのオフィスにある、フランス製の壁掛け時計の天使たちが羽を上下に振りながら、小さな金色のトランペットを唇にあてて、チンチンチンと十二回音を鳴らすと、ジェイ・シーが今日はもうじゅうぶん働いたから、『レディース・デイ』の集まりや映画のプレミアに行ってきなさいと言った。そしてまた気分も新たに、明日の朝早くにオフィスで会いましょうと。

そしてライラック色のブラウスの上にスーツのジャケットを羽織り、ニセモノのライラックの花が付いた帽子を頭のてっぺんにピンで留めると、鼻に軽くパウダーをはたき、分厚い眼鏡をかけ直した。ひどい格好だったけれど、とても頭が良さそうに見えた。オフィスを出るとき、彼女はライラック色の手袋をはめた手でわたしの肩を叩いてこう言った。

「この邪悪な街に負けちゃだめよ」

わたしは数分間、静かに回転椅子に座ったまま、ジェイ・シーについて考えていた。もし自分がイー・ジーという名前の有名な編集者で、ゴムの木やセントポーリアの鉢植えだらけのオフィスで働いていて、秘書に毎朝水やりをさせているとしたらどんな感じだろうと想像してみた。ジェイ・シーみたいなお母さんがいたらよかったのに。そうしたら、これからどうすればいいのかわかったのかもしれない。

実の母親は役に立たなかった。父が亡くなって以来、母はわたしたちを養うために速記とタイピングを教えていたが、心のなかではそれを嫌っていたし、父が生命保険のセールスマンを信用しなかったせいでお金を残さずに死んでいったことも憎んでいた。いつもわたしに、大学を卒業したら速記を学びなさい、そうすれば大学の学位だけでなく実用的な技術も身につけられるからと口うるさく言っていた。「十二使徒だって天幕を作る職人だったのよ。あの人たちも生活しなくちゃならなかったの、私たちと同じようにね」

＊

『レディース・デイ』の昼食会で、わたしが食べて空になったアイスクリームの器二つを下げたあとにウェイトレスが置いていった、ぬるま湯の入ったボウルにわたしは指を浸した。それから、まだじゅうぶんきれいなリネンのナプキンで指を一本一本丁寧に拭いた。ナプキンを折りたたんで唇を軽くおさえると、そのまんまの形がナプキンに移った。ナプキンをテーブルに戻すと、その真ん中にぼんやりと咲いたピンクの唇の形が小さなハートみたいだった。

ここまで来るのに、どれほどかかったことか。

初めてフィンガーボウルを見たのは、奨学金を寄附してくれた女性の家だった。この大学の慣習なの、と奨学金事務局のそばかすだらけの小柄な女性が言っていたのだ。奨学金を出してくれた方がまだご存命なら、手紙を書いて感謝を伝えるのよと。

わたしはフィロメナ・ギニアという、裕福な小説家から奨学金をもらっていた。彼女は二十世紀初頭にこの大学に通い、デビュー作はベティ・デイヴィスが主演したサイレント映画になり、その後はラジオの連続ドラマにもなって今でも放送されている。調べてみると彼女はまだ生きていて、わたしの祖父が働くカントリークラブからさほど遠くない大きなお屋敷に住んでいることがわかった。

そこでわたしはフィロメナ・ギニアに宛てて、大学名が赤字で型押しされている灰色のレターセットに、黒のインクで長い手紙を書いた。秋に自転車で丘まで出かけたときの紅葉が美しかったことや、実家から市立大学にバスで通う代わりにキャンパスで暮らせることがいかに素晴らしいかということ、そして今まさにあらゆる知識が目の前に広がっていて、いつか彼女のように偉大な本を書けるようになりたいと思っていることを綴った。

ギニアさんの本は、町の図書館で一冊読んだことがあったけれど（なぜか大学の図書館には置いていなかった）最初から最後まで長々としたサスペンスに満ちた疑問だらけだった。「イーヴリンはグラディスがロジャーを過去に知っていたことを見抜くだろうか？　ということに、ヘクターはひどく頭を悩ませた」とか、「人里離れた田舎の農場でロールモップ夫人と一緒にエルシーという子どもが隠されていると知っているのに、どうしてドナルドは彼女と結婚できるの？グリゼルダは荒涼とした月明かりに照らされた枕に向かってそう尋ねた」といった具合に。こうした本のおかげで、大学時代はとても頭が悪かったのよ、とその後教えてくれたフィロメナ・ギニアは、何千万ドルという大金を儲けたのだ。

ギニアさんはわたしの手紙に返事をくれ、自宅での昼食に招待してくれた。そこで初めて見たのがフィンガーボウルだった。

水の中に桜の花がいくつか浮いていたから、食後に飲む透き通った日本のスープに違いないと思って、歯ごたえのある花芯もぜんぶ残さずに飲み干した。その場ではギニアさんになにかを言われることはなかったけれど、自分がなにをしでかしたかに気づいたのは、ずっとあとになってから、大学で知り合った上流階級の女の子にその日の食事について話したときだった。

ライトがまぶしい『レディース・デイ』のオフィスから出てくると、通りは灰色で、雨のせいでもやがかかっていた。心が浄化されるような雨ではなく、ブラジルではきっとこんなふうに降るのだろうと思えるような雨だった。空からコーヒーカップのソーサーくらい大きな雨のしずくが地面めがけて降り注ぎ、熱くなった歩道からじゅーっと音が上がると、ぎらぎら光る黒いコンクリートから湯気がもくもくと巻き上がった。

セントラルパークで午後をひとりで過ごそうというわたしの密かな願いは、『レディース・デイ』のオフィスが入っているビルの回転ドアの、泡だて器の羽みたいなガラス戸の中で消え失せた。気づくとそこから生温かい雨のなかに放り出され、小刻みに振動するタクシーという薄暗い洞窟の中で、ベッツィー、ヒルダ、エミリー・アン・オッフェンバック（ニュージャージー州のティーネックに夫と三人の子どもたちと住んでいる、赤毛をお団子に束ねた上品ぶった女の子）と一緒に座っていた。

映画はとてもお粗末だった。主演のブロンドのかわいい女の子は、好感度抜群の女優ジューン・アリソンに似ていたけれど、まったくの別人で、黒髪のセクシーな女の子もエリザベス・テイラーに似ていたけれど、この子もまたまったくの別人だった。それから、リックとギルという体格が大きくて、肩幅が広い能なしの男二人も出てきた。

アメリカンフットボールに絡めた恋愛映画で、テクニカラーだった。

わたしはテクニカラーの映画が嫌いだ。出てくる人はみんな、新しいシーンになるたびに派手な衣装に着替え、どぎつい緑色の木や、どぎつい黄色の麦、どぎつい青色の海がどこまでも果てしなく広がるなかで、モデルのように立ち尽くしていなければならないと思っているみたいに見えるからだ。

この映画では大半の出来事がアメフトの観客席で起きて、そこでは襟にキャベツくらい大きなオレンジ色のキクの花があしらわれたおしゃれなスーツを着た二人の女の子が、手を振って応援している。ほかに舞台となるのは『風と共に去りぬ』に出てくるようなドレスを着た女の子たちがいるダンスホールだ。彼女たちはデート相手にただ振り回されているみたいなダンスを踊り、ここぞとトイレに行っては、意地悪できついことを言い合っていた。

ようやく、かわいい女の子がかっこいいアメフトのヒーロー選手と結ばれて、セクシーな女の子は誰とも結ばれないという結末が見えてきた。ギルは妻ではなく愛人が欲しかっただけで、片道切符を片手にさっさとヨーロッパへ行ってしまったのだ。

このあたりから、気分が悪くなってきた。まわりを見ると、心を奪われたような表情を浮かべた小さな顔がずらりと並んでいて、同じ銀色の光を前から受けながら、同じ黒い影を後ろに作っていた。どう考えても間抜け面が並んでいるようにしか見えなかった。

おもわず吐きそうになった。ひどい映画のせいでおなかが痛くなったのか、それともキャビアを食べすぎたからなのかは、わからなかった。

「ホテルに戻るね」わたしは薄闇のなかでベッツィーに耳打ちした。

ベッツィーは死んだような顔で真剣にスクリーンを見つめていた。そして「気分でも悪いの？」と唇をほとんど動かさずに小声でそう訊いてきた。

「うん」とわたしは言った。「気持ち悪い」

「私も。一緒に帰ろう」

わたしたちは席をそっと離れると、「すみません、すみません、すみません」と言いながら列の端まで行き、座っている人たちはぶつぶつ文句を言ったり、しーっと言ったりしながらも、レインブーツや傘をずらして前を通れるようにしてくれた。わたしは猛烈に吐きたい衝動から気持ちを逸らすために、これでもかというほど人の足を踏みつけていたけれど、衝動は目の前で風船のように大きく膨れあがっていき、まわりが見えなくなるくらいだった。

通りに出ると、生ぬるい雨がまだぱらぱらと降っていた。

ベッツィーはひどい顔色だった。頬から血の気が引いていて、汗ばんだ疲れ切った顔がわたしの目の前で揺れていた。タクシーに乗るかどうか決めかねているときにいつも道路の端で待っている黄色のタクシーに乗り込むと、ホテルに着くまでにわたしは一回、ベッツィーは二回吐いた。

タクシーの運転手は、後部座席の一方に体が投げ出されたかと思うと、次はもう一方に振り戻されるような勢いで角を曲がっていった。どちらかが気分が悪くなるたびに、わたしたちは落としたものを床から拾い上げるみたいに静かにかがみ込み、そのあいだもう一人は軽く鼻歌を歌いながら窓の外を見ているふりをしていた。

それでも、運転手はわたしたちがなにをしているのかわかっているようだった。

「おい」赤になった信号を走り抜けながら、運転手の男は言った。「俺のタクシーで、やめてくれよ。やるなら、降りて外でやってくれ」

でもわたしたちはなにも答えず、どうせもうすぐホテルに着くと運転手も思ったのだろう、正面玄関の前で停まるまで追い出したりはしなかった。

料金がほんとうに合っているのかを確認する余裕なんてなかった。硬貨を山ほど運転手に握らせると、汚れた床を隠すためにティッシュを二、三枚かぶせてから、ホテルのロビーを走り抜けて、誰もいないエレベーターに乗り込んだ。幸運なことに、人が少ない静かな時間帯だった。ベッツィーはエレベーターの中でまた気分が悪くなり、わたしは頭を支えてやった。でも、そうしているうちにわたしも気持ちが悪くなってきて、今度は彼女に頭を支えてもらった。

普通なら、思いっきり吐いたあとはすぐに気分が良くなるものだ。わたしたちはハグをして、またねと言うと、それぞれの部屋で休むために廊下の左右へと分かれた。古き良き友になるには、一緒に吐くのが一番だ。

でも、自分の部屋のドアを閉めて服を脱ぎ、体を引きずるようにしてベッドに寝転んだとたん、さっきよりもさらに気分が悪くなった。トイレに行かないと吐いてしまいそうだった。青い矢車草の絵がついた白いバスローブをなんとか羽織ると、よろめきながら共同のバスルームに向かった。

そこにはもうベッツィーがいた。ドアの奥からうめき声が聞こえたので、わたしは角を曲がって隣の棟のバスルームに急いだ。あまりにも遠くて、このままでは死んでしまうと思った。

便座に座り、洗面台の縁(ふち)に頭をもたげながら、昼食に食べたものと一緒に内臓も出てしまうんじゃないかと思うくらい吐いた。吐き気は大きな波のように襲ってきた。波が去るたびに、わたしは濡れた落ち葉みたいに脱力して全身をがくがくと震わせ、また体の中から波が押し寄せてくると、足の下や頭の上や四方から、拷問室のように白光りするタイルが迫ってきて、わたしを押し潰して粉々にしようとした。

どれくらい続いたのかはわからない。洗面台の蛇口をひねったまま冷たい水をジャージャー大きな音を立てて流し続けていたから、誰かがドアのそばまで来たとしても、洗濯でもしていると思ったはずだ。少し吐き気が落ち着いてくると、わたしは床に手足を伸ばして仰向けになり、じっとしていた。

もう夏は終わってしまったのかもしれない。冬みたいな寒さが骨まで染み込み、歯がかちかち鳴っていて、部屋から引きずってきたホテルの大きくて白いタオルは頭の下に敷かれていたけれど、なんの感覚もなくて雪の吹き溜まりのようだった。

こんなふうにバスルームのドアを叩くなんて、なんてマナーが悪い人なんだろうと思った。わたしみたいに廊下を曲がって別のバスルームを探して、そっとしておいてくれればいいのに。でもその人はドアを叩きながら、中に入れてと言い続けていた。その声にはなんとなく聞き覚えがあった。エミリー・アン・オッフェンバックに少し似ていた。

「ちょっと待って」わたしは言った。でもその声は、糖蜜(モラセス)のようにもったりしていた。

気合を入れてゆっくり立ち上がると、十回目のトイレの水を流して、洗面台をきれいにすすぎ、床に落ちていたタオルを丸めて吐いた汚れが目立たないようにしてから、ドアの鍵を開けて廊下に出た。

エミリー・アンやほかの誰かと目が合ったら一巻のおわりだとわかっていたので、わたしは廊下の端のほうでふわふわ浮いている窓をうつろな目で見つめながら、足をもう一方の足の前に出した。


次に見えたのは、誰かが履いている靴だった。

がっしりした靴で、黒い革はひび割れてかなり年季が入っていて、つま先には小さな空気孔がホタテ貝みたいな模様に開いている。光沢はにぶく、靴のつま先はわたしのほうを向いていた。その靴は、わたしの右の頬骨に当たっている固い緑の床の表面を踏んでいるようだった。

わたしはじっとしたまま、なにをすべきか考える手がかりを待っていた。靴の少し左側に、白地に青い矢車草がたくさん咲いているのがぼんやりと見えると、泣きそうになった。わたしが見ていたのは自分のバスローブの袖で、その先からはわたしの左手が鱈のように青白く伸びていた。

「この子はもう大丈夫だ」

その声は、頭のはるか上のほうにある冷静で理性的な場所から聞こえてきた。一瞬、別におかしなことではないと思ったけれど、よく考えてみると変だった。というのも、聞こえたのは男性の声で、でもこのホテルは昼夜を問わず男性は立ち入り禁止のはずだったからだ。

「ほかにあと何人いる?」とその声は続けた。

わたしは気になって話に耳を傾けた。床はものすごく固そうだった。でももうすでに倒れているのだからこれ以上倒れることはないと思うと、安心だった。

「十一人だと思います」と女性の声が聞こえた。この人はきっと黒い靴の人と一緒に来たのだろう。「あと十一人いるはずですが、一人見当たらないので、十人ですね」

「じゃあ、この子をベッドに連れて行ってくれ。あとは私がやるから」

右耳から、ブーンブーンとうつろな音が聞こえていたけれど、だんだん小さくなっていった。遠くでドアが開く音がして、いろいろな声やうめき声が聞こえたかと思うと、またドアが閉まった。

二本の手がわたしの脇の下に滑り込んできて、女性の声が「さあ、行くわよ。もうすぐだからね」と言うのが聞こえると、体が半分持ち上げられた。ゆっくりとドアがひとつずつ通り過ぎていき、ようやく開いたドアにたどりつくと中に入っていった。

ベッドのカバーは折り返されていて、女性はわたしを横たわらせて掛け布団をあごまでひっぱり上げると、ベッドサイドの肘掛け椅子で一息つき、桃色のぷっくりとした手で自分のことを扇ぎはじめた。金縁の眼鏡をかけていて、白いナースキャップをかぶっているのが見えた。

「あなたは?」わたしは弱々しい声で尋ねた。

「私はホテルのナースよ」

「わたしは、どうしちゃったの？」

「食中毒」と彼女は簡潔に言った。「あたっちゃったのね。しかもあなたたち全員。こんなひどいのは見たことないわ。こっちでも、あっちでもゲーゲーやってるんだから。お嬢さんたちはいったいなにを食べたの？」

「みんなも具合が悪いの？」わたしは少し期待して尋ねた。

「全員よ」と、彼女はおもしろそうに言った。「犬みたいに苦しんで、ママーって泣いてたわ」

部屋全体がわたしのまわりをふわふわと浮いていた。まるで椅子やテーブルや壁が、急に弱ってしまったわたしに同情して、重みを預けないようにしてくれているみたいだった。

「ドクターが注射を打ってくれたから」と看護婦は部屋を出ていきながら言った。「もう眠りなさいね」

そして白紙のようなドアが彼女に取って代わり、さらに大きな紙がドアに取って代わると、わたしはそれに向かって押し流されていき、ほほ笑みを浮かべながら眠りについた。


誰かが白いカップを持って枕元に立っていた。

「これを飲んでね」とその人は言った。

わたしは首を振った。枕がわらみたいにバチバチと音を立てた。

「飲めば気分が良くなるから」

分厚い白い陶器のカップが口元まで下りてきた。夕方かもしれないし夜明けかもしれない青白い薄明かりのなかで、わたしはその澄んだ琥珀色の液体をじっと見つめた。表面にはバターのかけらが浮いていて、チキンのような香りがわずかに鼻孔をかすめた。

わたしはためらいがちに、目をカップの後ろのスカートに移した。「ベッツィー」とわたしは言った。

「ベッツィーじゃない、私だよ」

目を上げると、ドリーンの頭が薄明かりの窓に影になって映し出されていた。プラチナブロンドの毛先が後光のように輝いている。顔は影になっていて表情まではわからなかったけれど、指先から熟練した優しさがあふれ出ているように思えた。この人はベッツィーか、母か、それともシダの香りのする看護婦か——。

わたしは頭を下げてスープを一口飲んだ。口の中が砂でできているみたいだった。さらに一口、また一口と、カップが空になるまで飲んだ。

浄化されて神聖な気分になり、新しい人生を歩みはじめる準備ができたように思えた。

ドリーンは窓枠にカップを置くと、肘掛け椅子に座った。チェーンスモーカーなのに煙草を吸おうとしないのには驚いた。

「あんた、もう少しで死ぬところだったんだよ」ようやく彼女は口を開いた。

「きっと、あのキャビアのせいだよね」

「キャビアなんかじゃないよ！　カニ肉。調べてみたら、プトマインだらけだったって」

『レディース・デイ』の、この世のものとは思えないほど真っ白なキッチンが永遠に続いている光景が目に浮かんだ。半分に割られたアボカドに、次々とカニ肉のマヨネーズ和えが詰められ、まぶしい照明の下で撮影されている。ところどころピンク色をした繊細なカニの爪肉が、マヨネーズの毛布からなまめかしく突き出していて、ワニみたいな緑色のふちをした淡い黄色のアボカドの半身が、ぐちゃぐちゃした中身を包み込んでいる。

食中毒。

「誰が調べたの？」さっきの医者が誰かの胃の中身をポンプで汲み上げて、ホテルの実験室で分析したのかもしれない。

「『レディース・デイ』の役立たずたちだよ。あんたたちがいっせいに、ボウリングのピンみたいにバタバタ倒れはじめたから、誰かがオフィスに電話して、そこから『レディース・デイ』に連絡が入って、昼食会の残り物を片っ端から調べたんだって。まったく！」

「まったく！」わたしはうつろな声で繰り返した。ドリーンが戻ってきてよかった。

「プレゼントまで送ってきてさ」と彼女は言った。「廊下にある大きなダンボールに入ってる」

「どうしてそんなに早く届いたの？」

「特別速達じゃない？『レディース・デイ』のせいで食中毒になったなんて言いふらされちゃ、たまらないだろうしね。頭の切れる弁護士の知り合いさえいれば、あいつらを訴えて、最後の一セントまで吸い上げてやれるのに」

「プレゼントの中身は？」もしすごく良いものなら、起きたことは水に流してもいいとわたしは思いはじめていた。結果的に、浄化されて汚れが落ちたような気持ちになれたのだから。

「まだ誰も箱を開けていないよ。みんな倒れちゃってるからね。立って歩けるのは私くらいしかいないから、みんなにスープを運ぶことになったんだけど、まず先にあんたのを持ってきた」

「プレゼントの中身を見てみて」とわたしは頼んだ。それからふと思い出してこう言った。「わたしからもプレゼントがあるよ」

ドリーンは廊下に出て行った。しばらくして、ガサゴソいう音と紙を破く音がした。ようやく戻ってきたドリーンは、光沢のあるカバーに人の名前がびっしりと印刷された分厚い本を持っていた。

「『今年の短編小説ベスト30』だって」ドリーンはわたしの膝の上に本を投げた。「箱の中にまだ十一冊ある。病気で寝ているあいだに、なにか読むものでもと思ったんだろうね」そうして彼女は一瞬間を置いてから尋ねた。「で、私へのプレゼントって？」

わたしはハンドバッグの中を探ると、ドリーンの名前とデイジーの花が描かれた鏡を渡した。ドリーンはわたしを見つめ、わたしも彼女を見つめ返すと、二人で吹き出した。

「欲しけりゃ、私のスープも飲んでいいよ」とドリーンは言った。「間違えたみたいで、トレイに十二個載ってたし、レニーと雨宿りしているあいだにホットドッグを食べすぎちゃって、もうなにも入らないから」

「持ってきて」とわたしは言った。「おなかがぺこぺこなの」

五

翌朝七時に、電話が鳴った。

わたしはゆっくりと泳ぎながら、真っ黒な眠りの底から上がっていった。「仕事のことは気にせず一日休んでしっかり回復してね。カニ肉にあたったなんて残念」というジェイ・シーからの電報は、受け取って鏡のところに挟んであったから、いったい誰からの電話なのか見当もつかなかった。

手を伸ばして受話器を枕の上まで引き寄せると、通話口が鎖骨の上にきて、耳に当たるほうが肩の上に来るようにした。

「もしもし?」

男の声で、「エスター・グリーンウッドさんですか?」と言うのが聞こえた。少し外国訛りがあるような気がした。

「そうですが」とわたしは答えた。

「コンスタンチン・××××です」

苗字はよく聞き取れなかったけれど、SやKがたくさん入っている名前だった。コンスタンチンなんて名前の人は一人も知らなかったけれど、そう告げるのは気が引けた。

そこで、ウィラードさんが話していた同時通訳者のことを思い出した。

「ああ、そうでしたよね！」と大声で言いながら、わたしは体を起こして両手で受話器を握りしめた。

まさかウィラードさんがコンスタンチンなんて名前の男を紹介してくるなんて、思いもしなかった。

わたしは面白い名前の男を収集していた。すでにソクラテスという名前の人を知っている。彼は背が高い不細工のインテリで、ハリウッドに住んでいるギリシャ人の大物映画プロデューサーの息子だったが、カトリック教徒だったからわたしとはお互いにうまくいかなかった。ソクラテスのほかにも、ボストン大学の大学院で経営を学ぶアッティラという白人のロシア人もいた。

徐々にコンスタンチンが、その日の午後にでもわたしと会う約束をしようとしていることがわかってきた。

「今日の午後、国連を見に行きませんか？」

「国連ならもう見えているんですよね」わたしは吹き出しそうになりながら言った。

彼はとまどっているようだった。

「この部屋の窓から見えるんです」わたしの話す英語が彼にとっては速すぎるのかもしれない。

沈黙が訪れた。

それから、彼がこう言った。「そのあとで、一緒に軽くお食事でもいかがです？」

その言い方にウィラードさんの言葉遣いが感じられて、気が滅入った。ウィラードさんはいつも誰かを軽いお食事に誘っていた。コンスタンチンが初めてアメリカに来たとき、ウィラードさんが自宅にゲストとして招いていたことをわたしは思い出した——ウィラードさんは自分の家に外国人を滞在させ、その代わりに自分が外国に行ったときには、彼らの家に招待してもらうという取り決めをしていたのだ。

今ではははっきりとわかってきた。ウィラードさんはロシアに行ったときに歓迎してもらえる宿泊先と、ニューヨークでわたしと軽くお食事することを、取り引きしただけにすぎないのだ。

「ええ、ぜひ軽くお食事でもしましょう」とわたしは堅苦しい口調で言った。「何時に来られますか？」

「二時頃に、車で迎えに行きますよ。〈アマゾン・ホテル〉ですよね？」

「ええ」

「ああ、それなら場所を知っています」

一瞬、彼の口調には特別な意味が込められているのかと思ったけれど、おそらく国連で働いている秘書が何人か〈アマゾン・ホテル〉に泊まっていて、そのうちの誰かと出かけたことがあったのだろう。わたしは彼に先に電話を切らせてから受話器を置き、どんよりした気分で枕に頭を押しつけた。

またやってしまった。知り合った瞬間にわたしのことを熱烈に愛してくれる素敵な男性が現れたのかもしれないと妄想を膨らませてしまったけれど、ただの平凡な男だった。彼は義務を果たすために国連を案内して、そのあとにサンドイッチでも一緒に食べようって言っているだけじゃない！

わたしはなんとか気持ちを上げようとした。

どうせこの男は背が低くて不細工で、結局わたしは見下すようになるにきまってる――バディ・ウィラードみたいに。そう考えたら、すっきりした。たしかにわたしはバディ・ウィラードを見下していたし、みんなはまだ、彼は結核の療養所から出てきたらわたしと結婚すると思っていた。でもわたしは、もし彼が地球上に残った最後の男だとしても、絶対に彼とは結婚しないとわかっていた。

バディ・ウィラードは偽善者だった。

もちろん、最初は偽善者だなんて知らなかった。それまで出会ったなかで最高に素晴らしい人だと思っていた。彼がわたしに見向きもしない頃から五年間、遠くから彼を思い続けていた。それから、わたしがまだ彼を慕う気持ちを失わず、彼もわたしのことを見てくれるようになった素敵な時間があった。そして、彼がわたしに夢中になっていった頃、偶然にもわたしは彼がひどい偽善者であることを知ってしまった。そうして今、彼はわたしと結婚したがっていて、わたしは彼のことが心底嫌いだった。

最悪なのは、わたしがバディのことをどう思っているのかを打ち明けられなかったことだ。そうしようとした矢先に彼が結核を患ったので、回復してありのままの真実を受け止められるようになるまで、彼に調子を合わせるしかなかった。

朝食のためにカフェテリアに行くのはやめた。着替えなければならないし、午前中ずっとベッドでごろごろしているのなら、そんなことをする意味なんてない。フロントに電話をかけて部屋にトレイに載った朝食を運んでもらうこともできただろうけれど、そんなことをしたら運んできた人にチップを払わなければならないし、いくら渡せばいいのかわからない。ニューヨークでチップを払おうとして、苦い経験をしたことが何度かあった。

初めて〈アマゾン・ホテル〉に到着したとき、ベルボーイの制服を着た小人（ドワーフ）みたいに小さくて頭の禿げた男が、スーツケースをエレベーターで運んで部屋の鍵を開けてくれた。当然の成り行きとして、わたしはすぐに窓際に駆け寄り外の景色を見た。しばらくすると、ベルボーイが洗面所のお湯の蛇口と水の蛇口をひねって、「こっちが熱くて、こっちが冷たい水となります」と言ったり、ラジオのスイッチを入れてニューヨークの放送局の名前をぜんぶ教えてくれたりしようとするので、わたしは落ち着かない気持ちになった。そこで彼に背を向けたまま、きっぱりとこう言った。「スーツケースを運んでくれてありがとう」

「ありがとう、ありがとう、ありがとうってか。チッ！」ベルボーイは当てつけるようなすごくいやな口調で言い放ち、いったいどうしてしまったのだろうとわたしが不審に思って振り向く間もなく、大きな音を立ててドアを閉めて出ていった。

後日、その男のおかしな態度についてドリーンに話すと、彼女はこう言った。「あんた、馬鹿ねえ。そいつはチップが欲しかったんだよ」

いくら渡せばよかったのかと尋ねると、ドリーンは少なくとも二十五セント、スーツケースが重ければ三十五セントと言った。スーツケースは運ぼうと思えば自分で部屋まで運べたけれど、ベルボーイがどうしても運びたそうだったから、そうさせただけだったのに。ホテル代にはそういうサービスも含まれているものだと思っていた。

自分で簡単にできることを人にやってもらってお金を渡すのは嫌いだ。なんとも言えない複雑な気持ちになる。

ドリーンによると、チップは十パーセントが相場だということだったけれど、わたしはどういうわけかちょうどいい硬貨を持っていないことが多く、誰かに五十セントを渡して「このうちの十五セントはあなたへのチップだから、三十五セントお釣りをください」と言うのはひどく馬鹿げているように思えた。

ニューヨークで初めてタクシーに乗ったときは、運転手に十セントのチップをあげた。運賃は一ドルだったから十セントがちょうどいいと思い、これみよがしに微笑みながら硬貨を渡した。それなのに運転手は、手のひらに乗せた硬貨をじっと見つめたままだった。間違えてカナダの十セント硬貨を渡したのではないことを祈りながらタクシーを降りると、運転手が大声で「お嬢ちゃん、俺だってあんたやほかのやつらと同じように、生きていかなきゃならないんだよ！」と叫ぶ声が聞こえてきて、恐ろしくなって思わず逃げ出した。幸運にも彼の運転するタクシーは信号待ちで停まったままだったけれど、そうでなければ、わたしを追いかけるように横にぴったりとついて走りながら怒鳴り声をあげ続けただろうし、恥ずかしい思いをしただろう。ドリーンにこのことを話すと、もしかしたら彼女が最後にニューヨークを訪れてから、チップが十パーセントから十五パーセントに値上がったのかもしれないと言われた。あるいは、そのタクシー運転手が、純然たる人間のクズだったのかもしれないけれど。

わたしは『レディース・デイ』の人たちが送ってくれた本に手を伸ばした。開くと中からカードが落ちた。表には花柄のナイトガウンを羽織ったプードルが、悲しそうな顔でバスケットの中でうずくまっている絵が描かれていて、中を開くと刺繍したような文字で「いっぱい、いっぱい休んで、良くなってね」と書かれた下に、プードルがバスケットの中で微笑みを浮かべながらすやすや寝ている絵が描かれていた。下のほうには「早く良くなってね！『レディース・デイ』の仲間たちより」とラベンダー色のインクで手書きされていた。

ぱらぱらと短編集のページをめくっていくと、イチジクの木についての物語があった。

そのイチジクの木は、ユダヤ人の男の家と修道院のあいだにある緑の芝生に生えていた。ユダヤ人の男と浅黒い肌をした美しい修道女は、熟したイチジクを摘みに来るたびに木の下で顔を合わせていたが、ある日、木の枝にできた鳥の巣で卵がひとつ孵（かえ）ろうとしていて、小さな鳥のくちばしが卵の殻から出ているのを目にする。ふいに二人の手の甲と甲が触れると、それ以来修道女はユダヤ人の男と一緒にイチジクを摘むのをやめ、代わりに厨房で働く意地悪そうなカトリックの女が摘みに来て、ひとしきり摘み終わると、男が取ったイチジクの数を数えて、自分よりも多く取っていないかを確認しはじめたので、男は激怒するのだ。

なんて素敵な話なんだろうとわたしは思った。特に、雪に覆われた冬のイチジクの木と、青々とした実をつけた春のイチジクの木の場面が好きだった。最後のページまでくると、おわらないでほしいという気持ちになった。フェンスのあいだをくぐり抜けるみたいに、印刷された黒い文字のあいだにもぐりこんで、美しくて大きな緑のイチジクの木の下で眠りたかった。

バディ・ウィラードとわたしは、この物語のユダヤ人と修道女みたいだと思った——二人ともユダヤ教徒でもカトリック教徒でもなく、プロテスタントの一派のユニテリアン派だったけれど。わたしたちは架空のイチジクの木の下で出会い、でもそこで目にしたのは卵から生まれようとしている雛ではなくて、女性から生まれようとしている赤ん坊だった。そしてそのあとひどいことが起きて、別々の道を歩むことになったのだ。

ホテルの白いベッドに横たわって孤独と心細さを味わいながら、わたしはアディロンダック山地にある精神病院で、バディ・ウィラードがわたしよりも孤独と心細さを味わいながら横になっているところを想像した。そんなことを考える自分は最低最悪で卑劣だと思った。何通も送ってきた手紙にバディは、医者でもある詩人が書いた詩を読んでいるだとか、死んだロシアの有名な短編小説家が実は医者だったことを知った、だから、医者と物書きというのは案外相性がいいのかもしれないなどと書いていた。

こんなことを書くなんて、わたしたちがお互いをよく知るようになっていった二年間のバディ・ウィラードからは考えられなかった。わたしに微笑みかけながら彼が、「エスター、詩ってなんだか知ってるかい?」と言った日のことをよく覚えている。

「知らない、なんなの?」とわたしは言った。

「塵のかけらさ」彼はそう思いついたことを誇らしく思っているようだったから、わたしはただ彼のブロンドと青い目、そして白い歯――とても長くて、丈夫な歯をしていた――を見つめて、「そうかもね」と言った。

バディのその発言に対する答えをようやく思いついたのは、それから丸一年後、ニューヨークのど真ん中にいるときだった。

わたしはバディ・ウィラードと空想のなかで会話をすることにかなりの時間を費やしていた。彼はわたしより二、三歳年上で、とても科学的な考え方をする人だったから、なんでも証明することができた。彼と一緒にいたときは、ずっとついていくのに必死だった。

頭のなかで交わされていた会話はたいてい、バディと実際に交わした会話を繰り返したものだったけれど、わたしはただ「そうかもね」と言うのではなく、鋭い答えを切り返していた。

今、わたしはベッドで仰向けになりながら、バディがこう言うところを想像していた。

「エスター、詩ってなんだか知ってるかい?」

「知らない、なんなの?」とわたしは言う。

「塵のかけらさ」

そして彼が微笑みながら、誇らしげな表情を見せると、わたしはこう言うのだ。「あなたが切り刻んでいる死体もそうだよね。あなたが治療してあげていると思い込んでいる人たちも同じ。あの人たちはみーんな塵、塵なんだよ。でも良い詩っていうのは、その人たちを百人集めたよりも息が長いと思う」

もちろん、バディがそれに答えられるはずもない。だってわたしが言ったことは真実だから。人間はただの塵に過ぎないし、その塵を治療することのほうが、不幸なときや病気で眠れないときに人が思い出して、繰り返し口にするような詩を書くことよりも優れているとは、少しも思えなかった。

わたしの災難は、バディ・ウィラードが言うことをすべて正真正銘の真実だと思っていたことだ。彼に初めてキスされた夜のことは今でも覚えている。イェール大学の三年生のプロムのあとだった。

彼のプロムへの誘い方は、どこか変だった。

クリスマス休暇のあいだに突然わたしの家を訪ねて来た彼は、厚手の白いタートルネックのセーターを着ていてすごくハンサムで、思わず見とれてしまうくらいだった。バディは「いつかきみの大学に会いに行こうと思うんだけど、いいかな?」と言った。

わたしはすっかり面食らってしまった。バディを見かけるのは、大学から実家に戻ってきている日曜日の教会くらいで、しかも遠目から見るだけだったのに、こうしてふらりとわたしの家にやって来るなんて、わけがわからなかった――クロスカントリーの練習で、うちまで三キロ走ってきたのだと彼は言っていた。

たしかに、わたしたちの母親はいい友達同士だった。同じ学校に通い、二人そろって世話になった大学教授と結婚し、同じ町に住んでいる。だけどバディは秋になると、奨学金をもらって寄宿制の進学校に通い、夏にはモンタナで松の木にできたコブ病を駆除するアルバイトをして稼いでいたから、母親同士が旧友であることは、ほとんど関係なかった。

バディが突然家にやってきてから、三月はじめのある晴れた土曜日の朝まで、彼から連絡はなかった。次の月曜日に行われる十字軍についての歴史の試験に向けて、大学寮の自分の部屋で隠者ピエールや無一文のゴーティエについて勉強していると、廊下の電話が鳴った。

普段なら、廊下の電話にはみんなで順番に出ることになっていたけれど、上級生ばかりの階で一年生はわたしだけだったから、たいていの場合はわたしが出た。誰か電話に出てくれないかなと思いながら、しばらく待っていた。でも、みんなきっとスカッシュをしているか、週末だから出かけているのだろうと思い、自分で電話を取った。

「エスター?」下の階で当直をしている女の子だった。わたしがそうだと答えると、彼女は「男の人が来てるよ！」と言った。

それを聞いて驚いた。その年にはそれまで色んなブラインド・デートをしてきたけれど、二回目のデートの誘いの電話をくれた人は一人もいなかったからだ。ほんとうに運がなかった。毎週土曜日の夜になると、手に汗をかきつつ好奇心で胸を膨らませながら下の階に降りてきて、先輩に叔母さんの親友の息子だという人を紹介してもらい、青白い顔をしたキノコみたいな男や、耳が突き出ているか、歯が出ているか、足が悪いかする男と会うのはほんとうにいやでたまらなかった。こんなのはわたしに見合わないと思っていた。だって、わたしはどこも悪くないし、ただ勉強熱心なだけで、いつ息抜きすればいいかわからないだけなのだから。

とにかく髪をとかして、リップを塗り直し、歴史の教科書を持って下に降りていくと（もし会いに来たのが醜い男だったら、図書館に行く途中だと言って断れると思ったのだ）、そこにいたのは郵便受けにもたれかかっているバディ・ウィラードだった。カーキ色のジッパージャケットに青いデニム、擦り切れたグレーのスニーカーという出で立ちのバディは、笑顔でわたしを見上げた。

「ちょっと挨拶がてら来てみたんだ」

イェール大学から、節約するためにわざわざヒッチハイクまでして挨拶しに来るのは変だと思った。

「こんにちは」とわたしは言った。「外に出て、ポーチに座る？」

ポーチに出たかったのは、その日の当直だった詮索好きな先輩が興味津々でじっとこちらを見ていたからだ。きっとこの男は大きな間違いを犯していると思っていたに違いない。

わたしたちは籐のロッキングチェアに並んで座った。日差しは爽やかで風もなく、暑いくらいだった。

「少ししかいられないんだ」とバディは言った。

「そうなの？　ランチの時間もないくらい？」

「それは無理だな。ジョアンと二年生のプロムに行くために来たからね」

わたしは自分はなんて馬鹿なんだろうと思った。

「ジョアンは元気？」わたしは冷たく尋ねた。

ジョアン・ギリングはわたしたちと同じ町の出身で、同じ教会に通う大学の一年先輩だった。クラス長をしていて、物理学を専攻し、大学ホッケーのチャンピオンでもあった。じっと見つめてくる小石のような色の目、きらきらと輝く墓石のような歯、それに息を切らしたような彼女の話し声に、わたしはいつも不快感を覚えていた。体も馬みたいに大きかった。バディは女の趣味がかなり悪いんじゃないかとわたしは思いはじめた。

「ああ、ジョアンね」と彼は言った。「彼女は二ヵ月も前に僕をダンスに誘ってきたんだ。それに彼女のお母さんまでもが、一緒に行ってあげてくれなんて母さんに頼んできたしね。どうしようもないだろう？」

「いやだったら、なぜ一緒に行くなんて言ったのよ?」わたしは意地悪く尋ねた。

「いや、ジョアンのことは好きだよ。彼女は男が自分にいくら金を使ったかなんて気にしないし、アウトドア好きだしね。この前、週末に彼女がイェール大に遊びに来たときは、イーストロックまでサイクリングに出かけたんだけど、後ろから押さなくても坂道を上がりきれたのは彼女だけだったよ。ジョアンはいい子だ」

嫉妬で全身が冷たくなった。わたしはイェール大学に遊びに行ったことがなかったし、そこは寮の先輩たちが週末にもっとも行きたがっていた場所だった。わたしはバディ・ウィラードにはなにも期待しないことにした。人に期待するのをやめれば、がっかりすることもない。

「じゃあ、ジョアンを探しに行ったほうがいいんじゃない?」わたしは平静を装って言った。

「わたしももうすぐデートの相手がやってくるし、あなたとこうして座ってたら彼はいやがるはずだから」

「デート?」バディは驚いた顔をした。「誰と?」

「二人いるのよ」とわたしは言った。「インジャ・ピエールとムイチモン・ノ・ゴーティエ」

バディがなにも言わなかったので、「彼らのニックネームね」と付け加えた。

「ダートマス出身なの」

口元をこわばらせた顔を見る限り、バディはあまり歴史の本を読んだことがないのだろう。彼は籐のロッキングチェアを揺らした勢いで立ち上がると、必要もないのに強く椅子を押した。そしてイェール大学の紋章が入った薄いブルーの封筒をわたしの膝の上に落として、こう言った。

「もしきみがいなかったら、置いていくつもりだった手紙だよ。中に質問が書いてあるから、返事をするなら手紙でくれ。今は聞きたい気分じゃないから」

バディが帰ったあと手紙を開くと、イェール大学の三年生のプロムへの招待状が入っていた。

わたしは驚きのあまり何度か歓声をあげ、「行く、行く、絶対行くに決まってる！」と叫びながら寮の建物の中に駆け込んだ。ポーチでまぶしい真っ白な太陽の光を浴びたあとだったから、中に入ると真っ暗でなにも見えなかった。気がつくと、当直の先輩に抱きついていた。イェール大の三年生のプロムに行くことになったと聞くと、彼女はびっくりして、尊敬するような眼差しでわたしを見た。

不思議なことに、この一件があってから寮での生活が一変した。同じ階の先輩たちが話しかけてくるようになり、ときどき、すすんで電話に出てくれる人も出てきた。もう誰も、わたしの部屋の前で、この子、本に鼻をつっこんでバラ色の大学生活を無駄に過ごしているわ、なんて嫌味なことを大声で言わなくなった。

でもプロムのあいだずっと、バディはわたしを友人かいとこのように扱った。

わたしたちは遠く離れたところでずっと踊っていたけれど、「蛍の光」が流れるとようやくバディはやってきて、さも疲れたかのようにわたしの頭の上にあごを乗せた。それから、冷たくて真っ暗な真夜中に、午前三時の風が吹くなか、バディとわたしはゆっくりと八キロ歩いてわたしが泊まることになっていた家まで戻った。そこでわたしは足を伸ばすには長さが足りないリビングのソファで寝たのだけれど、それはまともなベッドがある場所の多くが一泊二ドルするのに対して、五十セントしかしなかったからだ。

体がだるくて気分が塞いでいて、こなごなになった記憶の残骸でいっぱいだった。この週末にバディはわたしと恋に落ち、その年はこれからずっと、土曜の夜になにをしようか心配する必要はなくなると思っていたのに。わたしが泊まるはずの家が近づいてくると、バディが言った。「化学実験室に行ってみないか?」

わたしは呆然として繰り返した。「化学実験室?」

「そう」バディはわたしの手を取った。「実験室の裏からきれいな景色が見えるんだ」たしかに、実験室の裏には丘のような場所があり、そこからニューヘイブンの家の明かりがちらほらと見えた。

バディがごつごつした地面に足場を固めているあいだ、わたしはその風景に見とれているふりをしていた。バディにキスをされているあいだは、目を開けたまま、家の明かりの間隔を忘れないように目に焼き付けていた。

ようやくバディが体を引いて言った。「すごい!」

「すごいってなにが?」わたしは驚いて訊いた。ドライで退屈な、なんてことのないキスだった。冷たい風のなかを八キロも歩いたせいで二人とも唇がガサガサで、それが残念だと思ったのを覚えている。

「すごい。きみにキスするのって最高だよ」

わたしは謙遜してなにも言わなかった。

「きっときみは、たくさんの男と付き合ってるんだろうね」とバディが言った。

「まあ、そうね」この一年、毎週違う男の子とデートしてきたしな、とわたしは心のなかで思った。

「そしたら、僕はもっと頑張らなくちゃ」

「わたしだってそうだよ」わたしは慌てて言った。「奨学金をもらい続けなきゃならないし」

「それでも、毎月三週目の週末なら、なんとかきみに会う時間ができると思う」

「うん」わたしは気絶しそうになりながら、大学に戻ってみんなにこのことを言いふらしたくてたまらなかった。

バディはもう一度、家の階段の前でキスしてきた。そして翌年の秋、バディに医大への奨学金が下りると、わたしはイェール大ではなくその医大に彼に会いに行き、そこで彼が今までずっとわたしを騙し続けてきた偽善者であることを知った。

それがわかったのは、二人で赤ん坊が生まれるのを見た日だった。

ずっとバディに、面白い病院の現場を見せてほしいと頼んでいたこともあって、金曜日にわたしが授業をさぼって三連休を取ると、彼はすごいものを見せてくれた。

まず白衣を着て、四体の死体が置かれた部屋で背の高いスツールに座り、バディと友人たちが死体を切り刻むのを見た。死体はとても人間とは思えない形をしていたけれど、少しも気にならなかった。皮膚は革みたいに固くなり、紫がかった黒に変色していて、古いピクルスの瓶(ジャー)みたいな臭いがした。

そのあと、バディに連れられて廊下に出ると、そこには生まれる前に死んでしまった赤ん坊が入った、大きなガラス瓶がいくつか置かれていた。最初の瓶の中の赤ん坊は、カエルくらいの小さな丸まった胴体の上に大きな白い頭が垂れ下がっていた。次の瓶の赤ん坊はもっと大きくて、その隣の瓶の赤ん坊はさらに大きく、最後の瓶の赤ん坊は普通の赤ん坊の大きさで、わたしを見つめながら小豚みたいな笑みを浮かべているように思えた。

こんなぞっとするものを冷静に見ていられることが、すごく誇らしかった。

思わず飛びあがってしまったのは、肺の解剖をするバディを見ようとして死体の胃袋に肘をついてしまったときだけだった。一、二分もすると肘が焼けるように熱くなって、死体がまだ温かいということは、もしかしたら半分生きているのかもしれないと思い、小さな悲鳴を上げながらスツールから飛び降りたのだ。するとバディが熱かったのは酸性洗剤のせいだと言うので、わたしはまた元のように座り直した。

昼食の一時間前には、バディに連れられて鎌状赤血球貧血やその他の気が滅入るような病気についての講義に行った。そこでは、車椅子に乗った病人たちを壇上に上げて質問をしては、また車椅子で元いた場所に下ろしたりカラーのスライドを見せたりしていた。

あるスライドには、頬に黒いほくろのある美しい笑顔の少女が写っていた。「そのほくろが現れてから二十日後、この少女は亡くなりました」と教授が言うと、教室は一瞬静まり返ったが、そのあとすぐに講義の終わりを知らせるベルが鳴ったため、そのほくろがなんだったのか、なぜその子が亡くなったのかは結局わからず仕舞いだった。

午後は、赤ん坊が生まれるところを見に行った。

まず病院の廊下にあったリネンが入っている戸棚から、バディはわたしがつける白いマスクとガーゼをいくつか取り出した。

俳優のシドニー・グリーンストリートくらい恰幅のよい、背が高くて太った医学生が近くでくつろいでいて、髪の毛が完全に隠れて白いマスクの上から目だけがのぞくようになるまで、バディがわたしの頭にガーゼをぐるぐる巻きつけていくのを見ていた。

その男はいやらしいにやにや笑いを浮かべながら言った。「少なくともお母さんだけはきみを愛しているから大丈夫だよ」

この男はなんて太っているんだろう、男にとって、特に若い男にとって、でぶでいるのは不幸なことに違いない。だってあんな大きなおなかにもたれかかってキスをするのに耐えられる女がいる？　こんなことを考えるのにわたしは忙しくて、医学生に侮辱されたことにすぐには気づかなかった。彼は自分のことをさぞかし立派な男だとでも思っているのだろう。でぶな男を愛してくれるのはお母さんくらいでしょうね、という嫌味な切り返しを思いついた頃には、もう姿が見えなくなっていた。

バディは壁にかかった、穴が一列に並んだ奇妙な木製プレートをじっと見ていた——穴は硬貨ほどの大きさからはじまり、ディナープレートほどの大きさまであった。

「気にしない、気にしない」と彼は言った。「それより、今にも出産しようっていう人がいるんだ」

分娩室のドアの前には、バディの知り合いだという痩せた猫背の医学生が立っていた。

「やあ、ウィル」とバディは声をかけた。「誰が担当？」

「僕さ」ウィルは、暗い声で答えた。彼の青白くて広い額には汗がにじんでいた。「はじめてなんだ」

バディの話によると、ウィルは三年生で、卒業までに八人の赤ん坊を取り上げなければならないのだそうだ。廊下の奥のほうがざわついたかと思うと、ライムグリーンの手術着とキャップを着けた数人の男と数人の看護婦が、大きな白い塊を載せたストレッチャーを押しながら、ばらばらと行列を成してこちらに向かってきた。

「きみは見ないほうがいい」ウィルがわたしの耳元でささやいた。「見たら、一生子どもを産みたいなんて思わなくなるぞ。女性には見せるべきじゃない。人類が滅亡しちゃうよ」

バディとわたしは笑った。バディはウィルの手を握って励ますと、みんなで分娩室に入っていった。

看護婦たちが女性を引き上げるようにして乗せた台を見て、あまりの衝撃に言葉を失ってしまった。まるで恐ろしい拷問台のようで、片側には金属の足場が宙に突き出していて、反対側にはよくわからない器具やワイヤーやチューブがいろいろとくっついていた。

バディとわたしは女性から少し離れた窓際に立った――そこだとよく見えたのだ。彼女のおなかはすごく突き出ていて、そのせいで顔も上半身もまったく見えなかった。体は巨大なクモのように膨れ上がったおなかと、足場に乗せられて高く吊るされた醜いひょろひょろとした二本の長い足しかないように見えた。赤ん坊を産んでいるあいだ、彼女はずっと人間とは思えない唸り声をあげ続けていた。

あとになってバディに聞いたところによると、あの女性は痛みを忘れる薬を飲んでいて、悪態をついたりうめき声をあげたりはしていたけれど、もうろうとした状態だから実際に自分がなにをしているのかわかっていなかったのだそうだ。

まさに男が発明しそうな薬だ。ひどい痛みを感じている女性がいても、一時的に痛みがなくなれば、あんなうめき声はあげなくなるし、そうして薬が痛みを忘れさせてしまえば、産み終えて家に帰り、すぐまた子作りに励むとでも思っているのだろう。でも実際は、彼女の体の秘めたところでは、長くて前が見えず、扉も窓もない痛みの廊下が続いていて、彼女をふたたび飲み込んだり吐き出したりしてやろうとしているというのに。

ウィルの監督役の医長が、「トモリッロさん、もっといきんで。そう、いきむんです。いいですよ、さあ、いきんで」と女性に言い続けていると、ついに毛が剃られて消毒液まみれの股のあいだの割れ目から、黒っぽいものがぼんやりと見えはじめた。

「赤ん坊の頭だ」女性のうめき声に紛れて、バディがささやいた。

でもどうやら赤ん坊の頭はどこかにひっかかっているようで、医長はウィルに切開するように指示した。ハサミが女性の皮膚を布のように切る音がすると、一気に血が吹きだした——猛烈に鮮やかな赤色だった。するとすぐに、赤ん坊がウィルの両手の中に飛び出してきたようだった。青い冥王星のような色をしていて、白い粉みたいなものがふいていて、筋状に血がこびりついていた。ウィルは怯えた声で「落とす、落とす、落としちまうよ」と言っていた。「大丈夫、大丈夫だから」と医長は言うと、ウィルの手から赤ん坊を受け取ってマッサージをはじめた。すると青い色は消えていき、赤ん坊はかすれた、しわがれた声で泣きはじめた。男の子だった。

まず赤ん坊が最初にしたのは、医長の顔におしっこをひっかけることだった。あとでバディに、そんなことがあり得るのかと訊いてみたら、珍しいけれどじゅうぶんにあり得ると言っていた。

赤ん坊が生まれるとすぐに、分娩室にいた人たちは二つのグループに分かれ、看護婦たちは赤ん坊の手首に金属の認識票を結びつけて綿棒で目のまわりをぬぐうと、おくるみで体を包んでキャンバス地のベビーベッドに入れ、そのあいだに医長とウィルは、女性の切開した部分を針と長い糸で縫いはじめた。

誰かが「男の子ですよ、トモリッロさん」と言ったはずだが、女性は答えず、顔すら上げなかった。

「で、どうだった?」緑の中庭を抜けて彼の部屋へ戻る途中、バディが満足げな顔で尋ねてきた。

「素晴らしかった。毎日でも見たいくらい」とわたしは言った。赤ん坊を産む方法がほかにあるのかどうかは尋ねる気になれなかった。なぜかよくわからないけれど、わたしにとって一番重要なのは、自分の目で赤ん坊が体から出てくるのを見て、ほんとうに自分の子どもであると確認することだと思った。どうせあんなに痛い思いをするのなら、はっきりと意識があったほうがいい。

これまではいつも、出産を終えたあとに分娩台の上で肘をついて起き上がる自分の姿を想像していた。もちろんあれだけの苦痛を味わったのだから、顔は真っ白で化粧もしていないだろうけれど、髪を腰まで垂らしながら、まばゆいばかりの笑顔で、身もだえしている初めて産んだ小さな子どもに手を伸ばして、どんな名前になるかわからないけれど、その子を呼ぶのだ。

「あれって、どうして白い粉だらけだったの?」会話を続けるためにそう尋ねると、バディは赤ん坊の肌を守るロウみたいなものだと教えてくれた。

バディの部屋は、まるで修道士の部屋みたいだった。壁もベッドも床も飾り気がなく、机には『グレイ解剖学』やその他のぞっとするような内容の分厚い本が積んであった。バディはキャンドルに火をつけると、デュボネワインの栓を抜いた。二人でベッドに並んで座ると、バディがワインを飲んでいるあいだ、わたしはE・E・カミングスの「いまだ旅したことのないどこか」や、持ってきた本からそのほかの詩をいくつか朗読した。バディがわたしみたいな女の子が一日じゅう読みふけって過ごすのだから、詩には特別ななにかがあるに違いないと言うものだから、会うたびにわたしは彼に詩を読み、その詩について考えたことを話して聞かせた。詩の朗読はバディが思いついたことだった。

彼はいつも二人で過ごす週末の予定を立てていて、時間を無駄にしてしまったと後悔しないようにしていた。バディの父親は教師だったから、なろうと思えば彼も教師になれたはずだ。思い返せば、いつもわたしに色んなことを説明していたし、新しい知識に触れさせようとしていた。

わたしが詩を一篇読み終えたあと、急にバディがこう言った。「エスター、男を見たことはある?」

その言い方から、普通の男性という意味でも一般的に男性という意味でもなく、裸の男のことを言っているのだとわかった。

「ないよ」とわたしは答えた。「彫刻でならあるけど」

「じゃあ、僕のことを見たいと思わない?」

わたしはなんて言えばいいのかわからなかった。最近では母と祖母はますますバディ・ウィラードがどれほど立派で汚れのない青年で、上品でなんの汚点もない家の出身だということをほのめかすようになっていた。たとえば、教会では誰もが彼のことを人格者だと思っているし、自分の両親や年配の人にもとても親切で、スポーツ万能でハンサムで、おまけに頭までいいのよね、と言ったりするのだ。

母と祖母がほんとうに言いたかったのは、あれほど立派で汚れがないのだから、バディにふさわしい女の子もまた彼くらい立派で汚れなくいるべきだということだった。だからわたしは、バディが考えることなら悪いことであるはずがないと、本気で思い込んでいたのだ。

「そうね。見ようかな」とわたしは答えた。

バディがチノパンのジッパーを下ろして脱ぎ、椅子の上にかけてから、網タイツのようなナイロンの下着を脱ぐのを、わたしはじっと見ていた。

「これ、涼しいんだよね」と彼は言った。「それに母さんも洗濯が楽だって言うんだ」

そうしてバディが前に立ちはだかったので、わたしはじっと前を見つめ続けていた。七面鳥の首と砂肝のことしか頭に浮かんでこなくて、すごくゆううつな気分だった。

バディはわたしがなにも言わないことに傷ついたようだった。「きみは僕のこういうのにも慣れたほうがいい」と彼は言った。「さあ、次はきみを見せて」

でも、バディの前で裸になるのは、大学の身体検査で骨格の写真を撮るために、カメラの前で裸にならなければならないのと同じように思えた。撮影のあいだはずっと、真っ裸の自分の写真が、正面から撮ったものも横から撮ったものも、大学の体育の資料としてファイルに収められ、姿勢の良さに応じてAからDの評価が付けられることを考えている。

「ああ、それはまた今度ね」とわたしは言った。

「わかった」そう言うとバディは服を着た。

それからしばらくキスをして抱き合うと、わたしは少し気分が良くなってきた。デュボネの残りを飲み干すと、ベッドの端で足を組んで座り、くしを貸してと頼んだ。そしてバディから見えないように、顔の前に髪を垂らすようにしてとかしはじめた。ふいに、わたしは尋ねた。「誰かと関係を持ったことがある?」

どうしてそんなことを言ったのかは、わからない。口から勝手に言葉が出てきたのだ。バディ・ウィラードが誰かと関係を持つだなんて、これっぽっちも考えたことはなかった。きっと彼はこう答えるに違いない。「いや、きみみたいに純粋な処女の女の子と結婚するときのためにとってあるよ」

でも、バディはなにも言わずに、頬をピンク色に染めるだけだった。

「どうなの?」

「関係を持つって、どういう意味?」バディはうつろな声で尋ねた。

「わかってるでしょ。誰かと寝たことがあるかってこと」わたしはバディから見えやすい横の髪の毛を手際よくとかし続けていたけれど、熱くなった頬に電球のフィラメントみたいにわずかな電流が走るのを感じて「やめて、やめて！　やっぱり、答えなくていい。なにも言わないで」と叫び出したくなった。でもそうせずに、なにも言わずにいた。

「そうだね、あるよ」ようやくバディが答えた。

それを聞いて、わたしは倒れそうになった。

バディ・ウィラードがキスをしてきて、きっときみは、たくさんの男と付き合ってるんだろうなと言った夜から、わたしのほうが彼よりもずっとセクシーで経験豊富なのだという気持ちにさせられてきた。わたしを抱きしめたりキスしたり体に触れたり、そういったことを彼がしてしまうのは、すべてわたしが意図せずに彼にそうしたいと思わせてしまうからで、彼には自分を止められないし、どうしてそんな気分になったのかもわからないのだと思っていた。

でも今ようやく、バディはただ純粋なふりをしていただけだとわかった。

「で、どうだったの？」わたしは髪をゆっくり何度もとかしながら、そのたびにくしの歯が頬に食い込むのを感じていた。

「誰としたの？」

バディはわたしが怒っていないとわかって、ほっとしているようだった。それだけでなく、自分が誘惑されたことを誰かに話せて安堵しているようにすら見えた。

思ったとおり、バディは誘惑されたのであって、彼からけしかけたわけではなかった。彼が悪いのではなかった。相手は去年の夏、ケープコッドで彼が皿洗いとして働いていたホテルのウェイトレスだった。バディは彼女が変な目つきで見つめてきて、慌ただしい厨房の中で胸を押し付けてくるのに気づいていた。そこでついにある日、いったいなんなのかと尋ねると、彼女はまっすぐにバディの目を見つめて「あなたが欲しいの」と言った。

「パセリを添えて？」と、バディは無邪気に言って笑った。

「ううん」と彼女は言った。「いつかの夜にね」

こうしてバディは純粋さと純潔を失った。

最初は、ウェイトレスと寝たのはそのとき限りだろうと思ったけれど、念のために何回寝たのかを尋ねると、彼はよく覚えていないが、夏が終わるまでのあいだ週に何回かだったと思うと答えた。三回×十週で三十回。途方もない数に思えた。

それ以来、わたしのなかでなにかが凍りついてしまった。

大学に戻ると、わたしは先輩たちに手当たり次第、もしまだお互いのことを知り合っている途中の男の子に、ある夏のあいだ、ふしだらなウェイトレスと三十回寝たと言われたらどうするかと訊いてまわった。でも先輩たちは、たいていの男の子なんてそんなもので、少なくとも結婚を前提に交際するか婚約するまでは、正直なところ責めたりはできないと言った。

実際のところ、バディが誰かと寝たのがいやなのではなかった。誰とでも寝る人たちについての記事は読んだことがあるし、もしそれがほかの男の子だったら、面白い部分だけをもっと詳しく訊いたり、もしかしたら釣り合いを取るために自分も誰かと寝てみたりしたかもしれない。そしてそれ以上考えずにいられただろう。

でも、わたしが耐えられなかったのは、バディがわたしのほうが性に奔放で、自分はすごく純粋だというふりをしていたことだった——ほんとうは、売春婦みたいなウェイトレスと関係を持っていたというのに。わたしの顔を見ては、吹き出したくてたまらなかったに違いない。

「あなたのお母さんはそのウェイトレスのことをどう思ってるの?」その週末、わたしはバディに尋ねた。

バディは母親と驚くほど親しかった。いつも男女の関係について母親が言ったことを話題にしていたし、わたしはウィラードさんが男女問わず、童貞や処女を保つべきだという考えにかなり狂信的であると知っていた。初めてウィラードさんのお宅の夕食に呼ばれたとき、彼女は探るようないやな目つきで、下から上まで舐め回すようにしてわたしを見た。わたしが処女なのかどうかを見定めようとしているのは明らかだった。

思ったとおり、バディは恥ずかしそうな顔を見せた。「母さんにグラディスのことを聞かれたんだ」と彼は認めた。

「へえ、それでなんて答えたの?」

「グラディスは自由奔放な人で、二十一歳だって言った」

わたしのことだったら、バディは母親にそんな無礼な説明はしないだろう。彼はいつも、母親が「男性が求めているのは伴侶であり、女性が求めているのは永遠に続く安定ですよ」とか「男性というのは未来へ放たれる矢であり、女性とはその矢が放たれる場所です」などと言ったと、うんざりするくらい話していた。

わたしがそれに反論しようとするたびに、バディは母さんはまだ父親と楽しんでいるし、あの年齢を考えればそれ以上に素晴らしいことはない、だから母さんはよく物ごとをわきまえているってことだよと断言するのだった。

というわけで、わたしはバディ・ウィラードときっぱり別れることにした。彼がウェイトレスと寝たからではなく、彼にはそれを素直に認めて自分にはそういうところがあると直視する度量がないからだ。そのとき、廊下の電話が鳴りはじめ、誰かが知ったような口調で少し節をつけてこう言うのが聞こえた。「エスターに電話だよ～。ボストンから～」

わたしはすぐに、なにか良くないことが起きたのだと思った。ボストンで知っているのはバディくらいだけど、長距離電話は手紙よりずっと高くつくからと言って、電話をかけてくることはなかったからだ。前に一度だけ、わたし宛てに急ぎの伝言があったときも、彼は医大の名簿をたどってその週末にわたしの大学まで車で行く人がいないか訊いて回ったくらいだった。そうしたら予想通り見つかって、その人にわたしへのメモを渡せたので、その日のうちに伝言を受け取れた。切手代すらかからなかった。

電話はバディからだった。毎年秋に行われる定期検査の胸部X線検査で結核にかかっていたことがわかり、結核を患った医学生のための奨学金で、アディロンダック山地にある療養所へ行くことになったと彼は言った。それから、先週以来手紙をくれていないけれど、僕たちの関係に特に問題はないよね、少なくとも週に一度は手紙を書いてほしいし、クリスマス休暇には療養所に見舞いにきてほしいとも。

あんなに動揺したバディの声は聞いたことがなかった。彼はいつも完璧な健康体であることを誇り、副鼻腔が詰まってわたしが思うように息ができなくなったときは、心身症だと言われた。そんなことを言うなんて、医者になる人間としてあるまじきことだと思ったし、代わりに精神科医になるための勉強をするべきだとも思ったけれど、もちろんわたしは、はっきりそうとは言わなかった。

わたしはバディに結核なんてほんとうに気の毒ね、と伝えて手紙も書くと約束したけれど、電話を切る頃には気の毒だなんて少しも思っていなかった。ただ、すがすがしいほどの解放感だけがあった。

結核にかかったのは、バディが裏表のある生活を送って、わたしに優越感を抱いていたことへの罰なのかもしれない。それにこうなった今はもう、バディと別れたことを大学のみんなに知らせて、ブラインド・デートなんていう退屈なことをまた最初からはじめなくていいのだから、なんて都合がいいんだろう。

わたしはみんなに、バディは結核になったけれど、彼とはほとんど婚約したようなものだと手短に伝えた。それ以来、わたしが土曜の夜に寮に残って勉強していても、彼女たちはとても優しくしてくれた。悲しみを隠すために勉強に打ち込むなんて、気丈な人だと思われていたからだ。

七

思ったとおり、コンスタンチンは背が低かったけれど、それなりにハンサムで、明るい茶色の髪にダークブルーの瞳をして、生き生きとしたどこか挑戦的な顔をしていた。肌はこんがりと日焼けしていて歯並びもよく、アメリカ人かと思うくらいだったが、わたしにはすぐそうでないとわかった。彼にはわたしがこれまで出会ったアメリカ人の男にはないものがあった——直観力だ。

コンスタンチンは最初から、わたしがウィラードさんの秘蔵っ子でないと見抜いていた。話を聞きながらわたしが眉をひそめたり、ドライに笑って見せたりするうちに、やがて二人とも堂々とウィラードさんについて毒づくようになっていったものだから、わたしは「このコンスタンチンって人は、わたしの背が高すぎるとか、外国語をよく知らないとか、ヨーロッパに行ったことがないとかいうことは気にならないらしい。彼ならありのままのわたしを見てくれるかもしれない」と思った。

コンスタンチンは、年季の入った緑色のオープンカーで国連までわたしを連れて行った。シートはひび割れていたけれど、座り心地のいい茶色の革張りだった。日焼けしているのはテニスをしているせいだと彼は言った。二人で並んで座り、太陽の光を浴びながら街中を猛スピードで走っていると、彼が手を握ってきた。こんな幸せな気分になったのは、九歳くらいの頃に父と熱くて白い砂浜を走っていたとき以来だった——父が亡くなる前年の夏のことだ。

コンスタンチンと一緒に、国連の閑散としたぜいたくな講堂で座っているあいだ——隣には筋肉質な体型でメイクもしていない同じく同時通訳者のロシア人の女の子がいた——純粋に幸せを感じられていたのは九歳までだったということを今まで考えもしなかったのは、奇妙なことだと考えていた。

その後は、母がやりくりしてくれたおかげで、ガールスカウトやピアノ、水彩画やダンスのレッスンに通い、セーリング・キャンプにも行き、大学にも通えて、朝食の前に霧のなかでみんなでボートの練習をしたり、ブラックボトムパイにありついたりもした。毎日新しいアイデアが湧いてきて、小さな爆竹みたいに弾けていた。だけど、心から幸せだと思えることは一度もなかった。

灰色のダブルのスーツを着たロシア人の女の子をじっと見つめていると、彼女は慣用句をよくわからない言語で次から次へとつぶやいていた——コンスタンチンが、あれはすごく難しいんですよ、ロシア語には英語と同じ慣用句がないからと説明してくれた。心の底から、彼女のなかにもぐりこんで、慣用句を次から次へと大声で唱えながら残りの人生を過ごしたいと思った。だからといって幸せにはなれないかもしれないけれど、たくさんある小石のなかに使える小石がひとつ増えるはずだ。

すると、コンスタンチンとロシア人通訳の女の子、それに名札がついたマイクの後ろで議論している黒人や白人や黄色人種の男たちが全員、遠のいていくような気がした。まるで出航する船のデッキに座っている人たちみたいに、口はパクパクと動いているのが見えるけれど、なにを話しているかは聞こえない――大きな沈黙に包まれて、わたしはひとり取り残されていた。

自分ができないことを順番に挙げていくことにした。

まずは、料理だ。

祖母も母もとても上手だったので、いつも任せきりだった。二人はいつも、いくつか料理を教えてくれようとしていたけれど、わたしはただ「へえ、そうなんだ。なるほどね」なんて言いながらただ見ているだけで、作る手順は頭のなかを水のように流れていった。そのうえ、実際になにかを作ってみたとしてもいつも失敗していたから、もう一度作ってと言われることはなかった。

大学一年生のときのある日の朝、唯一の親友だったジョディが彼女の家でスクランブルエッグを作ってくれたのを覚えている。普段とは違う味がしたので、なにか特別なものが入っているのかと尋ねると、ジョディはチーズとガーリックソルトを入れたのと言った。誰に教わったの？と訊くと、誰にも教わっていないし、自分で思いついたのだと言う。でもよく考えてみれば、彼女は現実的な人だったし社会学専攻だった。

わたしは速記もできない。

つまり、大学を卒業してもいい仕事には就けないということだ。母はいつも、ただ英文学を専攻しているだけの人なんてどこも欲しがらないと言っていた。でも、速記を知っている英文学専攻の学生なら話は別。引く手あまたになるわよ。新進気鋭の若い男性たちのあいだで引っ張りだこになって、ドキドキするような文書を次々と書き写すようになるんだから、と。

でも困ったことに、わたしは男に仕えるという発想が大嫌いだった。ドキドキするような文書の内容は自分で考えて、自分で書き写したかった。それに、母が見せてくれた本に載っていた小さな速記記号は、tを時間としてsを総距離とするのと同じくらいひどいものに思えた。

できないことのリストは、どんどん長くなっていった。

わたしはダンスも下手だ。うまくリズムに乗れず、しかもバランス感覚も悪いから、体育の授業で両手を広げて本を頭に乗せたまま平均台の上を歩かされると、いつも転んでばかりだった。一番やりたかった乗馬もスキーも、お金がかかってできなかった。ドイツ語も話せないし、ヘブライ語も読めないし、中国語も書けない。目の前にいる国連の男たちが代表する、辺ぴなところにある歴史ある国々のほとんどは、地図上のどこにあるのかさえ知らなかった。

国連の建物の真ん中にある防音加工が施された部屋で、同時通訳だけでなくテニスもできるコンスタンチンと、たくさんの慣用句を知っているロシア人の女の子に挟まれながら、わたしは生まれて初めて、自分の無能さを痛感していた。問題は、それまでもずっと未熟だったのに、それについて考えてこなかったことだった。

唯一得意だったのは、奨学金や賞を取ることだったけれど、その時期はおわろうとしていた。競馬場がない世界の競走馬や、突然ウォール街やビジネススーツを突きつけられた学生アメフトのヒーロー選手みたいな気持ちだった。それまで築いてきた栄光の日々は縮小されて、暖炉の上に置かれた小さな金のカップになり、そこには墓石のように日付が刻まれている——。

自分の人生が、この前読んだ物語に出てくる緑のイチジクの木のように、目の前で枝を広げていくのが見えた。

どの枝の先からも、丸々とした紫色のイチジクみたいに素晴らしい未来が、手招きしたりウインクしたりしている。あるイチジクは夫と幸せな家庭、それに子どもたち。別のイチジクは有名な詩人で、また別のイチジクは優秀な教授。さらに別のイチジクは人もうらやむ編集者イー・ジーで、そのまた別のイチジクはヨーロッパとアフリカと南米、その先のイチジクはコンスタンチンやソクラテスやアッティラなど珍しい名前と変わった職業を持つ恋人たち。また別のイチジクはオリンピックの女子漕艇の金メダリストで、それらの後ろにも上にも、数えきれないほどイチジクがたわわに実っていた。

イチジクの木の幹の分かれ目に座り、飢え死にしそうになっている自分の姿が見えた——どのイチジクを選んだらいいか決められないのだ。あれもこれも欲しくて、ひとつを選んでしまったら、残りすべてを失うと思っている。そうして決められずにいたら、イチジクにしわが寄って黒くなり、ひとつ、またひとつと、足元の地面に落ちていった。

コンスタンチンが連れて行ってくれたレストランは、ハーブとスパイスとサワークリームの匂いがした。ニューヨークに来て以来、こんなレストランを見つけられたためしがなかった。わたしが見つけたのは、巨大なハンバーガーや日替わりスープ、それに四種類の素敵なケーキを、すごく清潔なカウンターで出す〈ヘヴンリー・ハンバーガー〉というチェーン店だけだった。カウンターの正面には、まぶしいくらいに磨かれた長い鏡が取り付けられていた。

レストランは、薄暗い階段を七段おりた地下室のような場所にあった。

煙草の煙で黒くなった壁には、旅行会社のポスターが貼られていて、スイスの湖や日本の山脈やアフリカの原野を見下ろすはめ殺しの窓がついているみたいだった。そして、埃をかぶった太い瓶入りのキャンドル——何世紀にもわたり赤や青や緑のロウを涙のように垂らして立体的になった部分が、美しいレースのようだった——がそれぞれのテーブルに光の輪を作り、客の顔を浮かびあがらせたり、照らしたり、炎のように見せたりしていた。

なにを食べたのかは覚えていないけれど、最初の一口ですごく気分が高揚した。イチジクの木や、しわしわになって地面に落ちる大きなイチジクの実という幻想は、空腹という強い空虚感から生まれたものだったのだろう。

コンスタンチンは、ことあるごとにマツの樹皮の風味がする甘いギリシャワインをグラスに注ぎ、気づくとわたしは、これからドイツ語を学んでヨーロッパに行き、マギー・ヒギンズのような従軍記者になるつもりだと口走っていた。

ヨーグルトにイチゴジャムが添えられたデザートを食べる頃には、すっかりいい気分で、コンスタンチンに口説かせようと考えていたくらいだった。

バディ・ウィラードから例のウェイトレスの話を聞いて以来、自分も出掛けていって誰かと寝てみようと思っていた。でも、バディとではだめだ。まだわたしより、寝た人の数が一人分多いのだから、寝るとしたら別の人がいい。

実際に寝るかどうかという話にまで至ったことがある唯一の男の子は、いつも苦虫を嚙みつぶしたような顔をしている、南部出身のワシ鼻のイェール大生だけだった。ある週末、デートのためにわたしが通う大学にやって来た彼は、相手の子が前日にタクシー運転手と駆け落ちしたことを知った。その子はわたしと同じ寮の学生で、その夜はわたししか寮に残っていなかったので、必然的にわたしが彼の慰め役になったのだ。

近所のコーヒーショップで、何百人もの名前が木目に刻まれた、人から見えにくい背もたれの高いブースに腰を下ろすと、わたしたちは何杯もブラックコーヒーをお代わりしながら、セックスについてざっくばらんに語り合った。

その人——エリックという名前だった——は、わたしの大学の女の子たちが門限の午前一時になる前に、ポーチの電灯の下や外から丸見えの茂みのなかで、通りすがりの人全員に見えるように夢中になっていちゃついているのを見るのはうんざりすると言った。人類は百万年もかけて進化してきたんじゃないのかよ、とエリックは辛辣な声で言った。それなのに僕たちはなにをやってる？　まるで動物じゃないか。

それから彼は、初めて女性と寝たときのことを話しはじめた。

彼は南部の進学校に通っていたが、そこはどこを向いても恥ずかしくない紳士を育てることに特化した高校で、卒業するまでに女性を知らなければならないという不文律があった。聖書で言うところの「知る」ってやつさ、とエリックは言った。

そこである土曜日、数人のクラスメイトと一緒にバスに乗って、一番近い街にある悪名高い売春宿に向かった。エリックの相手をした娼婦はワンピースを脱ぎすらしなかった。でぶな中年女で、髪を赤く染め、唇は妙なくらい分厚く、肌はネズミみたいな色をしていた。電気を消そうともしなかったので、エリックはハエが飛びまわる二十五ワットの電球の下で彼女を抱いたが、それまで話で聞いていたほど良くもなかった。トイレに行くのと同じくらい退屈に思えたという。

わたしが、愛している女性とすれば、それほど退屈には感じないんじゃない？　と言うとエリックは、その人のこともほかの女と同じただの動物だと思ってしまって台無しになるに決まってる。だから、もし誰かを愛したとしても、その人と寝ることはない。どうしてもしたくなったら娼婦のところへ行くし、愛する女性にはあんな汚いことはさせられないと言った。

ひょっとするとエリックは寝る相手にはちょうどいいかもしれない、という考えが頭をよぎった。彼はすでに経験済みだし、そこらへんの男とは違って、その話をしているときも、いやらしくはならなかったし、ふざけているようにも見えなかったからだ。でも、その後エリックから、わたしのことならほんとうに愛せるかもしれないという内容の手紙が送られてきて、その理由として、きみには知性が感じられるし、シニカルだけど優しい顔をしていて、僕の姉さんに驚くほど似ているからだと書かれていた。つまり、わたしは彼が絶対に寝ないタイプということで、それではうまくいかない。そこでわたしは、残念だけど、幼なじみの恋人と結婚することになったのと返事を書いて送った。

考えれば考えるほど、ニューヨークで同時通訳者に誘惑されるのは悪くないように思えてきた。コンスタンチンは、どこから見ても大人で思いやりがあるように見える。大学生の男たちが車の後部座席で女の子と寝たことを、ルームメイトやバスケのチームメイトに言いふらすみたいに、自慢話をする相手が彼にはいないこともわかっている。それに、ウィラードさんに紹介された男と寝るなんて、面白い皮肉があった。遠回しに言えば、そもそもそれはウィラードさんの蒔いた種だったのかもしれないのだから。

コンスタンチンが、ロシアの弦楽器バラライカのレコードを聴きに家に来ないかと誘ってきたとき、わたしはひとりほくそ笑んだ。母はいつも、どんなことがあったとしても、夜に出掛けたあとは男の人の部屋について行ってはいけないと言っていた――つまりは〝そういうこと〟だからと。

「バラライカ、大好きなんです」とわたしは答えた。

コンスタンチンの部屋にはバルコニーがあって、ハドソン川が見渡せた。暗闇のなかで、下のほうから曳船のぼぼぼぼぼという音が聞こえてきた。感動して優しい気持ちになりながら、わたしは自分がこれからやろうとしていることを完全に理解していた。

赤ん坊ができてしまうかもしれない。でも、そんな考えは遠くのほうでぼんやりとしていて、少しも気にならなかった。百パーセント確実に赤ん坊ができないようにする方法なんてないと、母が『リーダーズ・ダイジェスト』から切り抜いて大学に送ってくれた記事には書いてあった。それは、何人かの子どもがいる既婚の女性弁護士が書いたもので、「貞操を守るために」というタイトルがつけられていた。

そこには、女の人は夫以外の誰とも寝てはいけないし、しかも寝るのは結婚してからでなければならない理由が、これでもかというくらいに書かれていた。

要は、男の世界と女の世界は違うし、男の感情と女の感情も違うが、唯一結婚だけがその二つの世界と異なる感情を正しく結び付けられるということだった。母は、こういうことについて女の子は手遅れになって初めて知ることが多いから、結婚している女性のようによくわかっている人たちのアドバイスを聞くべきだと言っていた。

この女性弁護士は、よくできた男性であれば妻になる人のために貞節を守りたいと思うもので、たとえそうでなかったとしても、妻にセックスを教えるのは自分でありたいと思っていると書いていた。そしてもちろん、彼らは女の子にセックスしようと説得する際に、そのあとで結婚するからと言うだろうが、その子が体を委ねたとたんに彼女を尊ぶ気持ちを失い、この子は自分としたのだから、きっとほかの男ともこういうことをするに決まっているなどと言いだして、結局、彼女の人生は惨めなものになってしまうのだと。

弁護士は「後悔する前に安全を取るべき」、「赤ん坊ができないようにする確実な方法はない」、「妊娠したら、ほんとうに困ったことになるのはあなたです」という言葉で記事を締めくくっていた。

わたしに言わせれば、この記事は女の子の気持ちを考えていない。

純潔でいられて、同じく純潔な男と結婚できれば素敵かもしれない。でも、結婚したあとに突然、実は初めてではなかったと（バディ・ウィラードみたいに）男に告白されたら？　女だけが一人しか相手を知らない汚れなき人生を歩まなければならず、男は汚れなき人生とそうでない人生という二重の人生を歩めるだなんて、考えただけで耐えられなかった。

最終的にわたしは、二十一歳になっても純潔を守っている、やる気に満ちたインテリ男を見つけるのが難しいのなら、自分も純潔を守ることなど忘れて、純潔でない男とさっさと結婚したほうがいいと思うようになった。そうすれば、その男がわたしの人生を惨めなものにしようとしたとしても、わたしも同じように彼の人生を惨めにできる。

十九歳のとき、わたしにとって純潔は大きな問題だった。

世界はカトリックかプロテスタントか、共和党か民主党か、白人か黒人か、あるいは男か女かで分かれているのではなく、誰かと寝たことがあるかないかで分かれていて、それが人と人とを見分ける唯一の重要な違いのように思っていた。

そして、その境界線を越えれば、越えたその日から目を見張るような変化が訪れると信じていた。

きっと、いつかヨーロッパを訪れたときに覚えるはずの感情が湧き上がってくるはずだ、と思っていた。旅から戻って家で鏡を見つめたら、目の奥に小さな白いアルプスの山が見えるのだろうと。でも今は、明日になって鏡を見たら、目の奥で人形サイズのコンスタンチンが座って微笑みかけているはずだと思えた。

それから一時間くらい、わたしたちはコンスタンチンのアパートメントのバルコニーで、背もたれのある椅子を二つ並べて、蓄音機で音楽を聴いていた。二人のあいだにはバラライカのレコードが積み上げられていた。ぼんやりとした乳白色の光が、街灯なのか半分に欠けた月なのか、はたまた車か星の光なのかよくわからないけれど立ち込めていて、それなのにコンスタンチンはわたしの手を握るだけで、誘惑してくるようなそぶりはまったく見せなかった。

婚約していたり、心に決めたガールフレンドがいるのかもしれない。もしかしたらそれが問題なのかもしれないと思って訊いてみたけれど、答えはノーで、そういったことはないときっぱり言われた。

そうこうしているうちに、マツの樹皮の風味がするワインを飲みすぎたのか、強烈な眠気が全身から血管を通じて押し寄せてきた。

「部屋の中に戻って横になろうかな」とわたしは言った。

そして、さりげなく寝室に入ると、前かがみになって靴を脱いだ。清潔なベッドが救助ボートのように目の前で揺れていた。わたしは大きく伸びをしてから、目を閉じた。すると、コンスタンチンがため息をついてバルコニーから部屋に入ってくるのが聞こえた。片足ずつ彼の靴が音を立てて床に落ちると、彼はわたしの隣で横になった。

顔に垂れている髪の隙間からひそかに彼のことを見た。

コンスタンチンは仰向けに寝ていて、両手を頭の下で組んで天井を見つめていた。肘あたりまでまくられた糊のきいた白いシャツが、薄闇のなかで不気味にぼんやりと光っていて、日焼けした肌はほとんど黒に近かった。この人は今まで見たなかで一番美しい男の人に違いないとわたしは思った。

もしわたしの顔の骨格がもっとシャープで、抜け目なく政治を論じられたり、有名な作家であったりすれば、コンスタンチンはセックスしてもいいと思うくらいわたしに興味を持ってくれるのかもしれない。

でも、わたしを好きになったとたん、平凡さのなかに沈んでいってしまうのかもしれないし、彼がわたしを愛するようになったとたん、わたしは次から次へと彼の欠点を見つけるようになるのかもしれない――バディ・ウィラードや、彼の前に付き合った男の子たちにしたのと同じように。

同じようなことが何度もあった。

遠くのほうで完璧な男を見つけても、その人が近づいてくるとすぐに、この人ではダメだとわかるのだ。

それもあって、これまで一度も結婚したいと思わなかった。なによりも望んでいなかったのは、永遠の安定と、矢が放たれる場所になることだった。変化や興奮を求めていたし、独立記念日に打ち上げられる花火から放たれる色とりどりの矢のように、四方八方に飛んでいきたいと思っていた。


雨音で目が覚めた。

あたりは真っ暗だった。しばらくすると、見慣れない窓の輪郭がぼんやりと見えてきた。時折、光の筋がどこからともなく現れて、幽霊か、なにかをまさぐる指のように壁を這うと、またなにもないところへ滑り落ちていった。

そのとき、誰かが呼吸する音が聞こえた。

最初、それは自分が出している音で、食中毒になってホテルの部屋の真っ暗闇のなかで横になっているのだと思った。でも息を止めてみても、呼吸の音は続いていた。

ベッドの横で、緑色の目がひとつ光っていた。しかもコンパスのように四等分に分かれている。わたしはゆっくりと手を伸ばして、その上に手を添えた。そして持ち上げてみた。すると一緒に腕が持ち上がってきて、死人の腕みたいに重たかったけれど、眠っている人の温もりがした。

コンスタンチンの腕時計は午前三時を指していた。

彼はぱたりと眠ってしまったわたしに取り残されたときと同じ、シャツとパンツと靴下を身に着けたまま寝ていて、暗闇に目が慣れてくると、彼の青白いまぶたやまっすぐな鼻、形の良い寛容そうな唇も見えてきたけれど、霧に描かれたみたいに実体がなく思えた。しばらくのあいだ、わたしは身を乗り出して彼を観察していた。男の人のそばで眠ってしまったのは初めてだった。

もしコンスタンチンが夫ならどんなふうだろうと想像してみた。

朝七時に起きて、彼のためにベーコンエッグとトーストとコーヒーを用意して、彼が仕事に出かけたあとは、ナイトガウン姿で頭にカーラーを巻いたまま、ぼんやりと汚れた皿を洗ってベッドを整え、彼が充実した素晴らしい一日を終えて帰宅する頃には豪華な夕飯ができていることを期待され、それからまた汚れた皿を洗い続けて、ベッドに倒れ込むのだ。くたくたに疲れ果てて。

十五年間、オールAを取り続けてきた女の子には、退屈でむなしいだけの人生に思えたけれど、結婚とはそういうものだ。料理や掃除や洗濯は、バディ・ウィラードの母親が朝から晩までやっていたことだった。彼女は大学教授の妻だったが、かつては自身も私立学校の教師だった。

前にバディを訪ねていったとき、ウィラードさんが夫の古くなったスーツをほぐしたウールでラグを編んでいるのを見かけた。何週間もかけて編んでいて、わたしは茶色と緑と青が織り成すツイード柄に見惚れていた。でも、ウィラードさんは作り終えても壁に掛けて飾ったりしないで（わたしだったらそうするのに）、キッチンマットの代わりに敷いていた。そして数日後には、汚れてくすんでしまい、安物雑貨店で一ドル以下で買えるマットと見分けがつかなくなっていた。結婚するまでは女にバラの花束やキスを贈ったり、レストランでディナーをご馳走したりとさんざん大盤振る舞いしていても、結婚式が終わる頃に男がひそかに望んでいるのは、ウィラードさんが作ったキッチンマットのように女を自分の足下でぺしゃんこにさせることだというのは、わたしもわかっている。

自分の母親だって、父と新婚旅行に出かけるためにリノ（短期間で相手の同意なく離婚できる街として知られていた）を発つやいなや——その前に父は結婚していたので、まずはリノで離婚する必要があったのだ——父に「やれやれ、これで肩の荷が下りた。さあ、もう取り繕うのはやめて本性を表そうじゃないか」と言われたそうだ。その日以来、母に心安らぐ時間が訪れることは一時もなかった。

それからわたしは、バディ・ウィラードが意地悪そうな物知り顔で、わたしに子どもができたらものの捉え方や感じ方が変わるから、もう詩なんて書きたくなくなるだろうと言っていたのを思い出した。もしかすると、結婚して子どもができるというのは、言われている通りほんとうに洗脳されるのと同じで、その後はどこかの知らない全体主義国家の奴隷みたいになにも感じずに生きるようになるのかもしれない。

手が届かない深い井戸の底にある、きらきら輝く小石を見つめているみたいにコンスタンチンを上から見ていると、まぶたが開いて、わたしのことをじっと見つめ返してきた。その眼差しは愛にあふれていた。ぼんやりした優しさのなかで、まばたきしてわたしを認識したとたん、大きく見開かれた彼の瞳がエナメルのようにつやつやして深みを失っていくのを、わたしはなにも言わずに見ていた。

コンスタンチンはあくびをしながらベッドの上で起き上がった。「今、何時？」

「三時」わたしは抑揚のない声で言った。「そろそろ帰るね。明日は仕事が早いから」

「車で送るよ」

二人でベッドのこちら側とあちら側で背中合わせに座り、恐ろしいほど明るいベッドランプの白い光のなかで靴をごそごそ履いていると、コンスタンチンが振り向いたのを感じた。「きみの髪っていつもこうなの？」

「こうって？」

彼はなにも答えないまま、わたしの髪の根元に手を伸ばして指をくしのようにして毛先までとかした。わずかな電流が体を駆け巡ったけれど、わたしはじっとしていた。小さい頃から髪をとかしてもらうのが好きだった。眠たくなるし、気持ちが落ち着く。

「ああ、原因がわかった」とコンスタンチンが言った。「洗ったばかりだからだね」

そうして彼は、前かがみになってテニスシューズの紐を結んだ。

一時間後、わたしは自分のホテルのベッドで横になりながら雨音を聞いていた。雨というよりも、水道の蛇口から水が流れているみたいな音だった。左すねの骨の真ん中あたりが痛みはじめて、ラジオ付き目覚まし時計から流れる軍艦マーチの激しい音楽で七時に叩き起こされるまでは眠れるかもしれない、という淡い期待を捨てた。

雨が降るたびに足は古傷を負っていたのを思い出すようで、鈍い痛みがよみがえってきた。

「バディ・ウィラードのせいで骨を折ったんだった」とわたしは思った。

でもすぐに、「いや、違う。自分のせいだ。卑劣な自分を戒めるために、わざと折ったんだった」と思い直した。

八

アディロンダック山地までは、ウィラードさんの夫が車で送ってくれた。

その日はクリスマスの翌日で、頭上には灰色の空が広がっていて今にも雪が降り出しそうだった。わたしは食べすぎて体が重く、気持ちも落ち込んでいた。クリスマスの次の日はいつもそうだ。モミの木やキャンドル、銀や金のリボンがかけられたプレゼント、白樺の丸太が燃える暖炉、七面鳥、クリスマスキャロル、そしてピアノの演奏が約束していたことがなんであれ、結局実現しなかったかのように思えるからだ。

クリスマスが来るたびに、カトリック教徒であればよかったのにと思うくらいだった。

最初にウィラードさんが運転して、次にわたしが替わった。なにを話したのかは覚えていないけれど、郊外ではすでに雪が積もっていて、どんよりとした路肩を走らなければならず、連なる灰色の丘から車道の端までモミの木が生い茂っているのを見ると（真っ黒に見えるくらい濃い緑色だった）、ますます気分がゆううつになっていった。

ウィラードさんに、「どうぞひとりで行ってください、わたしはヒッチハイクで家に帰りますから」と言いたい衝動に駆られた。でも、ウィラードさんの顔を見たらとてもできなかった。少年のようなクルーカットの銀色の髪、澄んだブルーの目、ピンクの頬……そのすべてが甘いウェディングケーキみたいにシュガーコーティングされていて、無邪気さと信頼に満ちていた。この訪問は最後までやり遂げるしかない。

昼頃になると、空の灰色が少し薄らいできたので、凍った路肩に車を止めて、奥さんが昼食用に詰めてくれたツナのサンドイッチとオートミールクッキー、リンゴ、そして魔法瓶入りのブラックコーヒーをウィラードさんと分け合った。

ウィラードさんはわたしを優しく見つめていた。それから咳払いをすると、膝に落ちたパンくずを払った。なにか真剣なことを言おうとしているのがわかった。とてもシャイな人だったし、重要な経済学の講義をする前にも同じように咳払いするのを以前にも聞いたことがあったからだ。

「ネリーと私は、ずっと娘が欲しいと思っていてね」

一瞬、頭が混乱して、奥さんが妊娠して女の子が生まれることを発表しようとしているのかと思った。でも彼はこう続けた。「だけど、きみより素敵な娘なんていないだろうな」

ウィラードさんはわたしが泣いていると思ったに違いない。彼に父親になってもいいと思っていると言われて感極まっているのだと。「ほら、ほら」ウィラードさんはわたしの肩を優しくたたきながら、一、二回咳払いをした。「私たちは、お互いによくわかり合えていると思うんだよ」

そして車のドアを開けると、わたしが座っている側にゆっくりと回ってきた。彼の息が、ゆらゆらとのろしを上げながら灰色の空に消えていくのが見えた。彼が空けた助手席にわたしが移ると、ウィラードさんはエンジンをかけて車を走らせた。

今思えば、バディがいる療養所がどんなところかはわかっていなかったように思う。

きっと小高い山の上に建つ山小屋のようなものを想像していたはずだ。そこにはバラ色の頬をした若い男女がいて、みんなとても魅力的だけど熱を帯びたようなギラついた目つきをしていて、外のバルコニーで分厚い毛布に包まれて横になっているのだろうと。

「結核は肺に爆弾を抱えて生きるようなものなんだ」バディが大学に送ってきた手紙には、そう書かれていた。「ただ安静にして、爆発しないことを祈るしかないんだよ」

静かに横になっているバディの姿は、なかなか想像できなかった。彼の人生哲学は一秒たりとも無駄にせず動くことだった。夏にビーチに行っても、わたしのようにごろごろ日光浴するなんて一度もなかった。あちこち走りまわって、ボールで遊んだり腕立て伏せを何セットか素早くやったりして時間を有効的に使っていた。

ウィラードさんとわたしは、待合室で午後の安静療法が終わるのを待っていた。

療養所の建物は全体的にレバーみたいな茶褐色を基調としているようだった。黒光りする木造部、焦げ茶の革張りの椅子、かつては白かったであろう蔓延したカビや染みだらけの壁。床はまだら模様の茶色のリノリウム貼りだった。

ローテーブルの上には、円形や半円形の染みが黒っぽいベニヤ板ににじんでいて、ぼろぼろになった『タイム』や『ライフ』のバックナンバーが数冊置かれていた。一番手前にあった雑誌を半分あたりまでめくると、アイゼンハワーの顔が笑いかけてきた。禿げ上がった頭にぼんやりとした表情は、瓶の中の胎児みたいだった。

しばらくして、なにかがかすかに漏れている音に気づいた。一瞬、壁が吸収した湿気を放出しはじめたのかと思ったけれど、音は部屋の隅にある小さな噴水から聞こえていた。

噴水の水は粗雑なパイプから十センチほど空中に噴き出しては、両手を広げたみたいに崩れ落ち、ちょろちょろという耳障りな滴りを黄ばんだ水が溜まった石のボウルに飲み込ませた。石のボウルには公衆トイレみたいな白い六角形のタイルが敷き詰められていた。

ブザーが鳴った。遠くのほうでドアが開いたり閉じたりしている。そしてバディがやってきた。

「やあ、父さん」

バディは父親を抱きしめるとすぐに、恐ろしいくらい明るくわたしのほうにやってきて、手を差し出した。わたしはその手を握った。しっとりとしていて肉付きがよかった。

ウィラードさんとわたしは一緒に革張りのソファに座った。バディはわたしたちと向かい合うように、つるつるした肘掛け椅子の端に腰掛けた。ずっと笑っていて、見えない針金で口角が吊りあげられているかのようだった。

バディが太っているなんて思ってもみなかった。療養所でのバディのことを想像するといつも、頬骨の下に影が刻まれてくぼんだ眼窩から目をぎょろぎょろさせる姿が浮かんできた。

でも、バディのへこんでいた部分はすっかり、しかも急にでっぱりに変わっていた。はちきれそうなおなかが、ぴちぴちの白いナイロンシャツの下から突き出していて、頬はマジパンで作ったフルーツみたいに丸くなって赤みを帯びていた。笑い声ですらぽっちゃりしているように思えた。

バディと目が合うと「ここの食事のせいなんだ」と彼は言った。「毎日毎日、たらふく食べさせられたあげく、ずっと寝かされるからね。でも、ようやく散歩が許されたから心配しないで。数週間もすればまた痩せるさ」バディは椅子から急に立ち上がると、嬉しそうに人をもてなす家主のように笑った。「僕の部屋を見てみない？」

わたしがバディのあとを追い、そのあとにウィラードさんが続くようにしてすりガラスのスイングドアを通り、薄暗いレバーみたいな色の廊下を進んだ。床用のワックスと消毒液の匂いがして、それとは別に、茶色くなったクチナシの花のような、かすかな異臭がした。

バディが茶色のドアを思い切り開けると、わたしたちは一列になって狭い部屋に入っていった。青いストライプがついた薄っぺらの白いシーツがかけられたでこぼこのベッドが、部屋の大部分を占めていた。その隣にはサイドテーブルがあって、ピッチャーとグラスが置かれていて、ピンク色の消毒液が入った瓶からは銀色の体温計が小枝のように突き出ていた。もうひとつのテーブルには、本や書類、曲がった陶器のつぼ（絵付けはしてあるけれど釉薬はかかっていない）が置かれていて、ベッドの足元とクローゼットのドアのあいだに押し込まれていた。

「まあ、快適と言えば快適だな」とウィラードさんは言って、ため息をついた。

バディは笑った。

「これは?」わたしはスイレンの葉の形をした陶器の灰皿を手にとって言った。くすんだ緑色の葉には、黄色で丁寧に葉脈が描かれていた。バディは煙草を吸わない。

「灰皿だよ」とバディは言った。「きみにあげようと思って」

わたしは灰皿を置いた。「わたしは煙草を吸わないよ」

「知ってる」とバディは言った。「でも気に入ってもらえるかなと思ってさ」

「さて」とウィラードさんは言って、薄い唇をこすり合わせた。「そろそろ私は行くとするよ。あとは若い者同士でやりなさい」

「わかったよ、父さん。気を付けて帰ってね」

びっくりした。当然ウィラードさんも一泊して、翌日車で送ってくれるものと思い込んでいたのだ。

「わたしも一緒に帰りましょうか?」

「いやいや」ウィラードさんは財布から数枚お札を取り出すと、バディに渡した。「エスターに、列車のいい席を取ってあげなさい。一日か二日は泊まってくれるはずだから。きっとね」

バディは父親をドアのところまで見送った。

わたしはウィラードさんに見捨てられた気分だった。ずっとこうしようと計画していたのではないかと思ったけれど、バディは違うと言っていた。父さんは病人を見るのがいやで、特に自分の息子が病気になった姿を見るのが耐えられなかっただけだと。ウィラードさんはこれまでの人生で一日も病気になったことがなかった。

わたしはバディのベッドに座った。ほかに座るところがなかったからだ。

バディはてきぱきと書類をあさると、灰色の薄い雑誌をわたしに手渡して言った。「十一ページを見てみて」

その雑誌はメイン州のどこかで印刷されたもので、美しいデザインで印刷された詩やアスタリスクで区切られた詩の紹介文が載っていた。十一ページ目には「フロリダの夜明け」という詩があった。スイカのような色の光、カメのような緑色のヤシの木、ギリシャの遺跡のような模様がついた貝殻といったイメージの描写が続くのをわたしは目で追った。

「悪くないね」そうは言ったけれど、心のなかではひどい詩だと思っていた。

「誰が書いたんだろうねえ?」バディは鳩みたいな変な笑みを浮かべていた。

わたしはページ下の右隅に書かれた名前に目を落とした。B・S・ウィラード。

「さあ」そう答えてから、「なーんてね。もちろんわかってるわよ、バディ。あなたが書いたんでしょ」と言った。

バディはわたしのほうにじりじりと寄ってきた。

思わず身を引いた。結核についてはほとんど知らなかったけれど、目に見えない形で伝染するのだから、すごく不吉な病気のように思えた。バディは結核菌の殺人オーラを小さく放っているかもしれない。

「大丈夫だよ」とバディは笑った。「僕のは開放性じゃないから」

「開放性？」

「きみには伝染らないってこと」

急な坂道を登っている途中のように、バディは一呼吸ついた。

「訊きたいことがあるんだ」前にはなかった癖ができたようで、人を不安にさせるような目つきで、じっとわたしを見つめた。まるで頭に穴を開けて、中の様子を見たほうがいいとでも思っているかのようだった。

「手紙で訊くことも考えたんだけど」

一瞬、裏にイェール大学の紋章が入った淡いブルーの封筒が頭に浮かんだ。

「でも、きみがここに来るまで待っていようと思ったんだ。そうすれば、直接訊けるからね」そこでいったん言葉を切った。「なんのことか知りたくない？」

「なんなの？」わたしは少しも期待せずに小さな声で言った。

バディはわたしの隣に座り直した。そして腕をわたしの腰に回して、わたしの耳にかかった髪を払った。わたしは動かなかった。すると、彼がささやく声が聞こえてきた。「バディ・ウィラード夫人になるなんて、どう？」

思わず吹き出してしまいそうになった。

バディ・ウィラードを遠くからひたすら思い続けていた五、六年のあいだにこの質問をされていたら、大喜びしたことだろう。

バディはわたしがとまどっているのを見逃さなかった。

「あ、今すぐにってことじゃないよ。わかってるから」と口早に言った。「まだ結核治療薬も飲んでいるし、肋骨の一本や二本は切らなきゃならないかもしれない。でも、来年の秋までには医大に戻れるはずだよ。遅くとも次の春には……」

「バディ、話しておきたいことがあるの」

「わかってるよ」とバディはこわばった声で言った。「ほかに誰か好きな人ができたんだろ?」

「違う、そうじゃない」

「じゃあ、なんなんだよ?」

「わたしは結婚するつもりはないの」

「そんなのおかしいだろう」と言ったバディの声は明るかった。「そのうち気が変わるさ」

「いや、もう決めたことだから」

それでもバディは明るい顔をしていた。

「大学でお芝居を観たあと、ヒッチハイクでわたしの大学まで一緒に帰ったときのことを覚えてる?」

「ああ」

「田舎と都会、どっちに住みたいかってわたしに訊いたよね?」

「そしたらきみは……」

「わたしは、田舎にも都会にも住みたいって言ったじゃない？」

　バディはうなずいた。

「そしたら、あなたは」わたしは急に声に力を込めて言った。「それを笑って、きみにはまさにノイローゼになる気質があるなって言ったんだよ？　今した質問はその週の心理学の授業で配られたアンケートに載っていたものだって」

　バディの笑顔がくもった。

「そうよ、わたしはノイローゼなの。田舎にも都会にも落ち着くことはできないでしょうね」

「ちょうど中間あたりに住めばいいじゃないか」バディは、助け舟を出そうとして言った。「そうすれば、ときどき都会に行って、ときどき田舎に行けるだろ？」

「それのどこがノイローゼなのよ？」

　バディは答えなかった。

「なんとか言ったらどう？」ここにいる病人たちを甘やかしてはいけない。それは彼らにとって良くないし、だめにするだけだと思いながら、わたしは吐き出すように言った。

「きみの言うとおりだ」バディは消え入りそうな声で言った。

「ノイローゼですって？　笑っちゃう！」わたしは軽蔑するように笑いながら言い放った。

「もしノイローゼが相反する二つのことを同時にしたいってことだとしたら、わたしはめちゃくちゃノイローゼでしょうね。相反するもののあいだを飛び回りながらこれからの人生を送るつもりだから」

バディはわたしの手に手を重ねた。

「僕も一緒に飛び回らせてよ」

わたしはノースカロライナ州にあるピスガ山（ピスガは聖書のなかで、モーセが死ぬ前に約束の地を一望した場所）のスキー場の頂上から、下を見下ろしていた。こんな高いところまで来るつもりはなかった。スキーをするのは生まれて初めてだった。それでも、機会があるなら景色を楽しんでおきたいと思ったのだ。

左のほうでは、ロープ式のリフトに牽引されたスキーヤーたちが次々に雪で覆われた頂上に降り立っていた。そこは行ったり来たりする人でごったがえしていて、正午の日差しを浴びてわずかに溶けた雪は、ガラスのような固さと光沢を帯びていた。冷たい空気がわたしの肺と鼻を、まるで罰を与えられているのかと思うくらいに痛めつけていて、幻でも見えるくらいに頭が冴えわたっていた。

赤や青や白のウェアを着たスキーヤーたちが、はためく星条旗みたいに、まばゆい斜面をさまざまな方向へ走り抜けていく。ゲレンデのふもとにあるログハウス風のロッジから聴こえる流行曲が、立ち込めるような静寂のなかで響いていた。

ユングフラウ峰から見下ろす
二人のための山小屋からは……

響き渡る陽気な声が、雪の砂漠に流れる見えない小川のように、わたしのそばを流れていった。あまり深く考えずに勇気を出しさえすれば、ゲレンデを滑り降りていく流れにわたしも飛び込めて、下のほうで見ている人たちのなかの小さなカーキ色の点に向かっていくのだろう——そこにバディ・ウィラードがいる。

午前中はずっと、バディにスキーを教わっていた。

スキーをするためにまず彼は、この近くに住んでいる友人からスキー板とストックを、療養所の先生の妻からはわたしの足と一サイズしか違わないスキー靴を、看護生からは赤いスキージャケットを借りてきた。そこまでしてこだわるなんて驚きだった。

ふと、バディが医大で賞をもらったときのことを思い出した。亡くなった患者の親族を説得して、必要であろうとなかろうと、科学のためという名目で死体を切り刻ませてもらうことになった件数が一番多かったのだ。なんという賞だったかは忘れてしまったけれど、白衣を着たバディが自分の体の一部のように聴診器を脇ポケットから飛び出させながら、微笑みを浮かべてお辞儀をし、家族を亡くしたばかりで気力もなく、ぼんやりとした人たちに書類にサインさせている姿が目に浮かんだ。

次にバディは、自分の主治医から車を借りた。その医者は以前に結核を患ったことがあり、とても理解がある人だった。そうして、日差しが入らない療養所の廊下に、散歩の時間を知らせるブザーが鳴り響くと同時に、わたしたちは車で出発した。

バディもスキーの経験はなかったけれど、基本的な原理はとても単純だし、スキーのインストラクターとその生徒たちをよく観ていたから、必要なことはぜんぶ教えてあげるよと言っていた。

最初の三十分、わたしは言われたとおりスキー板をV字に開いて短い斜面を登っていき、そこからストックを使って体を押し出して、そのまま勢いで滑るというのを繰り返していた。バディはわたしの上達ぶりに満足しているようだった。

「いいぞ、エスター」わたしが二十回目に斜面を滑り切ったところで、バディが言った。「今度はロープをつたって上に行ってみよう」

わたしはその場で立ち止まった。顔が紅潮して、息があがっていた。

「でもバディ、まだジグザグに滑る方法がわからないよ。上から降りてくる人たちはみんなジグザグに滑ってくるじゃない」

「ああ、ゲレンデの半分くらいまでしか上がらなければいいんだ。そうすれば、勢いがそこまでつかないから」

そうしてバディはロープ式リフトまで一緒に来ると、手のあいだにロープを滑らせる手本を見せ、指でしっかりとつかんで上に登るんだよ、と言った。

「ノー」と言うなんてことは、思いもつかなかった。

ごわごわして手が痛くなる蛇のようなロープがすり抜けないように、わたしはしっかりと指を巻きつけると、上へ上へと登っていった。

でもロープは、よろめいたりバランスを取ろうとしたりするわたしを、ものすごい勢いで引き上げていったので、ゲレンデの半分あたりまで来てもロープから手を離すことができなかった。すぐ前にも後ろにもスキーヤーがいるから、手を離したらすぐに転倒して人を巻き込み、スキー板やストックまみれになって身動きがとれなくなってしまうだろう。面倒は起こしたくない、そうわたしは思って、なにも言わずにロープにしがみついていた。

でも、頂上で、わたしは後悔しはじめた。

バディは赤いスキージャケット姿でためらっているわたしを見つけたようで、両腕をカーキ色の風車みたいに空中でぶんぶん振り回していた。それから、スキーヤーたちがジグザグに滑っているゲレンデの真ん中に空いた誰もいない場所を降りてくるよう、バディが合図を送っているのが見えた。でも、いざ構えると、不安から喉がカラカラに渇いてきて、足元から彼のいるところまで続く白い滑らかな道がぼやけて見えた。

左からも右からもスキーヤーが横切っていった。バディは雑菌みたいに微小動物が群がっているゲレンデに立っているアンテナか、あるいは曲がった感嘆符みたいに、力なく腕を振り続けていた。

わたしは人でごった返した円形劇場みたいな場所から目を移して、その先の景色を見上げた。大きくて灰色の空の目が、こちらを見返してきた。霧に包まれた太陽が、コンパスのあらゆる方角から青白い丘を越えてわたしの足元へと流れている、白くて静かな道のりを照らしていた。バカなことはするな。無事に逃れるためには、スキー板を外してコース沿いのマツ林に隠れながら歩いて降りろ、とうるさく言っていた心の声は、餌にありつけなかった蚊のように消えていった。死んでしまうかもしれないという考えが、木や花のようにわたしの心のなかで静かに膨らんでいった。

バディがいる場所までの距離を目で確認した。

今では彼は腕を下ろして組んでいたので、背後のフェンスと一体化しているように見えた——鈍感で、茶色くて、とるに足らないもの。

頂上の縁をじりじりと前に進みながら、わたしはストックを雪に食い込ませると、体をぐっと押して飛び出した。どんなに技術があっても今さら意志の力を発揮しても、もう止められない。

目指すのはまっすぐ先の下だ。

姿を隠していた強い風が口の中に吹き込んできて、髪を垂直に逆立てた。下に向かって滑っているはずなのに、白い太陽の位置は高くならなかった。空中に浮かんでいるような丘の連なりの上から動かない、世界の存在に不可欠な、知覚のない中心。

わたしの体のなかの小さな場所が、呼応するようにそこに向かっていった。空気、山、木、人々といった景色がいっぺんに押し寄せてきて、肺が大きく膨らむのを感じた。わたしは思った。「これが幸せってことなんだ」と。

ジグザグに滑っているスキーヤーや生徒やプロたちを追い抜き、裏表と笑顔と妥協だらけの月日を何年も何年も通り過ぎて、過去へと一気に滑り降りていった。

暗いトンネルの壁みたいに人や木が左右に遠ざかっていくのを横目に、わたしは先にある静かでまぶしい地点を目指して突進していった――井戸の底の小石、母親のおなかのなかで眠っている白くてかわいい赤ん坊に向かって。

歯が口いっぱいに広がる砂利のようなものをかみ砕いていた。水になった氷が喉の奥にしみ込んでいく。

バディの顔が目の前に現れて、軌道を外れた惑星のように近づいてきて大きくなった。その後ろから、ほかの人たちの顔が次々と現れた。バディの背後では白い平面に黒い点々が群がっていた。さえない妖精の魔法の杖が振られたかのように、一つひとつ見慣れた世界が元の位置に戻ってきた。

「うまく滑ってたよ」聞き覚えのある声が耳元でささやいた。「あいつさえ飛び出してこなければなあ」

ほかの人たちはわたしのスキー板の留め具を外し、ばらばらに雪山に突き刺さっていたストックを持ってきてくれた。ロッジのフェンスがわたしの背中を支えていた。

バディが屈んでわたしのスキー靴と、中に何足も詰めていた白いウールの靴下を取ってくれた。彼の肉付きのいい手がわたしの左足をつかむと、徐々に足首のほうへ上がってきて、ぎゅっと握ってはどこか折れていないかを探っていた。まるで武器でも隠し持っているのではないかと探っているみたいだった。

冷静沈着な白い太陽が空のてっぺんで輝いていた。ナイフの刃のように気高く薄く余分なものが削ぎ落とされるまで、太陽で自分を研ぎすましたいと思った。

「もう一度上に行く」とわたしは言った。「もう一度やってみる」

「だめだよ」

バディの顔に、妙に満足げな表情が浮かんだ。

「それはだめだ」彼は極めつきの笑顔を振りまきながら繰り返した。「二箇所も脚が折れてる。数ヵ月はギプスをはめることになるよ」

九

「あの人たちが死ぬことになって、ほんとうによかった」
ヒルダはあくびをしながら猫みたいな手足をしならせると、会議室のテーブルに突っ伏してまた眠ってしまった。毒々しい緑色をしたわらくずが熱帯地方の鳥みたいに眉の上にとまっていた。バイルグリーン。雑誌社は秋に向けてこの色を流行(はや)らせようとしていたけれど、ヒルダだけは、いつものように半年も前に先取りしていた。バイルグリーンと黒、バイルグリーンと白、バイルグリーンと良く似たナイルグリーンを合わせたりして。

ファッションの宣伝文句は雄弁だけど、たわごとだらけで、わたしの頭のなかにうさんくさい泡を立てては、鈍い音を立ててぱちんと割れた。

「あの人たちが死ぬことになって、ほんとうによかった」

ホテルのカフェテリアに着いたのが、ヒルダがやってきたタイミングとちょうど重なってしまった自分の運の悪さを呪った。夜更かしした日のあとだったから、手袋やハンカチや傘やノートを忘れてしまった、という部屋に戻るための口実を考えるのも億劫(おっくう)だった。その罰として、アマゾン・ホテルを出る曇りガラスのドアからマディソン・アベニューにあるイチゴみたいな色の大理石でできた雑誌社のオフィスの入り口まで続く、死にそうなくらい長い道のりを歩くはめになった。

ヒルダはそのあいだずっと、マネキンみたいな動きをしていた。

「素敵な帽子だね、自分で作ったの？」

わたしはヒルダがこっちを向いて「声が変だけど、具合でも悪いの？」と言うかもしれないと期待していたけれど、彼女はただ白鳥みたいな首を伸ばしてから戻しただけだった。

「そうよ」

前の晩に観たお芝居はヒロインがユダヤの死人の霊に取り憑かれるという話で、霊が彼女の口を借りて話すとき、声が洞窟から聞こえて来るみたいに深く響いて男か女かわからないくらいだった。とにかく、ヒルダの声はその霊の声にそっくりだった。

彼女はぴかぴかのショーウィンドーに映る自分の姿を、あたかも自分の存在を確かめるかのように一秒一秒見つめていた。二人のあいだの沈黙があまりにも重苦しくて、その原因はわたしにあるのではないかと思えてくるくらいだった。

だからわたしは「ローゼンバーグ夫妻の一件って、ひどいと思わない？」と話しかけたのだ。

夫妻はその日の遅くに、電気椅子にかけられることになっていた。

「ひどいよ！」とヒルダが答えたので、わたしはようやく彼女の入り組んだ心の人間らしさに触れたような気がした。朝の会議室に充満した墓場のようなゆううつさのなかで、二人でほかの人たちが来るのを待っていると、ヒルダはもう一度「ひどいよ」と大きな声で言った。

「あんな人たちが生きているなんて、ひどいことだよ」

そうして彼女があくびをすると、淡いオレンジ色の唇が開いて大きな暗闇になった。わたしはすっかり魅了されて、彼女の顔の奥にできた真っ暗な洞窟を見つめていると、上と下の唇が合わさって動き出し、隠れていた場所から悪霊が声を上げた――「あの人たちが死ぬことになって、ほんとうによかった」


「さあ、笑って」

わたしはジェイ・シーのオフィスでピンク色のベルベットのラブシートに座り、紙でできたバラを手に持って雑誌のカメラマンと向かい合っていた。十二人の女の子のなかで、まだ写真を撮っていないのはわたしだけだった。トイレに隠れていようとしたけれど、うまくいかなかった。ベッツィーが個室のドアの下を覗いてわたしの足を見つけたのだ。

泣きだしてしまいそうだったから、写真なんて撮られたくなかった。なぜ泣きたかったのかは自分でもわからなかったけれど、もし誰かに話しかけられたり、じっと見られたりしたら、目から涙があふれて喉からは嗚咽が漏れて一週間は泣き続けるだろうと思えるくらいだった。水が満杯に入った不安定なコップのように、わたしのなかで涙があふれる寸前のところで揺れているのがわかった。

それは手伝っていた雑誌が印刷に回されて、わたしたち十二人がタルサやビロキシーやティーネックやクースベイなど、田舎にあるそれぞれの家に戻る前の最後の写真撮影だった。自分が将来なりたいものを示す小道具を持って、それぞれ写真を撮ることになっていた。

ベッツィーは農夫と結婚したいと言ってトウモロコシの穂を持ち、帽子のデザイナーになりたいヒルダは帽子職人が使うマネキンの髪のないのっぺらぼうの頭を持ち、ドリーンはインドでソーシャルワーカーになりたいと言って金糸で刺繡されたサリーを手に持っていた（ほんとうはそんなことは考えてすらいなくて、ただサリーが欲しかっただけだったけれど）。

なにになりたいかと訊かれたとき、わたしはわからないと答えた。

「そんなことはないだろう」とカメラマンが言った。

「彼女はね」とジェイ・シーが機転を利かせて言った。「何にでもなりたいのよ」

わたしは詩人になりたいと言った。

すると、みんなはわたしが手に持つものを探してくれた。

ジェイ・シーは詩集なんてどう？　と言ったけれど、カメラマンはわかりやすすぎると言って却下した。詩の創作にインスピレーションを与えたものがいいと言うのだ。結局ジェイ・シーが買ったばかりの帽子から、紙でできた茎の長いバラの花を一輪はずしてくれた。

カメラマンは白熱したライトをいじりながら言った。「詩を書くのは楽しいって感じで頼むよ」

わたしはジェイ・シーのオフィスの窓に置かれた、ゴムの木の葉っぱの模様越しに広がる青空を見つめた。ニセモノかと思うくらい丸々した雲がいくつか右から左へと流れていた。そのなかでも一番大きな雲を、あれが見えなくなったらわたしも一緒にいなくなれるかもしれないと思いながら、じっと見つめていた。

口のラインをまっすぐのままにしておくことが、すごく重要に思えた。

「笑って」

でもついに、言われるがまま、まるで腹話術の人形みたいにわたしは口元をゆがめた。

「おいおい」急にいやな予感がしたのか、カメラマンが声をあげた。「それじゃあ、泣き出しそうだよ」

どうすることもできなかった。

ジェイ・シーのラブシートのピンク色のベルベット生地に顔を埋めると、一気にほっとして、朝からずっとわたしのなかであふれ出しそうになっていた塩辛い涙と惨めな声が部屋じゅうに吐き出されていった。

顔を上げると、カメラマンはいなかった。ジェイ・シーの姿もなかった。恐ろしい動物に剝ぎ取られた皮のようにぐったりとしていて、裏切られた気分だった。解放されてほっとしていたけれど、その動物はわたしの精神も一緒に持っていってしまったようで、ほかのものも手をかけられるものはぜんぶ根こそぎ持っていかれてしまっていた。

わたしはハンドバッグを探って、マスカラ、マスカラブラシ、アイシャドウ、三本のリップ、そしてサイドミラーがついた金色のメイクセットを取り出した。鏡のなかから見つめ返してきた顔は、さんざん殴られた挙げ句、牢屋の格子からこちらを覗き込んでいる囚人みたいだった。あざだらけで腫れぼったく、色むらもひどい。石鹸と水とキリスト教信者の寛容な心を必要とする顔だった。

わたしは狭い心のまま、顔を直しはじめた。

ほどよい時間を置いて、ジェイ・シーが原稿を抱えてさっそうと戻ってきた。

「これ、面白いわよ」と彼女は言った。「読んでみて」

毎朝、フィクション担当エディターのオフィスでは原稿の束が雪崩を起こし、埃まみれの山を膨らませていた。アメリカじゅうの書斎や屋根裏部屋や教室で、みんな密かに執筆しているに違いない。毎分ごとに誰かしらが原稿を仕上げているとすると、五分もすればエディターのデスクの上には原稿が五つ積み上げられることになる。一時間後には、その数は六十になり、床に崩れ落ちることだろう。そして一年もすれば……。

染みひとつない原稿が宙に浮いているところを想像して、わたしは微笑んだ。右上のほうにはエスター・グリーンウッドとタイプされている。この雑誌社で一ヵ月働いたあと、わたしはある有名作家の夏期講座に通うことになっていた。あらかじめ原稿を送ってその作家に読んでもらい、彼のクラスに入れるほどじゅうぶんうまい書き手かどうかを見てもらうのだ。

言うまでもなく、それは限られた人間しか受けられない講座で、わたしはずいぶん前に作品を送っていた。まだ作家から連絡はきていないけれど、家に帰ればきっとテーブルの上の郵便物に紛れて合格通知が待っているはずだ。

わたしはジェイ・シーを驚かせようと、その講座で書く物語をいくつかペンネームで投稿しようと決めていた。ある日、フィクション担当エディターがジェイ・シーのところへ直々にやってきて、送られてきた原稿を彼女のデスクにどさっと落としてこう言うのだ。「並大抵じゃない作品が送られてきたわよ」それを読んだジェイ・シーも納得して掲載を決め、作者をランチに誘うと、その作者がわたしというわけだ。


「正直に言って」とドリーンは言った。「この人は今までとは違うよ」

「どんな人なの?」わたしはそっけなく訊いた。

「ペルー出身」

「ペルー人って、ずんぐりしてるよね」とわたしは言った。「アステカ族みたいに醜いし」

「いやいや、違うって。私は実際に会ったから」

わたしたちは洗濯していないコットンのワンピースや伝線したストッキングや灰色の下着がちらかったベッドに座っていて、ドリーンは十分近くもかけて、レニーが知り合いの友達を連れてくるからカントリークラブのダンスに一緒に行こうと、わたしを説得しようとしていた。彼女いわく、今回の人は今までのレニーの友達とは全然違うらしいけれど、わたしは翌朝八時の列車で家に帰ることになっていたから、少しは荷造りをしておきたかったし、一晩じゅうひとりでニューヨークを歩き回ったら、この街の神秘性や壮大さを少しでも感じ取れるかもしれないと、ぼんやり思ってもいた。

でもその考えは諦めた。

ニューヨークを去る前の最後の数日は、なにをしようか決めるのがますます難しくなっていた。ようやくスーツケースに荷物を詰めるなどなにかをしようと決めても、着回した高価な服を引き出しやクローゼットから引っ張り出しては、椅子やベッドや床に広げたまま座り込んでじっと見つめて、ただ途方にくれるのだった。洋服はどれも強情なアイデンティティを持っていて、洗濯されたり畳まれたり収納されたりするのを拒んでいるように思えた。

「洋服がこんな状態だからさ」とわたしはドリーンに言った。「帰ってきたときにこれじゃ、やってられないでしょ」

「そんなの簡単じゃない」

そしてドリーンは、彼女らしい素晴らしく短絡的な考え方でもって、スリップやストッキング、ワイヤーがしっかり入った精巧に作られたストラップレスのブラ(プリムローズ・コルセット・カンパニーからのプレゼントだったけれど、つける勇気がなかった)をひったくるようにして拾いはじめた。そうしてようやく、もの悲しく並んでいた変わったデザインの四十ドルのワンピースたちが、一着ずつ……。

「ねえ、それは置いといて。今日着ていくから」

ドリーンは抱えた洋服の束から黒い布を引っぱり出すと、わたしの膝の上に落とした。そして残りの服を雪だるまみたいに転がして柔らかい一塊にすると、ベッドの下に見えないように押し込んだ。

ドリーンは金色のノブのついた緑色のドアをノックした。

中からパタパタという足音と、男の笑い声が急に止んだのが聞こえた。すると、ワイシャツを着てブロンドをクルーカットにした背の高い男が、少しドアを開けた隙間から顔をのぞかせた。

「ベイビーだ！」と彼は叫んだ。

ドリーンは男の腕のなかに消えていった。この人がレニーの知り合いに違いない。

わたしは戸口に立ったまま、黒いタイトなワンピースとフリンジのついた黒いストールという姿で静かに立っていた。これまでになく怖気（おじけ）づいていたけれど、あまり期待はしていなかった。

「わたしは見ているだけだし」ドリーンがブロンドの青年から、同じく背は高いけれど肌が浅黒く、少しだけ髪が長い別の男の腕に託されて部屋に入っていくのを見ながら、そう自分に言い聞かせた。この男は真っ白なスーツに淡いブルーのシャツを合わせ、黄色いサテンのネクタイには輝くネクタイピンをつけていた。

わたしはそのネクタイピンから目が離せなかった。

そこから強くて白い光が放たれて、部屋じゅうを照らしているようだった。やがてその光は弱まっていき、金色の野原に残された露のしずくになった。

わたしは足をもう片方の足の前に出した。

「それは、ダイヤって言うんだよ」と誰かが言うと、たくさんの人が大声で笑った。

わたしの爪が、ガラスみたいな表面をはじいた。

「初めてダイヤを見たんだな」

「彼女にくれてやれよ、マルコ」

マルコはうなずくと、ネクタイピンをわたしの手のひらに置いた。

それは天空の氷みたいにまばゆく輝き、光をちらつかせた。わたしはさっとそれを黒いビーズバッグに滑り込ませると、あたりを見回した。みんなの顔はお皿のように無表情で、誰も息をしていないように見えた。

「俺は幸せ者だな」乾いた硬い手がわたしの二の腕あたりをぐっと握った。「どうやら今夜は、この女性をエスコートするようだ」マルコの目から輝きが消えて、真っ黒になった。「少しおもてなしさせていただこうか……」

誰かが笑った。

「……このダイヤモンドに見合ったおもてなしをね」

わたしの腕をつかんだ手に力が込められた。「痛い！」

マルコが手を離した。腕を見ると、彼の親指の跡が紫色になっていた。マルコはわたしを見ていた。そしてわたしの腕の内側を指差して言った。「見てみろよ」

見ると、同じような跡が四つわずかについていた。

「ほらね、俺は真剣なんだよ」

マルコの顔に浮かんでは消える微笑みは、ブロンクス動物園でからかったヘビを思い出させた。頑丈な檻のガラスを指で叩くと、ヘビは時計仕掛けのあごを大きく開いて笑ったかのように見えた。それからヘビは見えないガラスを叩いて叩いて叩き続けた――わたしがその場を離れるまで。

女嫌いに会ったのはそれが初めてだった。

マルコが女嫌いだと確信したのは、その夜、部屋にはモデルや売出し中のテレビ女優が大勢いたというのに、わたし以外の誰にも関心を示さなかったからだ。わたしにしても、優しさや好奇心から近づいてきたのではなく、同じカードばかりのトランプみたいに、たまたまわたしが彼に配られたというだけだった。


カントリークラブのバンドの男が歩み出てきてマイクを握ると、なにかの実でできたガラガラを振りはじめた。南米の音楽だった。

マルコはわたしの手を取ろうとしたけれど、わたしは四杯目のダイキリを握りしめたままじっと動かなかった。ダイキリを飲むのは初めてだった。ダイキリを飲んだのはマルコが注文したからだったけれど、なにを飲みたいか訊かれなかったことをいいことに、わたしはなにも言わずに次から次へとダイキリを流し込んでいた。

　マルコがわたしを見た。

「いや」とわたしは言った。「いやってなんだよ?」

「こういう音楽じゃ踊れないってこと」

「なにバカなこと言ってんだ」

「わたしはただここに座って、飲んでいたいの」

　マルコは引きつった笑みを浮かべて、わたしのほうに乗り出してきた。すると一瞬でわたしが持っていたお酒は宙を飛んでいき、ヤシの木の鉢植えの中に着地した。マルコはわたしの手を握った。彼についていくか、腕をもぎ取られるかの選択を迫られているくらい強い力だった。

「タンゴっていうんだよ」マルコはわたしを踊っている人たちのあいだへと誘導した。「俺はタンゴが大好きでね」

「わたしは踊れないの」

「おまえは踊らなくていい。俺が踊る」

　マルコはわたしの腰に腕を回すと、まぶしい白いスーツにわたしの体をぐいっと引き寄せた。そして「溺れているふりでもしてればいい」と言った。

　目を閉じると、暴風雨のように音楽が襲ってきた。マルコの足がわたしの足の前に滑り出されると、わたしの足は後ろに滑り、手と足は彼に釘付けされているみたいに、自分の意志や自覚とは関係なく、彼の動きに合わせて動いた。しばらくしてわたしは「踊るのに二人もいらない、一人でいいんだ」と思うようになり、風に吹かれた木のように、しなったり曲がったりする体に身を任せた。

「ほら、言っただろ？」マルコの息がわたしの耳を焦がした。「おまえさんは間違いなくご立派なダンサーだ」

女嫌いがなぜ女をこれほどまでバカにできるのか、だんだんわかりはじめていた。女嫌いは神みたいなものだ。不死身で力がみなぎっている。天から降りてきては姿を消すので、決して捕まえることはできない。

南米の音楽が終わると小休止になった。

マルコはフレンチドアからわたしを庭へ連れ出した。パーティーが開かれている部屋の窓からは光や声が漏れていたけれど、数メートル進むと暗闇がバリケードを作ってそれらを封じた。星々がわずかに輝いていて、木や花が冷たい匂いを漂わせていた。月は出ていない。

背後は四角く刈り込まれたツゲの垣根で閉ざされていた。閑散としたゴルフコースが連なる丘のような木立に向かって広がっていて、わたしは荒涼とした光景に親しみを覚えていた――カントリークラブにダンス、そして芝生のどこかではコオロギが一匹鳴いている。

わたしはどこにいるのだろう。ニューヨーク郊外の裕福なエリアのどこかなはずだけど。

マルコは細い葉巻と弾丸みたいな形の銀のライターを取り出した。そして葉巻をくわえると、身をかがめて火を付けた。影と光がくっきりと浮かび上がった彼の顔は異質で苦しそうで、亡命者のようだった。

わたしは彼を見ていた。

「誰かに恋をしているの？」わたしは尋ねた。

マルコはしばらくなにも言わず、ただ口を開けて青くてはかない煙の輪を吐いていた。

「おあつらえ向きの質問だな！」彼は笑った。

煙の輪は広がると、暗い空気に幽霊のように青白くぼやけていった。

マルコは「いとこのことが好きなんだ」と言った。

わたしは驚かなかった。

「結婚したらいいじゃない？」

「無理だよ」

「どうして？」

マルコは肩をすくめた。「彼女は近親者にあたるわけだし、これから修道女になるんだ」

「美人なの？」

「彼女に並ぶ人はいないくらいにね」

「彼女はあなたが愛してることを知ってるの？」

「もちろん」

わたしは言葉に詰まった。彼の妨げになっているものは、とても現実とは思えなかった。

「彼女を愛せたんだから、いつかきっとほかの人も愛せるよ」

マルコは葉巻を投げ捨てた。

地面がせり上がってきたと思ったら、柔らかい衝撃を感じた。ぐじゃぐじゃの泥が指のあいだから垂れている。マルコはわたしが上半身を起こすのを見計らうと、両手でわたしの肩をつかみ、思い切り後ろに突き飛ばした。

「ワンピースが……」

「服がなんだよ！」泥がにじんで肩甲骨にへばりついていた。「おまえの服なんて！」マルコの顔がぼんやりとわたしの顔の前に下りてきた。唾が数滴わたしの唇に飛んだ。「おまえのワンピースは黒いんだし、泥も黒だろ」

すると彼はわたしの上に覆いかぶさってきて、体ごとわたしを泥にこすりつけた。

「ついに、はじまるんだ」とわたしは思った。「ここで横たわったままなにもせずにいたら、はじまる」

マルコは肩紐に歯を立てると、わたしの体にはりついたワンピースを腰まで引き裂いた。むき出しの肌が光っていて、血の気の多い敵対する二人を隔てる薄いベールみたいだった。

「ビッチ！」

わたしの耳元で吐き捨てるように罵られた。

「ビッチ！」

土埃がおさまると、戦いの全貌が見えてきた。

わたしは身をよじって嚙みついた。

マルコは全体重をかけてわたしを地面に押し付けた。

「ビッチ！」

わたしは尖った靴のヒールを彼の足にめりこませた。マルコは体をよじって、その部分を手で探った。

そこでわたしは拳をつくって、彼の鼻めがけて思い切り殴りかかった。戦艦の鉄板を殴ったみたいな衝撃が走った。マルコが起き上がると、わたしは泣き出した。

マルコは白いハンカチを取り出して鼻をぬぐった。インクみたいな黒いものが青白い布に広がっていった。

わたしは塩辛い拳を舐めて言った。

「ドリーンに会いたい」

マルコはゴルフコースの向こう側を見つめた。

「ドリーンはどこなの。もう帰りたい」

「このビッチが。おまえら全員ビッチだ」マルコは独り言を言っているようだった。「そうだろうがなかろうが、女はみんなビッチなんだ」

わたしはマルコの肩を突ついた。

「ドリーンはどこ?」

マルコは鼻先で笑った。「駐車場に行ってみろよ。車の後部座席を片っ端から見てみるといい」

そしてくるりと振り返って言った。

「俺のダイヤは?」

わたしは立ち上がると、暗闇からストールを引き寄せて歩き出した。するとマルコがすっと立ち上り、わたしの前に立ちはだかった。そして血のついた鼻の下を指で拭ってから、わたしを二度叩いた。頬に血の跡が二本ついた。「俺はこの血であのダイヤを手に入れたんだ。返せよ」

「どっかにいっちゃったみたい」

ほんとうは、ダイヤはバッグの中にあると完璧にわかっていた。マルコに突き飛ばされたときにバッグは夜鳥のように高く舞い上がり、闇に包みこまれていった。彼を連れていったんここを離れてから、ひとりで戻ってきてバッグを探そうと思っていた。

あれくらいの大きさのダイヤモンドは、いったいいくらするのか見当もつかなかったけれど、とにかく、かなりの額になるのはたしかだった。

マルコはわたしの肩を両手でつかんだ。

「言、え、よ」一語一語、強調するように彼は言った。「言え。さもなければ首をへし折るぞ」

わたしはどうでもよくなった。

「ビーズバッグの中」とわたしは言った。「泥まみれになってどこかにあると思う」

暗闇のなかを四つん這いになって、怒りに満ちた彼の目からダイヤの光を隠しているもうひとつの小さな暗闇を探そうと躍起になっているマルコを残して、わたしはその場を去った。

ドリーンはパーティールームにも駐車場にもいなかった。

わたしはワンピースと靴についた草に気づかれないように物陰に隠れて、黒いストールで肩とむき出しになった胸を隠した。

幸いなことに、パーティーはもう少しでお開きになるところで、人々が群がりながら外に出てきて駐車場に停めた車へと向かっていた。


夜の闇と夜明けのあいだのあいまいな時間、〈アマゾン・ホテル〉の屋上には誰もいなかった。

矢車草の柄がついたバスローブを着て、わたしは泥棒みたいに音を立てずに手すりの端までゆっくり歩いていった。手すりは肩くらいの高さまであったから、壁に立てかけてあった折りたたみ椅子を引きずってきて開いて、ぐらぐらする椅子の上にあがった。

強い風がわたしの髪を吹き上げた。足元では、街が眠りのなかで明かりを消し、建物はどれも葬儀が行われるのかというくらい真っ暗だった。

ここで過ごす最後の夜だった。

わたしは持ってきた服の塊をぎゅっとつかむと、青白いしっぽみたいな生地を引っ張り出した。

何度も着ているうちに伸びきってしまった、伸縮性のあるストラップレスのスリップが、手の中でだらりと垂れていた。わたしはそれを、休戦旗のように振った。一回、二回……。風がそれをとらえると、わたしは手を離した。

白い薄片が夜のなかを漂い、ゆっくりと落ちていく。たどり着くのはどこかの通りか、はたまた誰かの家の屋根か。

塊からまた服を引っ張り出した。

風は奮闘したけれどうまく飛ばせず、コウモリみたいな影は向かいのペントハウスの屋上庭園に沈んでいった。

一枚、そして一枚と、服を夜風に与えると、灰色の布はひらひらと、愛する人の遺灰のようにあちこちに散っていき、わたしが知ることもない、ニューヨークの暗い中心へと運ばれていった。

鏡に映った顔は病気のインディアンみたいだった。

わたしはコンパクトをバッグにしまうと、列車の窓から外を見つめた。巨大な廃品置き場のように、コネチカット州の沼地や空き地が次から次へと通り過ぎて行き、一つひとつの断片は互いになんの結びつきもなかった。

世界はなんてごちゃごちゃしているんだろう!

わたしは見慣れないスカートとブラウスに目を落とした。

緑のプリーツスカートには、黒や白、鮮やかな青の小さな模様が一面についていて、ランプシェードみたいだった。アイレットレースのブラウスには袖の代わりにフリルが肩についていて、生まれたての天使の羽みたいにへたっていた。

ニューヨークの空に洋服を飛ばしたときに普段着を取っておくのを忘れてしまったので、ベッツィーがブラウスとスカートを、矢車草の花がついたバスローブと交換してくれたのだ。

弱々しい自分の姿、白い翼、茶色のポニーテールとその他すべてが、車窓から見える風景の上に幽霊のように映っていた。

「田舎っぺのポリアンナ」とわたしは声に出して言った。

向かいの席に座った女性が雑誌から顔を上げた。

最後の最後まで、わたしは自分の頬に斜めに刻まれた二本の乾いた血の跡を洗い流す気になれなかった。同情をよぶし、むしろいい見世物に思えたので、自然に消えていくまで、死んだ恋人の形見みたいにつけたままにしようと思ったのだ。

もちろん、笑ったり顔を動かしたりすれば、血はすぐに剝がれ落ちてしまうだろうから、なるべく動かさないようにして、どうしても話をしなければならないときは、唇を動かさずに歯と歯の隙間から話すようにした。

なんでみんながわたしを見ているのかは、わからなかった。

わたしよりも変な人はたくさんいるのに。

頭上の棚に載っている灰色のスーツケースには、『今年の短編小説ベスト30』と白いプラスチックのサングラスケース、そしてドリーンが餞別(せんべつ)にくれたアボカド二十四個以外、なにも入っていない。

アボカドはまだ熟していなかったので潰れはしないだろう。スーツケースを持ち上げたり下ろしたり、転がして運んだりするたびに、ごろごろと小さな雷みたいな音を鳴らして端から端まで勢いよく転がった。

「ルート一二八駅!」と車掌が叫んだ。

人工的に植えられたマツやカエデやオークが並ぶ自然の光景がゆっくりと止まり、下手な絵のように車窓の枠にはまった。出口までの長い通路を通るあいだ、スーツケースはゴロゴロと音を立てたりぶつかったりしていた。

冷房が効いた車内から駅のホームに降りると、母親みたいな郊外の息吹に包まれた。芝生のスプリンクラーやステーションワゴン、テニスラケット、それに犬や赤ん坊の匂いがした。

夏の静けさがなだめるようにすべてを覆っていた――まるで死のように。

母はグレーのシボレーの横で待っていた。

「あらあなた、その顔はどうしたの?」

「自分で切っちゃったの」とだけわたしは言うと、後部座席にスーツケースを乗せてそのまま自分も潜り込んだ。家まで帰るあいだずっと、母に顔を見られたくなかったからだ。

座席のカバーはツルツルしていて清潔だった。

母は運転席に乗り込むと、数枚の手紙をわたしの膝の上に放り投げてから背を向けた。

車がエンジン音を響かせて進みだした。

「すぐに伝えたほうがいいと思って」母の首の動かし方から、悪い予感がした。「あのライティング・コースには合格しなかったみたいね」

胃から空気が抜けていった。

六月のあいだはずっと、夏のどんよりとした深い穴に架かる輝く安全な橋のようにその夏期講座が目の前に伸びていた。でもそれが今、ぐらぐらと揺れて崩れ、白いブラウスと緑のスカートを着た体がその穴に真っ逆さまに落ちていくのが見えた。

口がにがにがしく歪んだ。

予想していたことだった。

わたしは背骨の真ん中あたりから上半身をずらして鼻先がちょうど車の窓枠と同じ高さに来るようにすると、ボストン郊外の家並みが滑るように通り過ぎていくのを眺めた。見覚えのある家が現れるにつれて、さらに深く身を沈めた。

気づかれないようにしなければならない。

灰色のクッションが入った車の天井が、囚人護送車の天井みたいに頭上に迫っていて、手入れの行き届いた芝生で隔てられた、白く輝く、どれも同じに見える羽目板張りの家が、大きいけれど脱走できない檻の鉄格子ごしに次々と通り過ぎていった。

郊外で夏を過ごすのは初めてだった。


ベビーカーの車輪が立てる悲鳴のような甲高い音が耳を痛めつけた。太陽の光がブラインドの隙間から差し込み、寝室を硫黄みたいな色の光で満たしていた。どれくらい眠っていたのだろう。それでもまだ、疲れすぎて体が大きく痙攣していた。

隣のツインベッドは空っぽで、整えられてもいなかった。

七時に母が起きて洋服に着替え、音を立てずにつま先立ちで部屋を出ていくのが聞こえた。すると下の階からオレンジを絞るジューサーの音がして、コーヒーとベーコンの匂いがドアの下の隙間から漂ってきた。流しの蛇口から水が流れ、母が食器を拭いて食器棚に戻すたびにカチャカチャという音が聞こえた。

それから、玄関のドアが開いて閉まったかと思うと、車のドアが開いて閉まって、ブルンブルンとエンジンが鳴り、砂利を踏みつける音を立てながら次第に遠ざかっていった。

母は市立大学の女子学生に速記とタイピングを教えているから、夕方頃まで帰らない。

ベビーカーがまた金切り声のような車輪の音を立てて通り過ぎていった。誰かが赤ん坊を乗せて窓の下を行ったり来たりしているようだ。

わたしはベッドから抜け出してラグの上に移ると、静かに、四つん這いで窓のところまで行き、誰なのかをたしかめようとした。

わたしたちの家は小さな白い羽目板張りの家で、のどかな郊外の角にある小さな緑の芝生の真ん中に建っていた。家の敷地のまわりには背の低いカエデの木が間隔をあけて植えられていたけれど、歩道を通る人は誰でも二階の窓を見上げれば、中の様子を覗くことができた。

このことを痛感させられたのは、裏の家に住むオッケンデンさんという意地の悪い女だった。

オッケンデンさんは退職するまで看護婦だった人で、最近三回目の結婚をしたばかりだった――前の二人の夫は奇妙な死を遂げていた。彼女は糊のきいた白いカーテンの陰から覗き見することに膨大な時間を費やしていた。

彼女はわたしのことを告げ口するために二度母に電話をかけてきた。一度目は、わたしが家の前の街灯の下に止めた青いプリムスの中に一時間も誰かといてキスをしていたという報告で、二度目は、わたしの部屋のブラインドを閉めたほうがいいと忠告するためだった。夜にスコッチテリアを散歩させようとしていたところ、偶然、裸みたいな格好をしたわたしがベッドに入ろうとしている姿を見かけたのだと言う。

わたしは慎重に、目線を窓枠の高さに合わせた。

身長一五〇センチもない、グロテスクにおなかが突き出ている女が、古びた黒いベビーカーを押していた。さまざまな背格好の数人の子どもたちは、みな青白く、薄汚れた顔と膝をむき出しにして、彼女のスカートが作る影のなかをゆらゆらと歩いていた。

穏やかな、宗教的とも言える笑みが女の顔には浮かんでいた。アヒルの卵の上に置かれたスズメの卵のように、頭を幸せそうに後ろに傾けて、太陽に向かって微笑んでいた。

わたしはその女をよく知っていた。

ドド・コンウェイだ。

ドド・コンウェイはカトリック信者で、名門のバーナード・カレッジに進学し、その後コロンビア大学出身で同じくカトリック信者の建築家と結婚した。我が家から通りを隔てたところにある、マツの木が生い茂ってぞっとするような影を作る、奥まった場所に住んでいた。だだっ広い家で、キックボードや三輪車、人形を乗せるベビーカー、おもちゃの消防車、野球のバット、バドミントンのネット、クリケットのゴール、ハムスターを入れるカゴ、コッカー・スパニエルの子犬たちなど、郊外に住む子どもたちが遊ぶ雑多なものに囲まれていた。

わたしは知らずしらずのうちに、ドドに興味を持つようになっていた。

彼女の家は近所のほかの家と比べても大きさ（かなり大きかった）や色（二階はこげ茶色の羽目板張りで、一階は灰色のしっくいの壁に灰色と紫色のゴルフボールみたいな石がちりばめられていた）という点で違っていた。マツの木で完全に覆われてまわりからは見えないようになっていて、それは家と家とのあいだの芝生が仕切りなく続き、生け垣も腰までの高さしかない友好的なこの地域では、社交性に欠けると見なされていた。

ドドには六人子どもがいた――そしてもうすぐ七人目も育てることになるのは間違いなかった。ライスクリスピーやピーナッツバターとマシュマロのサンドイッチ、バニラアイスクリーム、そして何リットルものフッズの牛乳で育てるのだ。地元の牛乳配達人から特別に割引してもらっていた。

ドドはみんなに好かれていた。でも、家族が膨れ上がっていくことは近所でも噂になっていた。わたしの母くらいの年齢の人には子どもが二人、若くて裕福な人には四人いたけれど、七人目を育てようなんていうのはドド以外にはいなかった。六人でも多すぎると思われていたけれど、ドドはカトリック信者だから仕方ないとみんなは言っていた。

わたしはドドがコンウェイ家の末っ子をベビーカーに乗せて行ったり来たりするのを見ていた。

まるでわたしのためにそうしているかのようだった。

子どもなんてうんざりなのに。

床板がきしむ音を立てると、わたしは頭を下げた。ドド・コンウェイが本能なのか、それとも超自然的な聴覚の賜物なのか、細い首をひねって顔をこちらに向けたのだ。

彼女の視線が白い羽目板の壁やピンクの壁紙を貫き、銀色のラジエーターの後ろでしゃがみ込んでいるわたしを見つけ出そうとしているように思えた。

這ってベッドにもぐりこむと、シーツを頭からかぶった。それでも太陽の光を遮れなかったので、枕の暗闇の下に頭を埋めて夜だと自分に言い聞かせた。ベッドから起きる意味がわからなかった。

楽しみなことなんてなにもない。

しばらくすると、一階の廊下から電話が鳴る音が聞こえてきた。わたしは枕で耳をふさいで、五分ほどそのままでいた。それから隠れ場所から頭を上げると、電話の音は止んでいた。

でも、すぐにまた鳴りはじめた。

友人であれ、親戚であれ、知らない人であれ、わたしがこの家に帰ってきたことを嗅ぎつけた電話の主を呪いながら、わたしはそっと裸足で下に降りていった。廊下のテーブルの上に置かれた黒い機械が、神経質な鳥のようにヒステリックな音を何度も何度も小刻みに鳴らしていた。

受話器を取った。

「もしもし」わざと低く声を変えて言った。

「もしもし、エスター？　どうしたの、その声？　喉頭炎？」

昔からの友人のジョディだった。ケンブリッジからかけてきたのだ。

ジョディはその夏、大学生協で働きながら昼休みのあいだに社会学の講義を受けていた。彼女とわたしと同じ大学に通う女の子二人は、ハーバード大学ロースクールの学生四人から大きなアパートメントを借りていて、わたしもライティング・コースがはじまったら、そこで住みはじめる予定だった。

ジョディは、いつわたしが来るのかを知りたがっていた。

「行かないことにした」とわたしは言った。「コースに入れなかったの」

少しのあいだ沈黙が続いた。

「あの作家、最悪だね」とジョディは言った。「見る目がないんだよ」

「まさにそのとおり」わたしの声は変で、耳の中で虚ろに響いていた。

「いいから来なよ。ほかの講座を取ればいいじゃない」

ドイツ語や異常心理学を学んでもいいかもしれない、とふと思った。結局、ニューヨークで稼いだお金はほとんど貯金していたので、そのくらいの余裕はある。

けれど、虚ろな声が「わたしはいいよ」と言うのが聞こえた。

「それなら、もし誰かが来られなくなったら一緒に来たいって言っていた子がいるんだけど

「……」とジョディは言いはじめた。

「いいよ。その子に訊いてみて」

電話を切った瞬間、行くと言うべきだったと後悔した。今日一日、朝からドド・コンウェイがベビーカーを押す音を聞いていただけで気が狂いそうだったのだから。それに母とは一週間以上同じ家に住まないと決めていた。

わたしは受話器に手を伸ばした。

でも、手は十センチくらい前に伸びると引っこんで、力なく垂れ下がった。もう一度無理やり受話器に手を伸ばそうとしたけれど、またしてもガラス板にぶつかったかのように寸前で止まった。

わたしはふらふらとダイニングルームに入っていった。

テーブルの上には、例の夏期講座からの事務的な長い手紙と、バディ・ウィラードのはっきりした筆跡でわたし宛と書かれた、余りもののイェール大学の青い薄い封筒があった。

夏期講座の事務局からの手紙をペーパーナイフで開けた。

ライティング・コースが不合格だった代わりにほかの講座を選べるが、どの講座も埋まりつつあるので、その日の朝までに入学事務局に電話をしなければ間に合わなくなる、と書かれていた。

入学事務局に電話をかけると、エスター・グリーンウッドは夏期講座に通う権利をすべて放棄しますとメッセージを残すゾンビの声が聞こえた。

それから、バディからの手紙を開けた。

そこには、僕は同じように結核を患っている看護婦に恋をしているかもしれないけれど、母さんが七月の一ヵ月間、アディロンダック山地にコテージを借りてくれたから、きみが一緒に来られるのなら、看護婦への気持ちは単なるのぼせ上がりにすぎないと気づくかもしれないと書かれていた。

わたしは鉛筆をひっつかむと、バディからの手紙の上に×印を書いた。そして便箋を裏返して反対側に、わたしは同時通訳者と婚約したし、偽善者の父親がいる子どもは欲しくないから、あなたとはもう二度と会いたくないと書いた。

便箋を封筒に戻すと、セロハンテープで封をして、新しい切手は貼らずに宛名をバディに書き換えた。この手紙には、バディに切手代の三セントを支払わせるだけの価値があるように思えた。

それから、この夏は小説を書こうと決めた。

そうすれば大勢の人を黙らせられる。

ふらりとキッチンに行って、生のひき肉を入れたティーカップに生卵を落とすと、かき混ぜて食べた。そして家とガレージのあいだをつなぐ、網戸の張られた屋根付き通路に折りたたみ式のテーブルを置いた。

バイカウツギの大きな茂みがあって正面の通りは見えなかったし、両側には家の壁とガレージがあって、シラカバの木と垣根が裏に住んでいるオッケンデンさんから守ってくれていた。

わたしは廊下の戸棚の中の、古いフェルトの帽子や洋服ブラシ、ウールのマフラーが山積みになった下に隠してあった母のタイプライター用の紙のストックから、三五〇枚数えて抜き取った。通路に戻ると、最初の真っ白な紙を、古いタイプライターにセットして巻き上げた。遠いところにあるもうひとつの心の目で、白い羽目板張りの二つの壁やバイカウツギの茂み、シラカバの木、ツゲの生垣に囲まれた通路で、ドールハウスの人形のように小さくなって座っている自分を見た。

優しい気持ちで胸がいっぱいになった。ヒロインはわたしにしよう。でも、わたしだとはわからないように、エレインと呼ばれていることにしよう。エレイン。わたしは指で文字数を数えてみた。エスターも同じ四文字だ。出だしは好調に思えた。

エレインは母が着ていた古い黄色のナイトガウンを着て、家とガレージをつなぐ通路に座ってなにかが起きるのを待っていた。七月のうだるような暑い朝で、汗が動きののろい虫のように一滴ずつ背中を這っていった。

椅子の背もたれに寄りかかりながら、書いたものを読んだ。

じゅうぶんリアルに書けている。汗のしずくが虫のようだという描写には誇らしい気持ちになったが、ぼんやりと昔どこかで読んだことがあるような気もしていた。

そんなふうにして一時間くらい過ごしながら続きをどうしようかと考えていて、そのあいだ頭のなかでは、裸足の人形が母親の古い黄色のナイトガウンを着て同じように宙を見つめて座っていた。

「あら、まだ着替えていないの？」

母はわたしになにかをしなさいと言わないように気をつけていた。なにかを言って聞かせるときはただ優しく、知性ある成熟した人間として話した。

「もう三時よ」

「小説を書いているの」とわたしは言った。「服を脱いだり着たりする暇がなくて」

通路のソファに横になると、目を閉じた。母がテーブルからタイプライターと紙を片付けて夕食用のカトラリーを並べる音が聞こえたけれど、わたしは動かなかった。

無力感が糖蜜のようにエレインの手足にとろけだしていった。マラリアにかかると、こんな感じなのかもしれないと彼女は思った。

いずれにせよ、一日に一ページでも書けたらいいほうだ。

そう思ったら、なにが問題なのか見えてきた。

わたしに足りないのは経験だ。

恋愛も出産もしたことがなく、人が死ぬところさえ見たことがないのに、どうして人生について書けるだろう？　知り合いの女の子が、アフリカのピグミー族と過ごした経験を描いた短編小説で賞を取ったばかりだった。そんな人に勝てるはずがない。

夕食が終わる頃には、夜に速記を勉強するべきだと言う母に説得されていた。そうすれば小説も書けるし、実用的なことも学べて一石二鳥で、お金もたくさん貯金できると。

その夜、母は地下室から古い黒板を見つけてきて通路に置いた。そして黒板の前に立つと、白いチョークで小さな渦巻いた線を書きはじめた。わたしはそれを椅子に座って見ていた。

最初は、それもありかもしれないと思っていた。

すぐに速記は覚えられるだろうし、奨学金事務室にいるそばかすだらけの女性に、奨学金をもらっている人は七月と八月に働いてお金を稼がなければならないのに、どうしてあなたは働かなかったの？　と訊かれたら、大学卒業後すぐに自活できるように、無料の速記講習を受けていたと言えばいいいと。

ただ、次々と手際よく速記で書き留めていく自分の姿を思い浮かべようとすると、頭のなかが真っ白になった。速記を使うような仕事でやってもいいと思えるようなものはひとつもなかった。じっと座って見ていると、白いチョークの渦巻きがぼやけて意味がわからないものになっていった。

わたしはひどい頭痛がすると母に告げると、ベッドに向かった。

一時間後、ドアが少し開いて、母が音を立てないように部屋に入ってきた。服が擦れる音がしたから、着替えていたのだろう。母がベッドに潜り込むと、しばらくして寝息がゆっくりになり、スースーと規則正しくなった。

下げられたブラインドの隙間から差し込む街灯の薄明かりで、母の頭についたピンカールが一列に並んだ小さな銃剣のように光っている。

小説を書くのは、ヨーロッパに行って恋人を見つけるまで先延ばしにしよう。そして、速記はもうやめよう。速記を学ばなければ、使う必要もないのだから。

この夏は『フィネガンズ・ウェイク』を読んで論文を書くことにしよう。

そうすれば、九月末に大学がはじまったとき、わたしはみんなよりずっと先に進んでいて、成績優秀者コースを取っているほとんどの四年生たちが、卒業論文を仕上げるまでコーヒーをがぶ飲みしたり薬物に手をだしたりしながら、メイクもしないでよれよれの髪でガリ勉に徹するあいだ、大学生活最後の一年を楽しむことができる。

そうでなければ、卒業を一年先延ばしにして、陶芸家に弟子入りするのもありだ。

あるいはなんとかしてドイツへ行って、バイリンガルになるまでウェイトレスでもしようか。

そうして、次から次へと計画が、とち狂ったうさぎの一家みたいに、ぴょんぴょんと頭のなかを飛び交いはじめた。

自分の人生が、電柱みたいに道路に沿って間隔をあけて並んでいるのが見えた。それぞれ電線で繋がっている。一本、二本、三本……と数えていくと、ぜんぶで十九本あったけれど、その先は電線がだらんと垂れ下がっているだけで、十九本目より先の電柱は一本も見えなかった。

部屋が青に染まり、夜はどこへ行ったのだろうと思った。ぼんやりとした一本の丸太だった母は、口を少し開けて喉の奥からいびきをかいて眠っている中年女に姿を変えていた。その豚のような音にイライラしたけれど、それを止めるには、音を出している皮膚と筋肉でできた首に手をかけてねじって黙らせるしかないように思えた。

母が学校に出かけるまで眠ったふりをしていたけれど、まぶたを閉じても光は完全に遮断されなかった。まぶたの裏の細かい血管が傷口みたいに赤く生々しかった。わたしはマットレスとパッドが入ったベッドの枠組みのあいだにもぐり込むと、墓石のようにマットレスを体の上に倒した。そこなら暗くて安全だと思えたが、マットレスでは軽すぎた。

あと一トンくらいの重さがないと眠れそうになかった。

川流れ、イヴとアダムのところを通り過ぎ、歪んだ岸辺から湾のくぼみまで走りゆき、抜け出せない巡り道を通って、ホース城とその周辺へと戻ってくる……

分厚い本がおなかに食い込んで心地悪かった。

川流れ、イヴとアダムのところを通り過ぎ……（riverrun, past Eve and Adam's）

冒頭が大文字ではなく小文字になっているのは、ま新しくはじまることなどひとつもなく、ただ以前に起きたことから流れていくだけだという意味なのかもしれない。イヴとアダムのところというのは、言うまでもなく、聖書のアダムとイヴがいる場所のことだけど、おそらくほかの意味もあるのだろう。

もしかすると、ダブリンのパブのことかもしれない。

わたしの目はアルファベットの文字がごちゃまぜになったスープからページの真ん中にある長い単語へと沈んでいった。

bababadalgharaghtakammmarronnkonnbronntonnerronntionnthunntrovarrhounawnskawntoohoohoordenenthurnuk!

文字を数えてみると、ちょうど百あった。これは重要な意味があるに違いない。

なぜ百文字にする必要があったのだろう？

つっかえながら、声に出して読んでみた。

木でできた重たいものが下の階へ落ちていくような音だった——どどどどどと、一段ずつ。本を持ち上げると、ページがゆっくりパラパラとめくれた。なんとなく聞き覚えはあるけれど、ビックリハウスの鏡に映った顔みたいにゆがんだ単語が、ガラスみたいなわたしの脳みその表面になんの影も落とすことなく通り過ぎていった。

わたしは目を細めてページを見た。

文字から棘や雄羊の角が生えてきた。文字がバラバラになって、ふざけているみたいに上下に揺れ動いている。それから、幻想的で解釈できない形に結びついていった。アラビア語や中国語みたいに。

卒業論文を書くのはやめよう。

成績優秀者コースもやめてしまって、英文学を専攻する普通の学生になろう。そこで、わたしが通う大学の普通の英文学専攻者の必須科目を調べてみた。

たくさんあったけれど、その半分も取っていなかった。なかには十八世紀文学の授業もあった。わたしは十八世紀が大嫌いだった。独りよがりの男たちが短い二行連句を書いて、理性にばかり囚われていた時代だ。だからやめることにした。成績優秀者コースだとそんな授業は取らなくていいし、もっと自由にできた。あまりにも自由で、ディラン・トマスの詩ばかり読んでいたくらいだ。

同じ優秀者コースの友人は、シェイクスピアを一文字も読まずに済ましていたけれど、彼女はT・S・エリオットの「四つの四重奏曲」については専門家なみに良く知っていた。

自由なコースからより厳格なコースに切り替えるのが、どれほどありえなくて恥ずかしいことかを思い知った。そこで、母が教えている市立大学の英文学専攻の必須科目を調べてみた。そこはもっとひどかった。

古英語と英語の歴史、そして十八世紀の『ベオウルフ』から現代に至るまでの代表的な作品をぜんぶ知っていなければならなかった。

これには驚いた。母が教える大学は男女共学で、東海岸の有名大学に入るための奨学金がもらえなかった人たちであふれていたから、わたしはいつもこの大学のことを見下していた。でも、その大学で一番頭の悪い人間ですら、わたしよりも多くのことを知っているのだ。わたしは門すらくぐらせてもらえないだろう。そのうえ、今もらっているような奨学金なんてもらえるはずがない。

それなら一年働いて、そのあいだにじっくり考えたほうがいいかもしれない。ひそかに十八世紀文学の勉強もできるかもしれないし。

でも速記もできないのに、なにができるって言うんだろう？

ウェイトレスかタイピストにはなれるかもしれない。

でも、そのどちらになるのも耐えられなかった。

「もっと睡眠薬がいるって聞いたけど？」

「そうなの」

「でも、先週あげたのはすごく強い薬だったのよ」

「もう効かなくなってしまって」

テレサの黒い大きな目が、わたしを思いやるようにじっと見つめた。カウンセリングルームの窓の下にある庭からは、彼女の三人の子どもたちの声が聞こえていた。叔母のリビーがイタリア人と結婚したことで叔母の義理の妹になったテレサは、わたしたちのかかりつけの医者でもあった。

わたしはテレサが好きだった。彼女は優しくて、直観力があった。

きっとそれはイタリア人だからに違いない。

少し間をあけてから、テレサは言った。

「なにか気になることでもあるの？」

「眠れないし、本も読めなくて」冷静に落ち着いて話そうとしたけれど、あのゾンビがまた喉の奥から姿を現して言葉を詰まらせた。わたしは途方にくれたように、両方の手のひらを上に向けた。

「思うんだけど」テレサはそう言うと、処方箋用の白い紙を一枚切り取って名前と住所を書いた。「私の知っている先生に診てもらったほうがいいわね。私よりもあなたの助けになってくれるはずだから」

テレサがなにを書いているのか覗き込んだけれど、読めなかった。

「ゴードン先生よ」とテレサは言った。「彼は精神科医なの」

十一

ゴードン先生の待合室は、静かでベージュ色だった。

壁はベージュで、カーペットもベージュで、布張りの椅子とソファもベージュ。鏡や絵はなく、ラテン語でゴードン先生の名前が書かれた、いくつかの大学の医学部の卒業証明書が、壁に掛けられているだけだった。淡い緑色のシダや、濃い緑色のトゲトゲした葉が陶器の鉢いっぱいに植えられていて、サイドテーブルやコーヒーテーブル、テーブル付きマガジンラックの上に置かれていた。

最初は、なぜこの部屋にいるとこんなに安心できるのか不思議だった。でも、窓がないからだとすぐに気づいた。

冷房が効いていて、体が震えるくらいだった。

わたしはまだベッツィーの白いブラウスとプリーツスカートを着ていた。この三週間、洗濯していなかったから少しよれていた。汗が染み込んだコットンからは酸っぱいような、でもほっとするような匂いがしていた。

髪も三週間洗っていなかった。

丸七日間寝ていない。

母に言わせれば、わたしは眠っていたはずだし、あれだけの時間を眠らずにいられるわけがないということだったけれど、もし眠っていたとしても目は開けたままだった。ベッドサイドの時計の秒針と分針と時針が緑色に光りながら円や半円を描くのを、七日間毎晩、一秒、一分、一時間も欠かさずに追いかけていたのだから。

服も髪も洗わなかったのは、そうするのがバカバカしく思えたからだ。

わたしにはこの一年間の日々が輝く白い箱の連なりのようにずっと続いているのが見えていて、箱と箱を隔てているのは黒い影のような眠りだった。でもわたしの場合は、ひとつの箱と次の箱を隔てる長く伸びる影が、突然ぷちんと切れて、来る日も来る日も、白くて、広くて、どこまで行っても誰もいない大通りのようにまぶしく輝いているのだった。

次の日にはまた洗わなくてはならないのに、今日洗うのは馬鹿げているように思えた。

そんなことは考えるだけで疲れた。

なんでも一度やったら、それでおわりにしてしまいたかった。

ゴードン先生は銀色の鉛筆をいじりながら「お母さんから、きみが不安定だと聞いたよ」と言った。

わたしは洞穴のような革張りの椅子に体を丸めるようにして、磨き込まれた巨大なデスク越しに先生と向かい合うように座っていた。

ゴードン先生は返事を待っていた。鉛筆でコツ、コツ、コツときれいな緑のデスクマットを叩いていた。

先生のまつげはニセモノかと思うほど長くて濃かった。黒いプラスチックの葦（あし）が、緑色の氷河みたいなふたつのよどみを縁取っている。

ゴードン先生の顔立ちは完璧で、女の人みたいだった。

ドアをくぐって部屋に入った瞬間、わたしは彼が嫌いになった。

想像していたのは、優しいけれど醜くて直観力のある男が上目遣いで、まるでわたしには見えないものが見えているかのように「ああ！」と励ましを込めて言う姿だった。そしてわたしは、出ることができない、空気のない真っ暗な袋の奥深くに詰め込まれていくような恐怖を感じていることを説明しようと言葉を探すのだ。

すると先生は椅子の背にもたれかかって両手の指先を小さな尖塔のように合わせると、なぜわたしが眠れず、本が読めず、食事ができないのか、また、みんないずれ死んでしまうのだからと言って人のすることすべてが馬鹿らしく思えるのはなぜなのかを話しはじめる。

そしてわたしは思うのだ。一歩一歩、わたしが自分を取り戻すまでこの人は助けてくれるはずだと。

でも、ゴードン先生は全然違った。若くてハンサムで、うぬぼれが強いのがすぐにわかった。

先生のデスクの上には銀色の額縁に入った写真が、半分先生のほうを向き、半分わたしが座っている革張りの椅子のほうを向くように置かれていた。それは家族写真で、美しい黒髪の女性が――先生の妹という可能性もあるけれど――二人のブロンドの子どもたちの頭越しに微笑んでいた。

一人は男の子で、もう一人は女の子だったと思うけれど、二人とも男の子だったかもしれないし、女の子かもしれない。子どもは小さいとき、どちらか見分けがつきにくいものだ。エアデールテリアかゴールデンレトリバーみたいな犬も写っていたと思うけれど、女性のスカートの模様だっただけかもしれない。

その写真を見ていたら、なぜか猛烈な怒りが湧き上がってきた。

自分はこんなに魅力的な女性と結婚しているのだから変な気は起こさないほうがいいと、まず最初に示しておこうと思っているのでなければ、なぜ写真が半分わたしのほうを向いているのだろう。

それに、クリスマスカードに描かれた天使みたいに後光を放つ美しい妻と美しい子どもたちと美しい犬がいる先生に、どうしてわたしのことが助けられるのだろう？

「なにが問題だと思うか、話してみてくれるかな？」

わたしは、まるで波に洗われて丸くつるつるになった小石が、突然爪を出して別のなにかに変身するのではないかと怪しむみたいに、その言葉を疑ってかかった。

なにが問題だと思うかって？

ほんとうはなにも問題なんてないのに、わたしだけが問題だと思い込んでいるかのような言い方だった。

彼の美しい外見や家族写真に惑わされてなどいないと示すために、わざとやる気のない平坦な声で、わたしは眠れないこと、食べられないこと、本も読めないことを話した。一番気になっていた、自分で書いた文字については言わなかった。

その日の朝、わたしはウェストバージニアにいるドリーンに手紙を書こうとしていた。会いに行くから一緒に暮らせないか。そしてもしできれば、彼女が通う大学でウェイトレスかなにかの仕事に就けないかと訊くためだ。

でもペンを取ると、わたしの手は子どもの文字のように大きくてぎこちない字を書き、線はまるで紙の上にあった糸で作った輪を誰かが来て吹き飛ばしたかのように、ページを左から右へと斜めのほうに傾いていくのだった。

そんな手紙は送ることなんてできないのはわかっていたから、細かく破いてしまった。でも精神科医に見せてくれと言われたときのために、破いた手紙はバッグの中のコンパクトケースにしまっておいた。

だけどわたしはその話をしなかったので、当然ゴードン先生は見せてくれとは言わず、わたしは自分の賢さに嬉しくなった。この人には話したいことだけを話せばいいし、そうすれば隠したり明かしたりしながら、彼がわたしに対して抱くイメージをコントロールできると思った。その間ずっと、先生は自分のことを頭がいいと思っていればいい。

わたしが話しているあいだ、ゴードン先生は祈るように頭を垂れていて、わたしのやる気のない平坦な声のほかは、先生が鉛筆で緑のデスクマットの同じ箇所をまるで行き場を失った杖のようにコツ、コツ、コツと叩く音だけが響いていた。

わたしが話し終えると、ゴードン先生は頭を上げた。

「どこの大学に行っていると言っていたっけ？」

それを聞いてわたしは困惑しながら答えた。わたしの話にどう大学が関係しているのかはわからなかった。

「ああ！」ゴードン先生は椅子の背によりかかると、わたしの肩越しに宙を見つめながら、思い出したような笑みを浮かべた。

わたしはてっきり診断結果を教えてくれるのだろうと思っていた。彼のことをわかった気になっていたけれど、もしかすると、意地悪な早とちりだったかもしれない。でも先生はただ「その大学のことはよく覚えているよ。戦争中、そこにいたんだ。陸軍婦人部隊員の基地があったよね？　それとも海軍婦人予備部隊だったかな？」と言った。

わたしは知らないと答えた。

「そうそう、陸軍婦人部隊員の基地だよ。海外に派遣される前、私はそこのドクターだったんだ。かわいい女の子たちばかりだったなあ」

ゴードン先生は笑った。

そして一挙に立ち上がると、デスクの角を曲がってわたしのほうへ歩いてきた。彼がなにをしようとしているのかわからず、わたしも立ち上がった。

するとゴードン先生は、右脇にぶら下がっていたわたしの手をとって握手をした。

「それじゃあ、また来週」

コモンウェルス・アベニューの黄色と赤のレンガ造りの道の上に、生い茂ったニレの木がトンネルのように影を作り、トロリーバスがボストンに向かって細い銀色の線路を縫うように走っていった。バスが通り過ぎるのを待ってから、反対側の縁石のところに停まっていたグレーのシボレーに乗り込んだ。

レモンのスライスみたいに黄ばんだ不安そうな母の顔が、フロントガラスからわたしを覗いていた。「それで、お医者様はなんて?」

わたしは車のドアを引いて閉めたけれど、うまく閉まらなかった。もう一度開けて閉めると、鈍い音がした。

「来週また会いましょうって」

母がため息をついた。

ゴードン先生の診察料は一時間二十五ドルだった。

「やあ、きみの名前は？」

「エリー・ヒギンボトム」

水兵が隣に歩み寄ってきたので、わたしは微笑んだ。

コモン広場にはハトの数だけ水兵がいるに違いない。彼らは遠くのほうにある灰褐色の求人センターから出てきているようだった。その建物の壁には「海軍に入隊しよう」という青と白のポスターが貼られていて、内側の壁にも至るところに貼られていた。

「エリーは、どこから来たの？」

「シカゴ」

シカゴには行ったことがなかったけれど、シカゴ大学に通う男の子は何人か知っていた。それに、シカゴは型破りで情緒不安定な人が集まっているような場所に思えた。

「ずいぶん遠くから来たんだね」

水兵がわたしの腰に腕を回してきたので、わたしたちは長いあいだそのままで広場を歩いた。彼は緑のプリーツスカートの上からわたしのおしりを撫でてきたけれど、わたしはミステリアスな微笑みを浮かべたまま、ほんとうはボストン出身で、ビーコンヒルでお茶をしたり、〈ファイリーンズ・ベースメント〉で買い物をしたりした帰りにコモン広場を横切ろうとしている、ウィラードさんや母の友人たちにいつ出くわすかもしれないと考えているなんて、少しも気づかれないように黙ったままでいた。

もし実際にシカゴに行くことがあれば、エリー・ヒギンボトムに改名してもいいかもしれない。そうすれば、わたしが東海岸の名門女子大学の奨学金を捨ててニューヨークで過ごした一ヵ月を無駄にして、いつの日かアメリカ医師会の会員になって大金を稼ぐであろう至極堅実な医学生が夫になるのを拒んだことを、誰にも知られずに済む。

シカゴではみんな、ありのままのわたしを受け止めてくれるはずだ。

わたしは身寄りのない単なるエリー・ヒギンボトムになり、みんなはわたしの優しくて物静かな性格を愛してくれるだろう。たくさん本を読んだり、ジェイムズ・ジョイスの作品における双子について長い論文を書いたりするようなことを求められもしない。そしていつか、男らしいけれど優しい自動車修理工と結婚して、ドド・コンウェイのように、牛みたいな大家族を持つかもしれない。

わたしがその気になればの話だけど。

「海軍を出たらどうするの?」わたしはふいに水兵に尋ねた。

それまでで一番長い文章をわたしが口にしたから、彼は驚いたようだった。白いカップケーキみたいな帽子を傾けると、頭を掻いた。

「いやあ、どうだろうね、エリー」と彼は言った。「軍隊奨学金で大学に行くかもしれないな」

わたしは一瞬考えてから、思わせぶりに「修理工をはじめようと思ったことはある?」と尋ねた。

「いや、ないな」と水兵は言った。「一度もない」

わたしは目の端で彼をちらりと見た。とても十六歳以上には見えなかった。

「わたしが何歳かわかってる?」わたしは責めるように言った。

水兵はニヤリと笑った。「わからないね。でも、そんなこと気にしてないよ」

この男は眼を見張るほどハンサムだとわたしは思った。北欧系の顔をしていて、童貞っぽかった。そのときのわたしは頭が単純だったから、純潔でハンサムな人を惹きつけたようだ。

「まあ、わたしは三十歳なんだけどね」とわたしは言って、反応をうかがった。

「ええ! とてもそんなふうには見えないよ」水兵はわたしのおしりをぎゅっとつかんだ。

そして、左から右へすばやく目をやった。「いいかい、エリー。あそこの石碑の下にある階段まで行けば、きみにキスできるよ」

そのとき、実用的な茶色のフラットシューズを履いた茶色い人影が、コモン広場を横切ってわたしのほうに向かってくるのに気づいた。遠くから見ただけではダイム銭くらいの大きさだったから、顔の特徴まではわからなかったけれど、その女性はウィラードさんだった。

「地下鉄への道を教えてもらえませんか?」わたしは大きな声で水兵に言った。

「え?」

「ディア・アイランド刑務所まで行く地下鉄は?」

ウィラードさんが近づいてきたら、ただ水兵に道を聞いているだけで、彼のことなどまったく知らないふりをしなければならない。

「手を離して」わたしは歯と歯の隙間から声を漏らすようにして言った。

「ねえ、エリー、どうしたんだよ?」

その女性は近づいてくると、わたしに目もくれなければ、うなずくこともなく通り過ぎていった。ウィラードさんであるはずがなかった。彼女はアディロンダック山地のコテージにいるのだから。

わたしは遠ざかっていく女性の背中を恨むような目で見つめた。

「ねえ、エリーってば……」

「知っている人かと思っただけ」とわたしは言った。「シカゴの孤児院にいたひどい女の人」

水兵はまたわたしの腰に腕を回した。

「きみにはお父さんもお母さんもいないってこと?」

「そう」わたしはここぞとばかりに一筋の涙を流した。頬に熱くて細い筋ができた。

「ねえ、エリー、泣かないでよ。あの人に意地悪されたってこと?」

「そう……ほんとうにひどいことをされたの」

どっと大量の涙がこぼれた。アメリカニレの木陰で水兵がわたしを抱きしめ、大きくて清潔で真っ白なリネンのハンカチで涙を拭いてくれているあいだ、茶色のスーツを着たあの女性はなんてひどい人なんだろうと思った。彼女が自覚していようがしてなかろうが、わたしがあのとき曲がる角を間違え、また別のときにも道を間違えたこと、そしてそのあとにわたしの身に起きたひどいことはぜんぶ彼女のせいなのだと。


「さて、エスター。今週の気分はどうかな?」

ゴードン先生は鉛筆を細い銀の弾丸のようにそっと握っていた。

「同じです」

「同じ?」信じられないといった様子で、先生は眉をひそめた。

そこでわたしは、先週と同じようにやる気がなくて平坦な声で話しはじめたけれど、今回は声にもっと怒りをにじませることになった。というのも、先生はわたしが十四日間も眠れていないことや、読み書きだけでなく、うまくものを飲み込むことすらできないことを、なかなか理解できないみたいだったからだ。

ゴードン先生はわたしの話を聞いても、動じていないように見えた。

わたしはバッグの中を探って、ドリーンへ書いた手紙の切れ端を見つけた。それを取り出して、先生の染みひとつない緑のデスクマットの上にひらひらと落とした。落ちた切れ端は、夏の草原に散ったヒナギクの花びらのように静かだった。

「じゃあ」とわたしは言った。「これについては、どう思うんですか?」

ゴードン先生ならひどい筆跡をすぐに見抜くに違いないと思っていたけれど、彼はただこう言っただけだった。

「きみのお母さんと話がしたいんだけど、構わないかな？」

「どうぞ」でも、そうは言っても、ゴードン先生が母と話すなんて全然いいことには思えなかった。先生は母にわたしを家に閉じ込めておくべきだと言うかもしれない。わたしはゴードン先生に家出を計画していることを知られないように、手紙の切れ端をぜんぶ拾い集めると、それ以上なにも言わずに診察室を出て行った。


母の姿がどんどん小さくなり、ゴードン先生のオフィスがある建物のドアを通って見えなくなるまで目で追っていた。それから、車に戻ってくる母の姿がどんどん大きくなっていくのを見ていた。

「どうだった？」母は泣いていたようだった。

母はわたしのほうを見ずに車のエンジンをかけた。

そして、深海のように涼しいニレの木陰を走りながら言った。「ゴードン先生は、少しも良くなっていないっておっしゃってたわ。ボストン郊外のウォルトンにある先生の病院で、ショック療法を受けたほうがいいと思うって」

ほかの人について書かれた恐ろしい新聞の見出しを目にしたときのような、鋭い好奇心が突き刺してくるのを感じた。

「そこに住むってこと?」

「違うわ」と母は言うと、あごを震わせた。

母は嘘をついている。

「ほんとうのことを言わないと、二度と口をきかないからね」

「私がいつあなたに嘘をついた?」母はそう言うと、泣きはじめた。


「自殺未遂者、七階から救出される!」

「やじうまが見守るなか、二時間にわたり、コンクリートの駐車場から七階分の高さにある狭い雨どいから飛び降りようとしていたジョージ・ポルッチさんが、チャールズ・ストリート警察署のウィル・キルマーティン巡査部長によって、近くの窓から救出された」


ハトにあげようと思って十セントで買ったピーナッツを割って食べた。死んだ味がして、古い木の皮みたいだった。

新聞を顔に近づけて、レンガと黒い空のぼんやりした背景に、欠けて四分の三の大きさになった月がスポットライトのように照らしているジョージ・ポルッチの顔をもっと良く見ようとした。

彼はなにか重要な話をわたしに伝えようとしている気がして、それがなんであれ、顔を見ればわかるかもしれないと思ったのだ。

でも、インクが滲んででこぼこしたジョージ・ポルッチの顔は、見つめているうちに溶けだして黒と白と灰色の点の連なりになっていった。

真っ黒なインクの文字で記された文章には、ポルッチさんがなぜ雨どいの上にいたのか、キルマーティン巡査部長はどうやって彼を窓から部屋の中に入れたのかは書かれていなかった。

飛び降り自殺が厄介なのは、正しい階数を選ばなければ、地面に落ちたときにまだ生きているかもしれないということだ。七階なら安心だと思った。

わたしは新聞をたたむと、公園のベンチのすき間に詰め込んだ。それは母がゴシップ紙と呼んでいるもので、地元で起きた殺人事件や自殺、暴行事件、強盗事件などが満載で、ほぼすべてのページに半分裸の女性が載っていて、ドレスの胸元から飛び出すくらい大きな胸をして、ストッキングの留め具が見えるような脚の組みかたをしていた。

どうして今までこういう新聞を買わなかったのだろう。今のわたしに読めるのはこの手の新聞だけだ。写真と写真のあいだに記された短い文章は、文字が生意気にもくねくね動きはじめる前に終わっていた。家で目にする新聞といえば『クリスチャン・サイエンス・モニター』くらいで、日曜日以外は毎朝五時になると玄関先に置かれていたけれど、自殺や性犯罪や飛行機事故なんてなにひとつ起きていないかのように扱っていた。

小さな子どもたちであふれかえった大きな白いスワンボートが、わたしの座っているベンチに近づいてきたかと思ったら、アヒルが密集している茂みのある小島へと方向を変えて橋のアーチが作る暗闇へと戻っていった。

見るものすべてがまぶしくて、極端に小さく思えた。

まるで開けられないドアの鍵穴からのぞいているみたいに、大人の膝丈くらいの身長のわたしと弟がウサギの耳がついた風船を持って、ピーナッツの殻だらけの水面に浮かぶスワンボートに乗り込み、端っこの席を取り合っているのが見えた。口の中がすっきりしたペパーミントの味になった。

歯医者でいい子にしていると、母はいつもスワンボートに乗せてくれた。

わたしはパブリック・ガーデンを一周した——橋を越えて、青緑色のモニュメントの下を通り、アメリカ国旗を模した花壇を過ぎ、二十五セント払えばオレンジと白のストライプのブースで写真を撮ってもらえる入り口を通り過ぎていくあいだ、次々と木の名前を読み上げていった。

お気に入りはシダレヤナギだった。日本から来たに違いない。日本の人たちは精神的なものを理解している。

なにかよくないことが起きると、切腹するような人たちだ。

どんなふうにするのかを想像してみた。ものすごく鋭いナイフを使うに違いない。いや、もしかしたら切れ味抜群のナイフを二本使うのかも。あぐらをかいて座り、それぞれの手に一本ずつナイフを持つ。そして両手を交差させて、左右の脇腹に刃先を向けるのだ。そうするには裸にならないといけない。そうでないと、ナイフが服にひっかかってしまう。

そして考え直す暇もなく一瞬でナイフを突き刺して、一本は三日月のてっぺんに、もう一本はその下に出るようにぐるりと一周させる。するとおなかの皮膚がお皿みたいに剝がれて、内臓が飛び出して、死ぬ。

そうやって死ぬのはかなりの勇気がいるはずだ。

血を見るのが嫌いなわたしには、できっこない。

一晩じゅうこうして公園にいようと思った。

翌朝になったら、ドド・コンウェイが母とわたしを乗せて車でウォルトンまで送ってくれることになっていた。手遅れになる前に逃げるなら、今しかない。バッグの中を見ると、一ドル札のほかに、五セント玉と一セント玉がぜんぶで七十九セント分あった。

シカゴまで行くのにいくらかかるのか見当もつかなかったけれど、銀行に行って全財産を引き出そうとは敢えてしなかった。もしかしたら、あからさまにおかしな行動をわたしがとったら阻止するように、ゴードン先生が銀行員に警告しているかもしれない。

ヒッチハイクをしようかとも思ったけれど、ボストンから走っているどのルートがシカゴにつながるのか見当もつかなかった。地図を見れば道順は簡単にわかるけれど、まわりになんにもない場所に放り出されて、そこから道を探すのは苦手だった。太陽を頼りにどっちが東でどっちが西なのかを探ろうとすると、正午だったり曇り空だったりしてなんの役にも立たず、夜は夜で星を頼ろうとしても、北斗七星とカシオペア座くらいしかわからなくて、星座もからきしだめだった。バディ・ウィラードはいつも、わたしのそういうところにがっかりしていた。

バスターミナルまで歩いていって、シカゴまでの運賃を訊いてみることにした。それから銀行に行ってちょうどの金額を引き出せば、そこまで怪しまれることもないはずだ。

バスターミナルのガラス戸を通って中に入り、棚に並んだ色とりどりのツアーのチラシや時刻表を眺めていると、すでに昼過ぎだったので、町の銀行はもう閉まっていて次の日までお金を引き出せないことに気づいた。

ウォルトンの病院へは午前十時までに行くことになっていた。

そのとき、スピーカーがガーガー音を立てながら、外の停留場で出発準備をしているバスが停車する予定の場所を告げはじめた。スピーカーの声はよくあるみたいに途切れ途切れで、一言も聞き取れなかったけれど、一瞬静かになったときに、オーケストラが楽器をチューニングするあいだに聞こえてくるピアノのラの音みたいにはっきりと、馴染みのある地名が聞こえた。

それはわたしの家から二ブロック先にあるバス停のことだった。

わたしは暑くて、埃っぽい、七月の終わりの午後のなかに慌てて飛び出していくと、まるで難しい面接に遅刻しているかのように汗だくになって口の中を砂まみれにしながら、すでにエンジンがかかっている赤いバスに乗り込んだ。

運転手に運賃を渡すと、アコーディオンみたいな扉が、静かに背後で閉まった。

十二

ゴードン先生の病院は、割られた貝が敷き詰められて白くなった長い私道を行った先の、緑の小高い丘の上にあった。大きな建物の黄色い羽目板張りの壁と、それを取り囲むベランダは、太陽の光を浴びて輝いていたけれど、芝生で覆われた緑の小山を散歩している人は誰もいなかった。病院に近づくにつれ、夏のうだるような暑さがわたしと母を襲い、セミが後ろのブナの木の真ん中あたりから、見えない芝刈り機のようにいっせいに鳴きはじめた。その鳴き声は立ち込めている巨大な静寂をただひたすら際立たせていた。

ドアのところで看護婦が出迎えてくれた。

「リビングルームでお待ちください。ゴードン先生はすぐにいらっしゃいますから」

気になったのは、そこがどこもかしこも普通に見えたことだ――きっと建物の中には頭のおかしな人がうじゃうじゃいるはずなのに。窓には鉄格子もなく、不安になるような荒々しい音や騒音もしない。陽の光がぼろぼろだけど柔らかそうな赤いカーペットの上を規則正しく長方形に照らしていて、刈りたての芝生の甘い香りがした。

わたしはリビングルームの入り口で立ち止まった。

一瞬、一度だけ訪れたことのある、メイン州沖の島にあるゲストハウスのラウンジを模しているのかと思った。フレンチドアからはまばゆいばかりの白い光が差し込んでいて、部屋の奥のほうにはグランドピアノが置かれ、夏服を着た人たちがトランプ用のテーブルのまわりや、寂れた海辺のリゾート地でよく見かける傾いた籐の肘掛け椅子に座っていた。

　ふいに、そこにいる誰も動いていないことに気づいた。

　さらにじっと目を凝らして、彼らの固まった姿勢からなにか手がかりを見つけようとした。男も女も、そしてわたしと同じくらいの年頃と思われる男の子や女の子も見えたけれど、彼らの顔は同じに思えるところがあって、まるで棚の上に長いあいだ置かれっぱなしで太陽の光も当たらず、まわりに青白くて細かい埃が舞っているみたいだった。

　よく見ると何人かはたしかに動いていた。でもすごく小さな、鳥みたいな仕草で、はじめはよくわからなかった。

　灰色の顔をした男がトランプを一枚、二枚、三枚、四枚……と数えていた。全部のカードが揃っているか確かめようとしているのだろうと思って見ていたが、数え終わるとまたはじめからやり直していた。その隣では、太った女が木のビーズをひもに通して遊んでいた。彼女はすべてのビーズをひもの一端に引き寄せると、カチッ、カチッ、カチッと音を立てながら反対側にビーズを落としていった。

　ピアノの前では若い女の子が楽譜に目を通していたけれど、わたしが見ているのに気づくと、すねたように首をかしげて、楽譜を真二つに破ってしまった。

母がわたしの腕に触れたので、母のあとについて部屋の中に入った。

そしてなにも言わずに、動くたびにきしむ、ぼこぼこしたソファに座った。

わたしの視線は流れるように、目の前の人々から透けたカーテンの向こうに見える燃えるような緑に移っていった。まるで巨大なデパートのショーウィンドウの中に座っているような気分だった。まわりにいるのは人ではなく、人間のように塗装された店のマネキンで、生きているように見せるために立たされているのだ。


わたしは黒っぽいジャケットを着たゴードン先生の背中を追いかけた。

下の階の廊下で、ショック療法とはどんなものか尋ねようとしたけれど、口を開いても言葉は出てこなくて、ただ目を大きく見開いたまま、見慣れた顔があふれるくらいの保証を載せた皿のように目の前で微笑んでいるのを見つめていた。

階段を上りきったところで、ガーネット色のカーペットが終わった。その先は茶色の無地のリノリウムが敷き詰められた床が、閉じられた白いドアが並ぶ通路まで続いていた。ゴードン先生のあとをついていくと、遠くのほうでドアが開いて、女性の叫び声が聞こえた。

するとすぐに、前に続く通路の角から看護婦が飛び出してきて、ボサボサの髪を腰まで伸ばした青いバスローブ姿の女性を連れていった。ゴードン先生が後ずさりしたのを見て、わたしは壁にへばりついた。

看護婦に引きずられている女性は、両腕を振りまわしてなんとか逃れようともがきながら「窓から飛び降りてやる、窓から飛び降りてやる、窓から飛び降りてやる」と言っていた。

染みがついた白衣にずんぐりとした筋肉質な体を包んだ斜視の看護婦は、分厚い眼鏡をかけているせいで、丸い二枚のレンズの向こうから四つの目に覗き込まれているみたいだった。どれがほんものの目でどれがニセモノの目なのか、ほんものの目のうちのどちらが外斜視で、どちらがまっすぐ見ているのかをわたしが見分けようとしていると、彼女は共犯者みたいな大きな笑みを浮かべて顔を近づけてきて、安心させるかのようにこう言った。「あの子は窓から飛び降りてやるなんて言ってるけど、できっこないのよ。だって、窓には鉄格子があるんだから!」

ゴードン先生に連れられて建物の奥にある、なにもない部屋まで行くと、その部分の窓にはたしかに鉄格子がはめられていて、部屋のドアやクローゼットのドア、引き出しなど開けたり閉めたりするものにはぜんぶ鍵穴があって鍵がかけられるようになっていた。

わたしはベッドに横になった。

さっきの斜視の看護婦が戻ってきた。彼女はわたしの腕時計を外すと、自分のポケットに入れた。それからわたしの髪からヘアピンを抜きはじめた。そのあいだにゴードン先生はクローゼットの鍵を開けて機械が載った車輪付きの台を引っぱり出すと、ベッドの頭の後ろに移動させた。看護婦がわたしのこめかみに、綿棒で臭い油を塗りはじめた。

彼女が壁側のほうのこめかみに腕を伸ばそうとして身を乗り出したとき、大きな胸に顔が包まれて雲か枕みたいだった。彼女の体からは、薬っぽい嫌な臭いがうっすらと漂ってきた。

「心配しなくていいのよ」看護婦はわたしを見下ろしながら微笑んだ。「初めてのときはみんな死ぬほど怖がるものだから」

わたしは笑おうとしたけれど、顔の皮膚が羊皮紙みたいにこわばっていた。

ゴードン先生はわたしの頭の両側に二枚の金属板を取り付けていた。ストラップでそれを留めるとき、板がおでこにめり込んだ。それから先生はわたしにワイヤーを噛ませた。

わたしは目を閉じた。

息を吸い込んだような短い沈黙があった。

するとなにかが覆いかぶさってきてわたしの体をつかむと、この世のおわりみたいに揺さぶった。ウィーウィーウィーと甲高い音がして青白い光が空中をパチパチはじけると、閃光が走るたびに大きな衝撃が体じゅうを走り抜け、このままだと骨が折れて、ちぎれた植物みたいに体液が飛び散るんじゃないかと思うくらいまで続いた。

なんて恐ろしいことをしてしまったのだろう、とわたしは思った。

わたしはトマトジュースの入った小さなカクテルグラスを持って、籐の椅子に座っていた。腕時計は元通りつけ直されていたけれど、どこか変だった。すると腕時計が逆さまなことに気づいた。髪のヘアピンの位置も、普段とは違うようだった。

「気分はどう？」

古い金属製のフロアランプが脳裏に浮かんだ。父の書斎にあった数少ない遺品のひとつで、電球を支えるための銅の鈴がぶらさがっていて、そこから虎みたいな柄の擦り切れたコードが、金属のスタンドを伝って壁のコンセントまで伸びていた。

ある日、わたしはこのランプを、母のベッドの脇から部屋の反対側にある自分の机まで移動させることにした。コードの長さはじゅうぶんにあったから、プラグは抜かなかった。ランプと毛羽立ったコードを両手でぎゅっと抱えていた。

すると、ランプから青い閃光がはじけて歯がカチカチいうくらい体が震えた。手を離そうとしても、くっついたまま取れないので悲鳴をあげようとしたけれど、それはただ喉から音が漏れただけだったのかもしれない。正確にはわからないけれど、その音が乱暴に体から引き離された魂のように空中に舞い上がって震動するのが聞こえたからだ。

ようやく両手が離れて自由になると、わたしは母のベッドの上に倒れこんだ。鉛筆の芯で突いたような小さな穴が、右の手のひらの真ん中にできていた。

「気分はどう？」

「大丈夫です」

でも、ほんとうは大丈夫なんかじゃなくて、ひどい気分だった。

「どこの大学に通っているんだっけ？」

わたしは大学名を言った。

「ああ！」ゴードン先生の顔がぱっと明るくなって、暑苦しいくらいの笑顔になった。「そこには陸軍婦人部隊員の基地があったんだよね？　戦時中のことだけど」

母の指の関節は骨のように白く、まるでわたしを待っているあいだに皮膚がすり減ってしまったみたいだった。母はわたしの肩越しにゴードン先生を見た。先生がうなずいたか微笑んだかしたに違いない。母の顔がゆるんだ。

「お母さん、もう少しショック療法を続けてみましょう」ゴードン先生がそう言うのが聞こえた。「目に見える効果が現れるはずですよ」

さっき見かけた女の子はまだピアノの椅子に座っていて、足元には破れた楽譜が死んだ鳥のように散らばっていた。彼女が見つめてきたので、わたしも見つめ返した。すると彼女は目を細めて、舌を出した。

母はゴードン先生のあとをドアまで追いかけていった。わたしも後ろからついていったけれど、二人が背中を向けた瞬間、その女の子のほうを振り向いて両耳に親指を突き立てると、残りの指をひらひらと動かしてバカにしてやった。彼女は舌を引っ込めて、顔をこわばらせていた。

わたしは日差しのなかへと歩き出した。

豹のように木陰に隠れて、ドド・コンウェイの黒いステーションワゴンがじっと待っていた。

このステーションワゴンはもともと裕福な社交界の女性が特別注文したもので、メッキ部分がひとつも見えないくらい真っ黒で、シートも黒い革張りだった。でもいざ車が運ばれてくると、彼女はひどくがっかりした。これじゃあ、まるで霊柩車じゃない、と彼女は言い、ほかのみんなもそう思っていたから買い手がつかなかった。そうしてこの車はコンウェイ夫妻のものとなり、家まで乗って帰ってきたのだ。破格で手に入れたから、数百ドルもの節約になった。

前の座席でドドと母のあいだに座っていたわたしは、呆然としたまま落ち込んでいた。しっかりしようとするたびに、わたしの心は、なにもないだだっ広い空間へ向かってフィギュア・スケーターみたいに滑りだしていき、そこでくるくるとピルエットを踊った——放心したまま。

「もうあのゴードンって医者はまっぴら」ドドと彼女の黒いステーションワゴンをマツの木立に残して歩きはじめると、わたしは言った。「電話して、来週は行かないって言っておいてね」

母は微笑んだ。「私の娘はあんなんじゃないってわかってたわ」

わたしは母を見た。「あんなんじゃないって?」

「あそこにいた、恐ろしい人たちのことよ。病院にいた、死んだような顔をした恐ろしい人たち」母はためらいがちに言った。「あなたなら、また元に戻ろうって決心してくれると思ってたわ」

「スター女優、六十八時間の昏睡状態を経て息を引き取る」

バッグの中をあさって、紙くずや、コンパクト、ピーナッツの殻、五セント玉、一セント玉、ジレットのカミソリの刃が十九枚入った青いケースをかき分けながら、その日の午後にパブリック・ガーデンのオレンジと白のストライプのブースで撮ったスナップ写真を見つけた。

わたしはそれを、死んだ女優のインクがにじんだ写真の隣に並べた。彼女の口とわたしの口、鼻と鼻がぴったり合わさった。唯一違うのは目だけだ。スナップ写真の目は開いているけれど、新聞の写真の目は閉じている。でも、死んだ女の子の瞼をめくって開いたら、スナップ写真の目と同じように死んだような、暗い、虚ろな表情でわたしを見つめてくるのだろう。

スナップ写真をカバンに戻した。

「この公園のベンチで日向ぼっこしながら、あそこにある建物の時計があと五分進むまで座っていよう」とわたしは独り言を言った。「そうしたらどこかに行って、実行しよう」

わたしは頭のなかで繰り返し聞こえる小さな声を呼び起こした。

ここの仕事が面白くないの、エスター?

エスター、きみにはまさにノイローゼになる気質があるな。

そんなことじゃ、何もできないわよ。そんなことじゃ、何もできないわよ。そんなことじゃ、何もできないわよ。

ある暑い夏の夜、わたしは毛むくじゃらの猿みたいなイェール大学法学部の学生と一時間ちかくキスをしていた。彼はほんとうに醜くて、可哀想に思えたからだ。キスが終わると、彼はこう言った。「きみの傾向がわかったよ。四十歳になったら堅物になるタイプだね」

「人為的！」大学のクリエイティブ・ライティングの教授は、わたしが書いた「楽しい週末」という短編にそう書き込んだ。

わたしは人為的の意味を知らなかったので、辞書で調べてみた。

人為的――作為的、不自然で嘘くさいもの。

いいいいいいいいいいいいい、そんなことじゃ、何もできないわよ。

わたしは二十一日間眠っていなかった。

この世で最も美しいものは影だろう。影が織り成す何百万ものゆらめきや袋小路。タンスの引き出しやクローゼットやスーツケースの中にも影はあり、家や木や石の下にも、人の目や微笑みの奥にも影がある。何キロも何キロも、地球の夜が訪れている側に広がる影。

右足のふくらはぎに十字に貼られた二枚の肌色のバンドエイドを見おろした。

その朝、最初の一歩を踏み出したのだ。

バスルームに鍵をかけて、バスタブいっぱいにぬるま湯をはり、ジレットのカミソリの刃を取り出した。

昔あるローマ人の哲学者はどうやって死にたいかと訊かれると、温かいお風呂で手首を切って死にたいと答えたそうだ。それなら難しくない。バスタブに横たわりながら、手首から花が開くように赤色が広がっていき、透明のお湯に赤みがほとばしっていくのを見ながら、ポピーのように華やかな水面の下で眠りに落ちていく。

でも、いざやってみると、手首の皮膚はあまりにも白くて無防備に見えて、とてもできなかった。わたしが殺したいと思っているものは、皮膚の下にも親指の下で跳ね返ってくる細くて青い静脈にもなく、それとは別のもっと奥深くて、もっと秘められた、手が届かないところにあるように思えた。

やることはふたつ。片方の手首を切って、もう片方の手首を切る。カミソリを持ち替えるのを入れれば、三つだ。それからバスタブに入って横になればいい。

わたしは洗面台の上にある鏡がついた薬棚の前に立った。鏡を見ながらやれば、本やお芝居のなかで誰かがやるのを見ているみたいに思えるはずだ。

でも、鏡に映った人物は麻痺しているみたいに固まり、ぼうっとしていてなにもできそうになかった。

そこでわたしは、練習のために少し血を流してみたほうがいいかもしれないと思い、バスタブの縁に腰掛けて右足首を左膝の上に乗せた。そしてカミソリを持った右手を持ち上げると、重力にまかせてギロチンのように、ふくらはぎ目掛けて落としたのだ。

なにも感じなかった。すると、奥のほうが小さくうずいて、真っ赤な切り口が膨れ上がっていった。黒い血が吹き出してきてなにかの実みたいになると、足首を伝って黒いエナメルの靴の中に流れていった。

　バスタブに入ろうかと思ったとき、ぐずぐずしていたせいで午前中の大半が過ぎてしまったことに気づいた。やり終える前に母が帰ってきてしまうかもしれない。

　そこでわたしは傷口にバンドエイドを貼ると、ジレットの刃をしまって、十一時半のボストン行きのバスに乗ったのだった。


「悪いね、お嬢ちゃん。ディア・アイランド刑務所に行く地下鉄はないよ。あそこは島だから」

「島のはずはないです。昔はそうだったけど、海を埋め立てて今は本土とつながってるはずだから」

「でも地下鉄は通っていないんだよ」

「どうしても行かなくちゃならないの」

「おいおい」チケット売り場の太った男が、ブースの格子越しにわたしを覗き込んだ。「泣かないでくれよ。あそこに親戚でもいるのか？」

　人々が人工的な光に照らされた薄闇のなかを、わたしを突き飛ばしたりぶつかってきたりしながら、スカリー・スクエアの下を通る大腸みたいなトンネルにごとごと音を立てて出入りしている列車に乗るために急いでいた。ぎゅっと閉じた目の端から涙が噴き出してくるのを感じた。

「父が、いるんです」

太った男はブースの壁に貼られた路線図を見ながら言った。「行き方はこうだ。あそこのホームから列車に乗ってオリエント・ハイツ駅で降りたら、ポイント・シャーリー・ビーチ行きのバスに乗るといい」そうして彼はにっこりと微笑んだ。「そうすりゃ、刑務所の門まで連れて行ってくれるさ」


「ちょっと、きみ！」青い制服を着た若い男が、監視小屋から手を振っていた。

わたしは手を振り返すと、そのまま歩き続けた。

「おい！」

わたしは足を止めてゆっくりと、砂の荒れ地にできた円形のリビングルームみたいに佇む監視小屋まで歩いていった。

「それ以上は行けないよ。刑務所の敷地だから、立ち入り禁止だ」

「浜辺沿いならどこを歩いてもいいのかと思って」とわたしは言った。「ブイが浮いているところから先に行かなければいいのかと」

男は少し考えてから言った。

「この砂浜ではだめなんだ」

彼は感じの良い、爽やかな顔をしていた。

「いいところね」とわたしは言った。「小さな家みたい」

男は振り返って小屋の中を見た。組ひもで編んだカーペットが敷かれ、更紗（サラサ）のカーテンがかけられていた。彼は微笑んだ。

「コーヒーポットもあるんだ」

「前に、この近くに住んでいたことがあるの」

「そうなの？　僕もこの町で生まれ育ったんだ」

砂浜の向こうにある駐車場と鉄格子のついた門を見ると、門の先は両側から波が打ち寄せる細い道になっていて、かつては島だった場所に続いていた。

刑務所の赤レンガ造りの建物には、海辺の大学の校舎のような親しみを覚えた。左側にある芝生に覆われた緑のこぶの上に、たくさんの小さな白い点とそれより少し大きいピンクの点が動き回っているのが見えた。監視員に尋ねると「豚と鶏だよ」という返事が返ってきた。

もしあのままこの古臭い町に住み続けられる神経を持ち合わせていたら、この刑務所の監視員と学校で出会って結婚し、今頃は小さな子どもに囲まれていたかもしれない。海辺でたくさんの子どもたちや豚や鶏と一緒に暮らして、祖母が「ウォッシュドレス」と呼んでいた何度でも洗濯できる服を着て、腕をたくましくさせ、良く磨かれたリノリウムが敷き詰められた台所でポットに入ったコーヒーを飲むのもいいかもしれない。

「どうやったら刑務所に入れるの？」

「通行証をもらうんだ」

「ううん、刑務所に入れられるためにはどうすればいいの？」

「ああ」と監視員は笑った。「車を盗んだり、店を襲ったりすればいいんだよ」

「殺人犯もいる？」

「いや、人殺しは州立の大きな刑務所に行く」

「ほかにはどんな人が？」

「冬になると、ボストンから年老いた浮浪者たちがやってくるよ。窓にレンガを投げ入れて捕まれば、寒い思いをせずに冬を過ごせるからね。テレビもあるし、食べるものもじゅうぶんあるし、週末にはバスケの試合も観られる」

「それはいいね」

「そういうのが好きならね」と監視員は言った。

わたしは彼に別れを告げて歩きだすと、一度だけ肩越しに振り返った。監視員はまだ監視小屋の入り口に立っていて、わたしが角を曲がるときには敬礼していた。

腰を下ろした丸太は、鉛みたいに重くてタールの匂いがした。高台に立つ給水塔の頑丈そうな灰色の円柱型タンクの下で、砂州(さす)が海に流れ込むように弧を描いていた。満潮になると、砂州は完全に水に埋もれて消えた。

その砂州のことはよく覚えていた。湾曲した内側の部分では、浜辺のほかの場所では見られない特殊な貝殻が見つかった。

貝殻はぶ厚くて滑らかで親指の関節くらいの大きさがあり、たいてい色は白いけれど、ときにはピンクのもあった。どこにでもあるような巻貝に似ていた。

「ママ、あの子まだあそこに座ってるよ」

ぼんやりと顔を上げると、砂まみれの幼い子どもが、赤いショートパンツに赤と白の水玉模様のホルターネックのトップスを着た、やせっぽちで鳥みたいな目をした女性に、波打ち際から引っぱられていた。

砂浜が夏を楽しむ人たちであふれかえっているとは思ってもみなかった。わたしがいなかった十年のあいだに、以前はなにもなかったポイントのビーチには派手な青やピンクや薄緑色の小屋が趣味の悪いキノコみたいに立ち並び、銀色のプロペラ飛行機や葉巻のような飛行船は、湾の向こうの空港から爆音とともに飛び立つジェット機に取って代わられていた。

ビーチでスカートとハイヒールを履いているのはわたしだけだから、きっと浮いているはずだ。しばらくしてエナメルの靴は脱いでしまった――そのまま砂浜を歩くとつまずいてしまうからだ。わたしが死んだあとも、銀色の丸太の上にその靴は置かれたまま、魂を探すコンパスのように海のほうを向いているのだろうと思うと嬉しかった。

バッグの中のカミソリの箱を指で探った。

そして、なんてわたしは馬鹿なんだろうと思った。カミソリはあるのに、温かいお風呂がない。

部屋を借りることも考えた。こうした場所には、夏の観光客が泊まるところとは別に下宿屋があるはずだ。でも、わたしは荷物を持っていない。それだと疑われてしまう。それに、下宿屋ではつねに他の人が浴室を使いたがるものだ。誰かがドアをドンドンとたたいてきたら、あれを実行してバスタブに入る暇もない。

砂州の端にある木の柱に止まったカモメたちが、猫みたいな鳴き声をあげた。すると一羽また一羽と、灰色のジャケットのような羽を広げて、わたしの頭の上を鳴きながら旋回しはじめた。

「ねえ、お姉ちゃん。ここに座っていないほうがいいよ。波が来ちゃう」

さっきの小さな男の子がすぐ近くにしゃがんでいた。その子は丸い紫色の石を拾うと、海の中に放り投げた。ポチャンと音を立てて石は海に飲み込まれていった。それから男の子がまわりをごそごそと手で探りはじめると、乾いた石がカチャカチャと小銭のようにぶつかり合う音がした。

男の子は平らな石をどんよりとした緑色の水面を切るように投げた。石は七回跳ねてから見えなくなった。

「家に帰らないの?」とわたしは言った。

男の子は、もっと重い石を飛ばした。今度は二回跳ねて沈んだ。

「帰りたくないんだ」

「お母さんが探しているよ」

「探してなんかないよ」心配そうな声で男の子は言った。

「家に帰るなら、お菓子をあげる」

男の子がひょいっと近づいてきた。「どんな？」

バッグの中を見るまでもなく、ピーナッツの殻しかないとわかっていた。

「キャンディを買うお金をあげる」

「アーサー！」

女性が砂州から、足を滑らせながらやってくるのが見えた。命令するようなきびきびとした口調で呼びかけるあいだも唇が上下に動いていたから、ぶつぶつ文句を言っているのは間違いなかった。

「アーサー！」

女性は片手を目の上にかざしていて、まるでそうすれば色濃くなる海辺の夕暮れのなかにいるわたしたちのことが、見分けやすくなるとでも思っているかのようだった。

母親の呼ぶ声が大きくなるにつれ、男の子の関心が薄れていくのがわかった。わたしのことを知らないふりをしている。そして、なにかを探していたかのように石をいくつか蹴り散らしてから、じりじりと離れていった。

ぶるっと体が震えた。

ごろごろした石が素足の下で冷たかった。わたしは浜辺に残した黒い靴が恋しかった。波が誰かの手のように引いていき、またやってきて足に触れた。

水の塊は海底からやってきたように思えた。海底では盲目の白い魚が極寒のなかで自分の体の光を頼りに泳いでいて、サメの歯やクジラの耳の骨が墓石のように散らばっている。

まるで海がわたしのために決断してくれるかのようにわたしは待った。

二度目の波が足元でくずれて、白い泡が浮かぶと、寒さが足首をとらえて死ぬかと思うくらい痛かった。

肉体がひるんでいた。臆病にも、こんな死に方はいやだと。

わたしはバッグを拾うと、冷たい石の上を歩いて、置いてきた靴が紫色の光のなかで見張りを続けている場所へと戻っていった。

十三

「もちろん、母親が殺したに決まってるだろ」

わたしは、ジョディがわたしに会わせたがっていた男の子の口もとを見た。ぷっくりした唇はピンク色で、シルクのようなプラチナブロンドの下にはベビーフェイスが佇んでいる。名前はカルだ。きっとなにかを略した名前なのだろうと思ったけれど、なんの略かはわからず、カリフォルニアくらいしか思いつかなかった。

「母親が殺したって、どうして言い切れるの?」とわたしは言った。カルはとても頭がいいという話だった。ジョディは電話で、彼はキュートだからきっとわたしは気に入るはずだとも言っていた。もしわたしが以前のわたしだったら、彼を好きになっただろうか?

そんなことわかるはずがない。

「だって最初は殺せない、殺せないって言ってたのに、やっぱり殺せるって言うじゃないか」

「でもそのあとまた殺せないって言うじゃない」

カルとわたしはリン湾から沼地を隔てたところにある汚いビーチで、オレンジとグリーンのストライプのタオルの上に並んで寝転んでいた。ジョディと婚約者のマークは泳ぎに行っていた。カルが泳ぐよりも話をしたがっていたから、わたしたちはあるお芝居について話していた。まだ若い息子が脳の病を患い、その原因が父親がふしだらな女と遊び回っていたせいだと知る。脳はどんどん柔らかくなっていき、最後には完全におかしくなり、母親がその息子を殺すかどうか悩み議論するという話だった。

わたしは母がジョディに電話をかけて、わたしを外に連れ出してほしいとお願いしたのではないかと疑っていた。そうすれば、一日じゅうカーテンを閉めた部屋に閉じこもらなくなるだろうからと。最初は行きたくなかった。ジョディにわたしの変化に気づかれてしまうし、半分目を閉じていたって、わたしの頭のなかが空っぽなことなんて誰にでもお見通しだろうと思ったからだ。でもみんなで北へ、そして東へと車を走らせているあいだ、ジョディはずっと冗談を言って笑ったりおしゃべりをしたりして、わたしが「へえ」とか「びっくり」とか「そんなまさか」とかしか言わなくても、気にしていないようだった。

ビーチにある貸しバーベキュー場で、こんがり焼き色がつくまでソーセージを焼いた。ジョディとマークとカルがやるのをじっくり観察していたおかげで、ちょうどいい焼き加減で焼くことができたし、焦がしたり、恐れていたように火の中に落としたりすることもなかった。誰も見ていないのを見計らって、わたしは焼いたソーセージを砂に埋めた。

ひとしきり食べ終わると、ジョディとマークは手をつないで海に向かって駆け出していき、わたしは仰向けになって空を見つめていた。そのあいだ、カルはずっと芝居について話していた。その芝居のことを覚えていたのは、頭のおかしい人が登場するからだった。そういう人たちについて書かれたものはぜんぶ頭に残っているのに、ほかのこととなるとすぐに飛んでいってしまう。

「でも、その『殺せる』っていうのが重要なんだよ」とカルは言った。「最終的に彼女は『殺せる』って思うようになるんだから」

わたしは頭を持ち上げると、目を細めて鮮やかな海の青いお皿を見つめた――縁が汚れた鮮やかな青いお皿。半分に切った卵の上の部分みたいな大きくて丸い灰色の岩が、ごつごつした岬から一・五キロほど離れた海面から突き出ていた。

「彼女はなにを使って殺すつもりだったんだっけ？　忘れちゃった」

忘れてなんていなかった。完璧に覚えていたけれど、カルがなんと答えるか聞いてみたかった。

「モルヒネの粉だよ」

「アメリカにモルヒネの粉なんてあると思う？」

カルは少し考えてから、こう言った。「思わないね。そんなやり方は、ひどく時代遅れだよ」

わたしはうつぶせになると、リン湾の反対側の景色に目を細めた。ぼんやりとしたもやが、グリルの火と熱を帯びた道路から波紋のように立ちのぼっていて、透明な水のカーテンみたいなそのもやの向こうには、輪郭がにじんだガスタンクや工場の煙突や起重機や橋が立ち並んでいた。

とんでもないカオスのように見えた。

わたしはもう一度仰向けになると、あえてさりげなくこう尋ねた。「もし自殺するとしたら、どうやる？」

カルは嬉しそうに言った。「それについては、よく考えてるよ。僕なら銃で脳みそを吹き飛ばすだろうね」

がっかりだった。銃を使うなんて、まったく男のやりそうなことだ。わたしが銃に触る可能性なんてゼロに等しい。それに万が一手に入れたとしても、どこを撃てばいいのか見当もつかない。自分に銃を向けた人の記事は新聞で読んだことがあったけれど、大事な神経を撃ってしまって半身不随になったり、顔を吹き飛ばしたのに、外科医に奇跡に助けられて死なずに済んだりという話ばかりだった。

銃のリスクは大きそうだ。

「どんな銃？」

「親父のショットガンさ。いつも弾は入ったままなんだ。いつか、親父の書斎に入っていって……」カルは指をこめかみに当てると、コミカルに顔をくしゃっとさせた。「バン！」そして淡い灰色の目を大きく見開いて、わたしを見た。

「お父さんはボストンの近くに住んでいたりする？」わたしはぼんやりと訊ねた。

「いや、クラクトンにいる。イギリス人なんだ」

ジョディとマークが手をつないで、二匹の愛くるしい子犬のように滴る水を振り払いながら海から戻ってきた。人が多すぎる。わたしは立ち上がってあくびをするふりをした。

「泳ごうかな」

ジョディやマークやカルと一緒にいることが、ピアノの弦の上に置かれた木のブロックみたいに神経に重くのしかかりはじめていた。今にもコントロールが効かなくなって、本も読めないし、文章も書けないし、一ヵ月ずっと一睡もしていないのに過労死せずにいられたのはわたしくらいだ、などとまくしたてしまうのではないかと、内心ひやひやしていた。

グリルや太陽の光を吸い込んだ道路から立ち上る煙は、わたしの神経から上がっているみたいだった。目の前に広がる光景——ビーチや岬や海、そして岩——は、お芝居の背景幕のように小刻みに震えていた。

この馬鹿みたいなニセモノの青い空は、宇宙のどこで黒くなるのだろう。

「あなたも泳いできなよ」

ジョディはカルの背中を、いたずらっぽく押した。

「ひええ」カルはタオルで顔を隠した。「寒すぎるよ」

わたしは海に向かって歩きはじめた。

なぜだか、大きく広がる影ひとつない真昼の光のなかで、海はわたしをなごやかに歓迎しているように見えた。

溺死はもっとも人に優しい死に方で、焼死は最悪の死に方だ。見せてもらった瓶の中の赤ん坊のなかにはエラが生えているものもあると、バディ・ウィラードは言っていた。赤ん坊たちは魚みたいになる段階を経て大きくなるのだと。

キャンディの包み紙やオレンジの皮や海藻だらけの、つまらない、小さな波が、わたしの足もとに折り重なった。

背後でざくざくと砂の音がして、カルが追いついてきた。

「あそこの岩まで泳ごう」わたしは指さしながら言った。

「正気か？　ここから一・五キロくらいあるぞ」

「なんなのよ？」とわたしは言った。「怖いの？」

するとカルはわたしの肘をつかんで海の中に押し倒した。水が腰の高さまでくると、カルはわたしの頭を水の中に押し込んだ。水しぶきを上げながら水面から顔を出すと、海水の塩のせいで目が焼けるように痛かった。海の下では水は緑色をしていて、水晶の塊みたいにほとんど透明だった。

わたしは岩のほうに顔を向けたまま、犬かきを少し変えた泳ぎ方で泳ぎはじめた。カルはゆっくりとクロールで泳いでいた。しばらくすると、彼は頭を上げて立ち泳ぎになった。

「こんなの無理だよ」カルは激しく息を切らしていた。

「いいよ、あなたは戻って」

わたしは泳いで戻るのが億劫に思えるほど、くたくたになるまで泳ぎ続けようと思った。犬かきをするたびに、心臓の鼓動が鈍いモーターのように耳の奥で響いた。

わたしは……わたしは……わたしは……。

その日の朝、わたしは首を吊ろうとした。

母が仕事にでかけたのを見届けると、母の黄色いバスローブからシルクの紐を抜き取って、琥珀色の影を落とす寝室で上下に滑る結び目を作った。ずいぶん時間がかかってしまった。結ぶのが下手なうえに、結び方を知らなかったからだ。

それから家じゅうを回って、紐をくくりつける場所を探した。

でも困ったことに、わたしの家の天井はなにかをくくりつけられるようにはできていなかった。低い天井には白いしっくいが塗られていて出っ張りがなく、照明を取り付ける金具も木の梁も見当たらなかった。祖母が昔住んでいた家が懐かしかった。でも、わたしたちと暮らすために、その後リビー叔母さんと暮らすために、その家は売ってしまったのだ。

十九世紀風の立派な造りで、部屋の天井は高く、シャンデリアを吊るす頑丈な金具がついていて、背の高いクローゼットにはしっかりした手すりがついていた。誰も足を踏み入れない屋根裏部屋には、トランクやオウムの鳥かご、洋裁用のトルソーが置かれていて、頭上には船の材木のように太い梁がわたっていた。

でも古い家には変わりなく、祖母は売ってしまったけれど、あんな家に住んでいる人はほかに誰も知らなかった。

シルクの紐を黄色い猫のしっぽのように首からぶら下げて歩き回るも、結局、紐をくりつける場所が見つからない、という不毛な時間を経たあと、わたしは母のベッドの端に座って、首からかけた紐をぎゅっと引っ張ってみた。

でも紐がきつく締まるたびに、耳の奥がざわざわして顔に血液が流れていき、手から力が抜けて紐を放してしまい、また元の状態に戻ってしまう。

そうして自分の体には、瀕死な状態になると手の力が抜けるというような、幾度となく体を救おうとする小さな仕掛けがいろいろあることを知った。そうでなければ、一瞬で死んでいただろう。

なんでもいいから自分に残っている感覚を頼りに、待ち伏せして体を襲撃しなければならない。さもなければ、なにも感じられないまま、五十年間もいまいましい体の檻の中に閉じ込められてしまう。母は人に言わないように気をつけていたけれど、わたしの頭がどうかしてしまったことをみんなが知れば（遅かれ早かれそうならざるを得ないはずだけど）母を説得して治療のためにわたしを精神病院に入れるだろう。

ただ、わたしの場合は治ることはない。

ドラッグストアで異常心理学の本を何冊か買って、自分の症状と本に書かれている症状を比べてみたけれど、案の定、わたしの症状はもっとも絶望的なケースと一致していた。

唯一読むことができたのは、ゴシップ紙のほかにこうした異常心理学の本だけだった。わずかな猶予が残されているかのように思えた。それを読めば、自分の症状を適切に終わらせる方法を知れるのだから。

首吊りが失敗に終わり、いっそこのまま諦めて医者に身を委ねるべきかもしれないとも思いはじめたとき、ゴードン先生と彼の病院にあったショック療法の機械を思い出した。入院させられたら、いつでもあれにかけられてしまう。

それから、母や弟や友人たちが、わたしが良くなることを願って日毎訪ねてきてくれることを思った。でも、次第に訪問の回数は減り、回復の望みも諦めるようになるのだ。そして彼らは歳をとり、わたしのことなんて忘れてしまう。

それに、お金だって足りなくなるだろう。

最初のうちは、わたしに最高の治療を受けさせようとしてゴードン先生の病院みたいなところに全財産をつぎ込むけれど、ついにお金が尽きると、わたしは国立病院に移されて、何百人ものわたしのような人たちと一緒に、地下の大きな檻の中に入れられるのだ。

回復の見込みがなければないほど、遠くに移されて隠される。

カルは向きを変えて、泳ぎはじめていた。

見ていると、彼は首くらいの深さからゆっくりと上がっていった。カーキ色の砂浜と緑色のさざ波を背景に、カルの体は一瞬白いミミズのようにふたつに分断されたように見えた。そして緑色からカーキ色へ完全に這い上がると、海と空のあいだで蠢いたりだらだらとしたりしている、ほかの何十匹ものミミズのなかに紛れていった。

わたしは手で水をかいて、足で水を蹴った。卵の形をした岩は、カルと一緒に岸から眺めたときよりも近づいているようには見えなかった。

あの岩まで泳ぐことにはなんの意味もない。わたしの体はまた、あの岩をのぼって太陽の光の下で寝転び、泳いで戻れるくらいの体力を回復するための言い訳を見つけてしまうだろうから。

そうしたら、ここで溺れるしかない。

わたしは泳ぐのを止めた。

両手を片方の胸に当てて、頭を水に潜らせると、両手で水を下に押しのけるようにして潜った。水が鼓膜と心臓を圧迫する。手であおぐように潜っていったけれど、自分がどこにいるのか把握する間もなく、海水はわたしを太陽に向かって吐き出し、気づくと青や緑や黄色の半貴石のようにきらきらと輝く世界に囲まれていた。

わたしは目をぬぐった。

わたしは息を切らしていた。あれだけ激しい運動をしたのだから当然だ。ただなにもしないで水に浮かんでいた。

わたしはまた潜って、そしてまた潜った――でもそのたびにコルクのように浮かび上がってきてしまった。

灰色の岩はわたしをあざ笑いながら、救命ブイのように悠々と水面で揺れていた。

わたしの負けだ。

わたしは岸まで戻ることにした。


たくさんの花が、明るくて物知りな子どもたちのようにうなずくのを見ながら、わたしは花を載せたカートを押して廊下を歩いていた。

セージグリーンのボランティアの制服を着ている自分は滑稽に思えたし、わたしはいなくてもいい余計な存在だった。白衣姿の医師や看護婦、あるいはなにも言わずにモップと汚い水が入ったバケツを手に横を通り過ぎていった茶色の制服姿の掃除婦たちとは違った。

もしお金がもらえるのなら、それがどれほど僅かでも、せめてきちんとした仕事だと言えたかもしれないけれど、午前中ずっと雑誌やお菓子や花束を載せたカートを押して回っていたわたしがもらえたのは無料の昼食だけだった。

母が、自分のことについて考えすぎてしまうときは、自分より恵まれていない人を助けるのが特効薬になると言い出して、テレサが地元の病院でわたしがボランティアできるように手配したのだ。この病院でボランティアをするのは難しかった。女子青年連盟(ジュニア・リーグ)の女性たちはみなしきりにこの病院でボランティアをやりたがっていたからだ。でも運がいいことに、その大半は休暇でいなかったから採用してもらえた。

ほんとうに恐ろしい症例の患者がいる病棟に配属になったらいいのにと期待していた。わたしの麻痺したような無表情の顔から、善人であることを見抜いて、無償奉仕を感謝してもらえたらいいのにと思っていた。でも、ボランティアの責任者である、同じ教会に通う上流階級の女性は、わたしを見るなり「あなたは産科をお願い」と言った。

エレベーターで三階上の産科病棟に行き、婦長のところへ向かった。そこで婦長に花が載ったカートを任されたのだ。決まった部屋の決まったベッドに決まった花瓶を置くのがわたしの仕事だった。

でも、最初の部屋のドアを開ける前に、カートに載った花は垂れ下がったり端が茶色くなったりしているのが多いことに気づいた。出産したばかりの女性が枯れた花を目の前にドンと置かれたら、さぞかしがっかりするだろうと思い、わたしは壁のくぼみに設置された洗面台までカートを押して行って枯れた花をぜんぶ抜き取った。

それから、枯れかかっている花もぜんぶ摘み取った。

ゴミ箱は見当たらなかったので、花をぐしゃっとまとめて深さのある白い洗面ボウルの中に置いた。ボウルは墓石のように冷たかった。わたしはにやりと笑った。きっとこの病院の遺体安置所では、こうして遺体が安置されているのだろう。わたしのしたことはほんの些細なことだけど、医師や看護婦たちの立派な仕事と響き合うところがあると思った。

わたしは最初の部屋のドアを開けると、カートを押して中に入った。何人かの看護婦がびっくりして飛びあがる姿や、たくさんの棚や薬棚が目に入ってきて戸惑った。

「なに？」看護婦の一人が厳しい口調で言った。どの看護婦も似たような顔をしていて、見分けがつかなかった。

「お花を配っているんです」さっき声をあげた看護婦はわたしの肩に手を置くと、手慣れた手つきでカートを操りながら、わたしを部屋の外へ連れ出した。そして隣の部屋のスイングドアを勢いよく開けると、会釈してわたしを中に入れた。そして彼女はいなくなった。

遠くでクスクス笑い声が聞こえたけれど、ドアが閉まると聞こえなくなった。

部屋には六台のベッドがあって、それぞれのベッドに女性がいた。彼女たちはみんなベッドに座って編み物をしたり、雑誌をパラパラとめくったり、髪をピンカールにしたりして、オウム小屋のオウムみたいにおしゃべりをしていた。

わたしはきっと全員眠っているか、青白い顔で静かに横になっているのだろうと思っていた。そうであれば、つま先立ちで歩いて回って、花瓶に貼られたテープに書かれた番号とベッドの番号を照らし合わせることも楽にできるだろうと。でも、自分のするべきことを把握する間もなく、尖った三角形の顔をした、明るくていきいきとした表情のブロンドの女性に手招きされた。

カートを部屋の真ん中に置いたまま近づいていくと、彼女はいらいらしたような仕草をしたので、カートも一緒に持ってきてほしいのだとわかった。

わたしは喜んで役に立ちますとでも言うような笑顔をつくりながら、カートを彼女のベッドの横まで運んだ。「ねえ、私のデルフィニウムは?」大柄でしまりのない体をした女性が、部屋の向こう側からワシのように鋭い視線をわたしに送っていた。

尖った顔のブロンドの女性がカートにかがみ込んだ。「私の黄色いバラはあるわね」と彼女は言った。「でも、お粗末なアイリスと一緒くたにされてる」

最初の二人の声に、ほかの声が複数加わった。みんな怒っていて、うるさくて、不満だらけだった。

デルフィニウムは枯れていたから流しに捨ててしまったこと、それから、ほかの花瓶からも枯れた花を摘み取ると花が少なくなってスカスカになってしまったので、いくつかの花束をまとめたことを説明しようと口を開いたとき、スイングドアが開いて、一人の看護婦がこの騒音はなにごとかと入ってきた。「聞いてよ、看護婦さん。昨日の夜ラリーが持ってきてくれた、大きなデルフィニウムの花束があったんだけど」

「あの子が私の黄色いバラを台無しにしたんだよ」

わたしは走って逃げながら、緑色の制服のボタンを外して、通り際に枯れた花のゴミを置いた洗面ボウルに詰っ込んだ。そして、外の通りへつながる、人がいない裏階段を二段飛ばしで降りていき、誰にも会わずに出ていった。

十三

「墓地はどこですか?」

黒い革のジャンパーを着たイタリア人が足を止めて、白いメソジスト教会の裏の路地を指さした。そのメソジスト教会のことはよく覚えていた。わたしは生まれてから九年間メソジスト教徒だったが、父が亡くなって引っ越してからユニテリアン派の信徒になったからだ。

母はメソジスト教徒になる前はカトリック信者だった。祖母も祖父もリビー叔母さんも、みんな今も変わらずカトリックだ。リビー叔母さんは、母と同じ時期にカトリック教会を離れたけれど、その後カトリック信者のイタリア人と恋に落ちて、また戻った。最近、わたしもカトリックに改宗しようかと考えていた。カトリック教会が自殺を恐ろしい罪だと考えていることは知っている。そうだとしたら、わたしに自殺をやめさせる方法を知っているかもしれない。

もちろん、わたしは死後の世界も処女懐胎も異端審問も、猿みたいな顔をしたローマ法王には絶対に誤りがないなんてことも、なにひとつ信じていなかったけれど、神父にそんな素振りを見せる必要はなかったし、ただ自分の罪に真剣に向き合っていれば、神父はわたしが悔い改めるのを助けてくれるだろうと思っていた。

唯一の問題は、教会は、それがカトリック教会だとしても、人生のすべてを占めるわけではないということだ。どんなにひざまずいて祈っても、一日三食食べて仕事をして、この世界で生きていかなければならない。

修道女になるには、どれくらいのあいだカトリック教徒でなければならないのかと思って、母に尋ねた。母なら一番良い方法を知っていると思ったからだ。

母はわたしを笑った。

「あなたのような人を、教会がすぐに受け入れてくれると思う？　教理問答や信条をすべて知っていて、心から信じていなければならないのよ？　あなたみたいな子が！」

それでも、わたしはボストンにいる神父のところに行く自分を想像していた。自分の町の神父には自殺を考えていることを知られたくないから、ボストンに行こう。神父はみんなひどい噂好きだ。

黒い服に身を包んで、死んだように青白い顔をしたわたしは、神父の足元に身を投げ出してこう言うだろう。「ああ、神父様、お助けください」

でもそう考えていたのは、みんながわたしを、あの病院の看護婦たちみたいに変な目で見はじめる前のことだった。

カトリック教会が頭のおかしな修道女を受け入れるわけがない。リビー叔母さんの夫が、診察のためにテレサのところへ送られて来た修道女を冗談のネタにしたことがあった。この修道女はハープの音がずっと聞こえていて「ハレルヤ！」という声も何度も何度も聞こえていると訴えていた。ただ、詳しく訊いてみると、その声がハレルヤと言っているのか、アリゾナと言っているのかよくわからないと言う。修道女はアリゾナの出身だった。最終的に彼女は、どこかの精神病院に収容されたはずだ。

わたしは黒いベールをあごまで引き下げて、錬鉄（れんてつ）の門をくぐった。父がこの墓地に埋葬されているというのに、わたしたちの誰も訪れたことがないというのは不思議だった。母は当時はまだ小さかったわたしたちを父の葬儀に来させず、また父は病院で亡くなったため、この墓地も父の死ですらいつも現実ではないように思えていた。

最近では、長年放置してしまった罪滅ぼしとして、父の墓の手入れをしたいと強く思うようになっていた。わたしはいつも父のお気に入りだったし、一度も喪に服さなかった母に代わってわたしがやるのがふさわしく思えた。

もし父が生きていれば、大学で教えていた昆虫学について一から十まで教えてくれただろう。それにドイツ語やギリシャ語、ラテン語も教えてくれたことだろうし、わたしはルター派の信者になっていたかもしれない。父はウィスコンシンにいたときはルター派だったけれど、ニューイングランドでは流行遅れになってきたということもあってやめてしまい、それ以降は、母に言わせれば辛辣な無神論者になった。

墓地にはがっかりした。町はずれの低地にあって、まるでゴミ捨て場のようだった。砂利道を行ったり来たりしていると、遠くからよどんだ塩沼（えんしょう）の臭いがした。

墓地の古くからある区域は、すり減って平らになった墓石や苔で覆われた記念碑があって悪くなかったけれど、しばらくすると、父が埋葬されているのは一九四〇年代と書かれた、より最近できた区域に違いないと思いはじめた。

新しい区域の墓石は粗末で安っぽく、そこかしこの墓石は大理石で縁取られていて、泥まみれの長方形のバスタブみたいだった。錆びついた金属の棺が、ちょうど亡くなった人のおへそがあるあたりから突き出ていて、プラスチックの造花が添えられていた。

灰色の空から細かい霧雨が降ってきて、わたしはすごくゆううつな気持ちになった。

父の墓はどこにも見当たらない。

もくもくした低い雲が、湿地帯やビーチに建てられた小屋が集まっているあたりから水平線に向かって猛スピードで進んでいき、雨粒がその朝買った黒いレインコートに濃いしみを作っていた。じっとりとした湿気が肌に染みこんでいった。

店員の女の子に「撥水(はっすい)加工はされていますか?」と尋ねると、彼女は「レインコートは撥水しないんですよ。シャワープルーフはされていますけど」と答えた。

シャワープルーフとはなにかと尋ねると、それよりも傘を買ったほうがいいと言われた。

でも、傘を買うお金は持っていなかった。ボストンへの往復のバス代、ピーナッツ、新聞、異常心理学の本、生まれ育った海辺の町への旅費で、ニューヨークで稼いだお金のほとんどを使い果たしていた。

銀行口座にお金がなくなったら実行しようと決めていたので、その日の朝、最後のお金を使ってこの黒いレインコートを買ったのだ。

そのとき、父の墓石を見つけた。

墓石は隣の墓石とほとんど間隔をあけずに、まるで慈善病棟の狭い空間が人で混み合っているみたいに並んでいた。缶詰のサーモンみたいなまだらなピンク色をした大理石で、父の名前と、その下にふたつの日付が、小さなハイフンで区切られて刻まれていた。

わたしは墓石の足元に、墓地の入り口の茂みから摘んで腕いっぱいに抱えてきた、雨に濡れたツツジを並べた。すると膝が崩れ、びしょ濡れの草の上に座り込んでしまった。なぜこんなに泣いているのかは自分でもわからなかった。でもそこでやっと、これまで父の死を思って泣いたことが一度もないことを思い出した。

母も泣かなかった。ただ微笑んで、父が死んだのはなんと慈悲深いことかと言った。もし生きていられたとしても足が不自由になって、一生病気の身で生きることになっていただろうし、そんなことに父が耐えられるはずもなく、そうなるくらいなら死んだほうがいいと思っただろうからと。

わたしは大理石の滑らかな表面に顔を寄せ、冷たくて塩辛い雨に向かって叫ぶように泣き続けた。


どうすればいいかは、わかっていた。

車のタイヤが砂利を踏む音を立てて走り出してエンジン音が聞こえなくなると、わたしはベッドから飛び起きて白いブラウスに柄のついた緑のスカートを身に着け、黒いレインコートをはおった。レインコートは前日の雨のせいで湿り気が残っているけれど、そんなことはすぐに気にならなくなるだろう。

下の階に降りていくと、ダイニングテーブルにあった淡いブルーの封筒を取って、裏に大きな字で走り書きのメモを残した——長い散歩に行ってきます。

わたしはそのメッセージを、母が帰ってきたらすぐに目に入る場所に立てかけた。

思わず笑ってしまった。

一番大事なことを忘れていたのだ。

二階に駆け上がると、椅子を母のクローゼットの中まで引きずっていった。そしてその上に乗ると、一番上の棚にある小さな緑色の金庫に手を伸ばした。もろい鍵だったから、手で金属カバーを引きちぎることもできたけれど、穏やかに、秩序あるやりかたで進めたかった。

右上の引き出しを開けて、良い香りのするアイリッシュリネンのハンカチの下に隠してあった青い宝石箱を取り出した。そしてその中にある、黒いベルベット生地に留められている小さな鍵をはずして金庫を開けると、新しい薬の瓶を取り出した。思っていたよりもたくさん入っていた。

少なくとも五十錠はある。

母が夜ごとに少しずつくれるのを待っていたら、これだけ集めるのに五十日はかかるだろう。五十日もすれば大学がはじまり、弟がドイツから帰ってきて、手遅れになってしまう。

わたしは鍵を安物のチェーンや指輪であふれ返っている宝石箱の中に入れ、宝石箱を引き出しの中のハンカチの下に戻して金庫をクローゼットの棚に置いてから、椅子をラグの上の元あった場所に戻した。

それから下に降りてキッチンに向かった。水道の蛇口をひねって背の高いコップに水を注いだ。そしてそのコップと薬の入った瓶を持って地下室に降りていった。

薄暗い、海底のような光が地下室の窓の隙間から差し込んでいた。石油ストーブの後ろには、壁の肩くらいの高さのところに暗い穴が開いていて、通路の下まで続いていた。あの通路は地下室ができたあとに増築されたもので、この秘密の土の穴の上に作られたのだ。

古い腐りかけの暖炉用の薪が数本、穴の口をふさいでいた。わたしはそれを少し押し戻して、薪の平らな面に水の入ったコップと薬の瓶を並べて置いてから、体を押し上げた。

穴に体を入れ込むにはかなりの時間がかかったけれど、何度もやっているうちに、ようやくなんとか成功して、わたしは暗い入り口でトロールのように身をかがめた。

穴の中の土は、なにも履いていない足に優しかったけれど、冷たかった。ここの土が陽の光を浴びてからどれくらい時間が経ったのだろう。

それから、埃を被った重い薪を一つひとつ苦労して運んで穴の口を塞いだ。暗闇がベルベットみたいに厚みを帯びたように思えた。わたしはコップと瓶に手を伸ばすと、慎重に、膝をついて、頭を下げ、一番奥の壁まで這っていった。

顔にかかった蜘蛛の巣は、蛾みたいに柔らかかった。黒いレインコートを自分の愛しい影のようにぐるぐると体に巻き付けると、錠剤の入った瓶のふたを外して一錠、それからまた一錠と、水で流し込んでいった。

　はじめはなにも起こらなかったけれど、瓶の底が見えてくるにつれて、赤や青の光が目の前で点滅しはじめた。瓶が指のあいだから滑り落ちていき、わたしは横になった。

　静寂が消えていくにつれ、小石や貝殻やわたしの人生のお粗末な残骸がむき出しになっていった。そして、視界のすみに、静寂がひとりでに集まってくると、大きな波がすくうように、わたしを一気に眠りへとさらっていった。

十四

真っ暗だった。

暗闇は感じていたけれど、ほかにはなにもなく、自分の頭が持ち上がると、その重みは感じられたが、ミミズの頭みたいに思えた。誰かがうめき声をあげている。大きくて固い重たいものが石壁みたいに頬にぶつかってきたと思ったら、うめき声は止んだ。

静寂が一気にまた押し寄せてきたけれど、石を落とした暗い水の表面がまたもとの穏やかな水面に戻っていくみたいに流れていった。

冷たい風が通り抜けた。わたしはものすごいスピードで地中に続くトンネルに運ばれていた。すると風が止んだ。雑音が聞こえはじめて、大勢の声が、遠くのほうで抗議したりなにかに反対を唱えたりしていた。そしてその声も止んだ。

のみが目に打ち込まれると、口なのか傷口なのか、なにかの切れ目から光が見えたけれど、また暗闇がそれをふさいだ。光の方向から離れようと体を転がそうとしても、何本もの手がミイラの包帯みたいに手足に巻き付いていて、身動きがとれなかった。

わたしはきっと地下室でまぶしい光に照らされていて、そこにいるたくさんの人が、なぜかわたしを押さえつけようとしているのだろう。

するとふたたびのみが打ち込まれ、光が頭のなかに飛び込んできて、厚くて、暖かくて、毛皮のような暗闇のなかで、叫び声が聞こえた。

「お母さん！」

＊

顔に空気を感じた。

取り囲まれている部屋の形がなんとなく感じられた――窓が開け放たれた大きな部屋だ。枕が頭の下でへこんでいて、わたしの体は薄いシーツのあいだで、なんの力もかからずに、浮いていた。

それから顔に温もりを感じて、誰かの手が触れているみたいだった。きっとわたしは太陽の下で寝そべっているんだ。目を開ければ、たくさんの色や形が覗き込んでくるだろう。看護婦みたいに。

わたしは目を開けた。

真っ暗だった。

誰かの息遣いが隣から聞こえる。

「見えない」とわたしは言った。

暗闇から明るい声が聞こえてきた。「世の中には盲目の人がたくさんいるわ。いつかあなたは、目の見えない素敵な人と結婚するのよ」

のみを持った男が戻ってきた。

「なんでそんなことを気にするの?」とわたしは言った。「意味ないよ」

「そんなことを言うもんじゃない」男の指が大きく腫れた左目の痛むところを触診していた。それからなにかを緩めると、壁に開いた穴のような、いびつな光の隙間が現れた。男の手がその端からかすかに見える。

「私が見えるかな?」

「はい」

「ほかにはなにが見える?」

そこでわたしは思い出した。「なにも見えません」光の隙間が狭まってまた暗くなった。「わたしは失明したのね」

「なんてことを言うんだ! 誰がそんなことを言った?」

「あの看護婦」

男は鼻で笑うと、わたしの目に絆創膏を貼り直した。「きみはとても運がいい。視力にはなんの問題もないよ」

「面会ですよ」

そう言うと看護婦はにっこり笑って行ってしまった。

母がほほ笑みながらベッドの足元のほうからやって来た。荷馬車の模様がついた紫色のワンピースを着ていて、見るからにやつれていた。

背の高い大きな男の子が母のあとからついてきた。目が少ししか開かなかったので、最初はそれが誰だかわからなかったけれど、やがて弟だとわかった。

「あなたが私に会いたがってるって聞いたわよ」

母はベッドの端に腰かけると、わたしの脚に手を置いた。慈しむような、でも責めるような顔をしている母に、わたしはどこかに行ってもらいたかった。

「わたしはなにも言っていないと思うけど」

「でも、あの人たちがあなたが私を呼んでたって」母は今にも泣き出しそうだった。顔がしわくちゃになって、青白いゼリーのように小刻みに震えていた。

「調子はどう?」と弟は言った。

わたしは母の目を見た。

「別に」とわたしは言った。

「面会の方が来てるわよ」

「誰にも会いたくない」

看護婦はそそくさと出て行くと、廊下にいる誰かとひそひそ話をしているようだった。そして戻ってくるとこう言った。「彼はすごく会いたいそうだけど?」

わたしは着せられた見慣れない白いシルクのパジャマから突き出た黄色い脚を見下ろした。動くとまるで筋肉がついていないかのように皮膚がだらしなく揺れ、短くて太いポツポツとした黒い毛がびっしりと生えていた。

「誰なの?」

「あなたが知っている人よ」

「名前は?」

「ジョージ・ベイクウェル」

「そんな人、知らないけど」

「でも彼はあなたを知ってるって」

看護婦が出て行くと、すごく見覚えのある男の子が入ってきて「ベッドの端に座ってもいいかな?」と言った。

彼は白衣を着ていて、ポケットから聴診器が出ているのが見えた。きっと医者の格好をした知り合いに違いない。

人が入ってきたら脚を隠すつもりだったけれど、間に合わなかったから、突き出したままにしておいた――吐きそうなくらい汚らしくて、醜い脚だった。

「これがわたし」とわたしは思った。「これがわたしなんだ」

「僕のことは覚えているよね、エスター?」

わたしは目を細めて問題ないほうの目の隙間からその男の子の顔を見た。もう片方の目はまだ開かなかったけれど、医者は数日もすれば良くなるだろうと言っていた。

その人は、まるで新しく動物園にやってきた珍しくて面白い動物でも見るかのようにわたしを見て、今にも吹き出しそうだった。

「僕のこと、覚えているだろう、エスター?」彼はゆっくりと、頭の回転がにぶい子どもに話すように言った。「ジョージ・ベイクウェルだよ。同じ教会の。きみはアマースト大に通う僕のルームメイトとデートしていたじゃないか?」

その男の子の顔はわかるような気がした。記憶の隅にぼんやりと浮かんでいる――わざわざ名前を思い出さなくても気にならないような顔。

「ここでなにしてるの?」

「この病院でインターンをしてるんだ」

どうしてこのジョージ・ベイクウェルは、こんなに早く医者になれたんだろう? わたしは不思議に思った。それに、わたしのことを大して知りもしないじゃない。この人はただ、自殺するくらい頭がおかしい女の子がどんな顔をしているのか見たかっただけだ。

わたしは顔を壁のほうに向けた。

「出てって」わたしは言った。「早くどっかに行ってよ。二度と来ないで」


「鏡を見せて」

看護婦は鼻歌を歌いながら忙しそうに次々と引き出しを開けて、母が買ってくれた新しい下着やブラウスやスカートやパジャマを、黒いエナメルの旅行用カバンに詰め込んでいた。

「どうして鏡を見ちゃだめなの?」

わたしはマットレスカバーみたいなグレーと白のストライプの、体にまとわりつくだぼっとした服を着させられて、幅広の光沢がある赤いベルトを巻かれたまま、肘掛け椅子に座らされていた。

「どうしてだめなの?」

「見ないほうがいいからよ」看護婦は小さくパチンという音をたてて、旅行カバンのふたを閉めた。

「どうして?」

「あまりかわいいとは言えないから」

「いいから、見せて」

看護婦はため息をつくと、鏡台の一番上の引き出しを開けた。そして鏡台の木材とおそろいのフレームでつくられた大きな鏡を出すと、わたしに手渡した。

最初はなにがそんなに問題なのかわからなかった。見ていたのは鏡ではなくて、写真だったからだ。

その写真に写っている人が男なのか女なのかはわからなかった。髪の毛が剃り落とされた頭には、至るところに鶏の羽のようなごわごわした毛が生えはじめていた。その人の顔の片側は紫色で、もとの形もわからないくらい腫れていて、ふちにそって緑色になり、それから黄土色に変色していた。口は薄い茶色で、唇の両側はバラみたいな色にただれていた。

その顔で一番驚いたのは、鮮やかな色が混じり合ってこの世のものとは思えないくらい不気味な色味になっていることだった。

わたしは笑ってみた。

すると鏡のなかの口が開いてにやりと笑った。

ガシャンという音がするとすぐに、別の看護婦が駆け込んできた。そして割れた鏡を見てから、こなごなになった白い破片の上に立っているわたしを見ると、せきたてるように若い看護婦を部屋から追い出した。

「だから言ったでしょう?」

「でも、私はただ……」

「だから言ったのに！」

わたしは軽い好奇心を持って聞いていた。誰だって鏡を落とすことはある。どうしてそんなに騒がなければならないんだろう。

年上のほうの看護婦が部屋に戻ってきた。腕組みをして、わたしをにらみつけている。

「七年不幸になるわよ」

「え？」

すると看護婦は、耳の聞こえない人に話しかけるように声を張り上げて繰り返した。「鏡を割ると七年不幸になるの」

若い看護婦がちりとりとほうきを持って戻ってきて、キラキラ光る破片を掃きはじめた。

「そんなのただの迷信でしょ」とわたしは言った。

「どうだか！」そして、まるでわたしがそこにいないかのように、四つん這いになっている看護婦に言った。

「この子、あそこでお世話になるらしいよ！」

救急車の後ろの窓から、見慣れた通りが次々と夏らしい緑の向こうへと遠のいていくのが見えた。わたしの片側には母が、反対側には弟が座っていた。

わたしはなぜ家の近くの病院から市立病院に移されようとしているのか、わからないふりをしていた。二人がなんて言うのか知りたかった。

「特別病棟に入ってもらいたいんですって」と母が言った。「家の近くの病院にはそういう病棟はないのよ」

「あそこがよかったんだけどな」

「え？」

母の口元がぎゅっと縮まった。「それならもっとお行儀よくしていればよかったじゃない」

「鏡を壊すんじゃなかったってことよ。そうすれば、いさせてもらえたかもしれないのに」

でもわたしはもちろん、あの鏡は関係ないとわかっていた。


シーツを首まで引き上げたまま、わたしはベッドの上で体を起こした。

「どうして寝ていないとだめなの？　病気でもないのに」

「回診があるのよ」と看護婦が言った。「回診が終わったら起きていいわ」彼女がパーテーション代わりのカーテンをしゃっと開くと、隣のベッドには太った若いイタリア人の女がいた。

イタリア人の女は、額の根元からきついカールがかかった黒髪を、山みたいに大きなポンパドールにしていて、残りの毛は滝のように背中に流れていた。彼女が動くたびに、まるで堅い黒い紙でできているみたいに、巨大な髪も一緒に動いた。

その人はわたしを見るとクスクス笑った。「あなたはどうしてここにいるの？」でも彼女はわたしの返事を待たなかった。「私は、フランス系カナダ人の姑のせいでここにいるのよ」そしてまたクスクス笑った。「私が彼女に我慢ならないことを知っているくせに、旦那は家に遊びに来てもいいよなんて言っちゃって。それで姑が訪ねてきたら、私はめちゃくちゃになって、どうしようもできなかった。そこで緊急で運ばれて、ここに入れられたってわけ」それから彼女は声を低くして「キチガイどもと一緒にね」と言った。それから彼女は訊いてきた。「で、あなたはどうしたの？」

わたしは紫や緑色に膨れ上がった目をした顔を、彼女に向けた。「自殺しようとしたの」

女はわたしをじっと見つめた。それから急に、ベッド脇のテーブルから映画雑誌をひったくると、読んでいるふりをはじめた。

わたしのベッドの向かいにあるスイングドアが勢いよく開いて、白衣を着た若い男女が、年配の白髪の男と一緒にぞろぞろと入ってきた。彼らはみな、わざとらしい不自然な明るい笑みを浮かべていた。そしてわたしのベッドの足元に集まってきた。

「グリーンウッドさん、今朝のご気分はいかがですか？」

わたしはこのなかの誰が言っているのか探ろうとした。大勢の人に向かってなにかを話すのは嫌いだ。大勢の人に話すときは、いつも誰か一人を選んでその人に向かって話すけれど、話しているあいだはずっと、自分のことを見つめているほかの人たちが弱みにつけ込もうとしているんじゃないかと心配になる。それに、ご気分はいかがですか？　なんて、相手が最悪な気分だとわかっているくせに明るく訊いてきて「いいです」と返事するのを期待する人たちも嫌いだ。

「ひどい気分です」

「ひどい気分か、なるほど」と誰かが言うと、一人の青年が下を向いてかすかに笑った。別の誰かはクリップボードになにかを書き込んでいた。すると誰かが、真面目くさった顔をして言った。

「どうしてひどい気分なんです？」

わたしはその輝かしい人たちのなかには、バディ・ウィラードの友人たちもいるかもしれないと思った。彼らはわたしがバディの知り合いだと知って、興味本位で見に来ただけで、あとでわたしのことを仲間内であれこれ噂するのだろう。知っている人が誰もやってこない場所に行きたかった。

「眠れなくて……」

彼らはわたしの言葉を遮った。「でも看護婦さんによると、昨夜は眠れたそうじゃないですか」わたしは三日月みたいな顔をした若くて見慣れない人たちを見回した。

「なにも読めないんです」わたしは声を荒らげた。「食べられないし」意識が戻ってから、ずっとむさぼるように食べ続けていることが頭をよぎった。

医者たちはわたしに背を向けると、小さな声でひそひそとなにか言い合っていた。すると、白髪の男が一歩前に出てきて言った。

「お手間をおかけしましたね、グリーンウッドさん。すぐに担当医が来ますから」

それから一行は隣のイタリア人のベッドに移っていった。

「今日のご気分はいかがですか？　えっとお名前は……」と誰かが彼女の名前を呼んだけれど、その名前は長ったらしくて「L」がたくさんあった。たしか、トモリッロだったと思う。

トモリッロさんはクスクス笑った。「ええ、いいですよ、先生。気分はいいです」すると彼女は声を落として、わたしには聞きとれないなにかをささやいた。医者が一人か二人、わたしのほうを見た。そして誰かが「わかりました、トモリッロさん」と言うと、誰かが医者たちの輪から外れて、わたしとトモリッロさんのあいだに白い壁みたいなカーテンを引いた。


わたしは四方を病院のレンガの壁に囲まれた芝生の広場にある木のベンチの端に座っていた。反対側の端には、紫色の荷馬車の柄がついたワンピースを着た母が座っていて、人差し指を頬に当て、あごの下を親指で押さえて考えるような仕草をしている。

トモリッロさんは笑っている黒髪のイタリア人たちと一緒に隣のベンチに座っていた。母が動くたびに、トモリッロさんはその真似をした。今は人差し指を頬に、親指をあごの下に当てて、悲しげに頭を傾けている。

「動かないで」わたしは低い声で母に言った。「あの女が真似してる」

母があたりを見回すと、トモリッロさんはウィンクするくらい素早くでっぷりとした白い手を膝の上に下ろして、友人たちに元気よく話しはじめた。

「なにを言っているの？　真似なんてしていないじゃない」と母は言った。「わたしたちのことなんか気にしてもいないわ」

でも、母がふたたびわたしのほうを向いた瞬間、トモリッロさんは母と同じように両手の指先を合わせて、嘲るような険悪な目でわたしを見た。

医師たちであふれかえった庭は真っ白だった。

背の高いレンガの壁のあいだから差し込む光が細長い円すいをつくる広場で、母とわたしが座っているあいだずっと、医師たちがやってきては自己紹介をした。「私はしかじかです。僕はしかじかです」

なかにはすごく若く見える人もいて、その人たちはまともな医者であるはずがないと思ったし、そのうちの一人は梅毒みたいな変な名前だったので、怪しげな偽名に注意していると、案の定ほかにもいて、ゴードン先生によく似ているけれど肌の色はゴードン先生と違って黒い黒髪の男は、近づいてくると「私は膵臓です」と言って握手をしてきた。

自己紹介が終わると、医師たちはみんなわたしと母の話が聞こえるところに立って、わたしたちが話すことを一言一句メモしていた。彼らに聞かれずにそれを母に伝えることはできなかったので、わたしは身を乗り出して耳うちした。

母はさっと体を引いた。

「ああ、エスター。協力しなくっちゃだめよ。あなたは協力的でないって、先生方がおっしゃってたわ。先生とも話さないし、作業療法でもなにもしないって……」

「ここから出なくちゃ」わたしは意味ありげに母に言った。

「そうすればよくなるから。お母さんがわたしをここに入れたんだよ」とわたしは続けた。「だから、お母さんがここから出して」

母を説得して退院させてもらえれば、母の同情心に訴えかけて、あのお芝居で脳の病気を患った男の子のようになにが最善かを説き伏せられると思ったのだ。

でも驚いたことに、母は言った。「わかった。退院できるようにする――それが別の、もっといい病院に行くっていうことでもいいならね。だから、もし退院させたら――」そして母は、わたしの膝に手を置いた。「いい子にするって約束できる?」

わたしはくるりと振り返ると、わたしの肘あたりに立って、見えないくらい小さなノートにメモを取っていた梅毒先生をきっと睨みつけた。

「約束する」わたしは大きな声ではっきりと聞こえるように言った。

黒人が患者用の食堂にカートに載せた食事を運んでいた。この病院の精神科病棟はとても狭かった――病室が並ぶL字型廊下と、わたしがいた作業療法室の後ろにあるベッドがある小部屋、そしてL字型廊下の角の窓際に、テーブルといくつかの椅子が置かれた小部屋があるだけ。そこがわたしたちのラウンジ兼食堂だった。

いつもは小さく縮んでしまったような白人の老人が食事を運んでくるのに、今日は黒人だった。彼は青いピンヒールを履いた女と一緒に来て、指示を受けていた。そして馬鹿みたいにニヤニヤしたり、クックックッと笑ったりしていた。

それから、ふたと脚がついたブリキの容器を三つトレイに載せてわたしたちのテーブルに運んでくると、大きな音を立てて置きはじめた。女はドアに鍵をかけて部屋を出ていった。そのあいだずっと黒人は器をガチャガチャ鳴らしながら配り、それからへこんだカトラリーと厚手の白い陶器の皿を並べ、大きな目を丸くしてわたしたちをじろじろと見ていた。

初めて頭のおかしい人たちを見たのだろう。

テーブルについている人は誰もブリキの器のふたを取ろうとせず、後ろに立っていた看護婦は自分がふたを取る前に、わたしたちの誰かがやるかどうか様子をうかがっていた。いつもならトモリッロさんが、小さなお母さんみたいにふたを取ってみんなに食事を取り分けていたけれど、彼女が退院して家に帰された今、彼女の代わりにやろうという人は誰もいないようだった。

わたしはすごくおなかが空いていたから、最初の器のふたを開けた。

「えらいわ、エスター」と看護婦はうれしそうに言った。

「自分の分の豆をよそったら、みんなに回してくれる？」

わたしは緑色のいんげん豆を自分の皿に盛ると、右隣にいたもじゃもじゃした赤毛の女に器を渡した。彼女がここのテーブルで食べることを許されたのは、今回が初めてだった。前に一度、L字型の廊下の突き当たりで、四角い小窓に鉄格子がついた開けっ放しのドアの前に立っているのを見かけたことがあった。

彼女は通りかかった医師たちに向かって失礼なことを叫んだり、はしたなく笑ったり、自分の太ももを叩いてみせたりしていて、彼女みたいに病棟の一番奥にいる人々の世話をする係の白いジャケットを着た男は、ラジエーターにもたれかかりながら酸欠になるくらい笑いころげていた。

赤毛の女はわたしから器を奪い取ると、自分の皿の上でひっくり返した。山盛りになった豆は、彼女の膝や床にかたい緑の麦わらみたいに飛び散った。

「なにをしてるの、モールさん！」看護婦が悲しそうな声で言った。「今日は自分の部屋で食べたほうがよさそうね」

そして大半の豆をボウルに戻してモールさんの隣の人に渡すと、モールさんを連れて行った。病室まで廊下を歩いて戻るまで、モールさんはずっと後ろを振り返ったままで、わたしたちをいやらしい目つきで睨みつけながら鼻でブタのような醜い音を立てていた。

黒人が戻ってきて、まだ豆をよそっていない人たちの前にある空の皿を集めはじめた。

「まだ食事の途中なんだけど」とわたしは彼に言った。「いいから、待ってなよ」

「おや、なんとねえ！」黒人は目を見開くと、馬鹿にしたように驚いてみせた。そしてちらっとあたりをうかがった。看護婦はモールさんを部屋に閉じ込めに行ったまま戻ってきていなかった。

黒人は小馬鹿にしたようにお辞儀をして「これはこれは、おエライお嬢ちゃんときたもんだ」とつぶやいた。

二つ目の器のふたを取ると、冷え切ったマカロニが糊みたいに固まってへばりついていた。最後の三つめの器には、ベイクドビーンズがぎっしり詰まっていた。

今なら、一度の食事に二種類の豆を一緒に出さないということはじゅうぶんよくわかる。豆とニンジン、あるいはさやえんどうとグリーンピースはありえるかもしれないけれど、豆と豆はない。黒人は、わたしたちがどれだけ忍耐できるか試していたのだ。

看護婦が戻ってくると、黒人は離れたところに行った。わたしはこれでもかというくらいベイクドビーンズを食べた。それから立ち上がると、テーブルの角を回って、看護婦からはわたしの腰より下が見えないところまで行き、汚れた皿を片付けている黒人の後ろに立った。そして勢いよく足を後ろに引いて、彼のふくらはぎに思いっきり強烈なキックを見舞ってやった。

黒人は甲高い悲鳴を上げて飛びあがると、目をむいてわたしを見た。

「ああ、ああ」脚をさすりながら、うめいていた。「そんなことしちゃだめだ、だめったらだめなんだ」

「ざまあみろ」わたしはそう言って、彼の目を睨みつけた。

「今日は起きたくないの?」

「うん」わたしはベッドの中に体を潜らせると、シーツを頭からかぶった。そしてシーツの角を持ち上げて外を覗いた。看護婦がわたしの口から出したばかりの体温計を振っていた。

「ほら、平熱でしょ」彼女が体温計を回収しに来る前に、もう確認していた。いつもそうだ。

「ほら、平熱でしょ。なのに、なんのために計り続けるの？」

わたしは看護婦に、体に異常があるだけなら問題ないし、頭に異常があるより体に異常があるほうがましだと言いたかったけれど、その考えはとても入り組んでいて退屈に思えて、なにも言わなかった。そしてただ、ベッドにさらに深く潜り込んだ。

そのときシーツ越しに、脚のあたりに変な重みを感じた。外をのぞいてみた。すると看護婦が、体温計を載せたトレイをわたしのベッドの上に置いたままこちらに背を向けて、隣のトモリッロさんがいたベッドに新しく入った人の脈を測っていた。

抜けかかった歯の痛みみたいに、いたずら心がうずいた。いらいらするけれど、興味をそそられるうずきだった。わたしはあくびをして寝返りを打つように体を動かすと、体温計が載っているトレイの下あたりにある足を揺らした。

「きゃあ！」看護婦が助けを呼ぶような声をあげると、別の看護婦が走ってやってきた。

「なにをしてるの！」

わたしはシーツから顔を出してベッドの端を見た。ひっくり返ったホーローのトレイのまわりには、粉々になった体温計の破片が星のように輝いていて、水銀の玉が天から落ちてきた露みたいにふるえていた。

「ごめんなさい」とわたしは言った。「わざとじゃないの」

あとから来た看護婦は、悪意に満ちた表情でわたしを睨んだ。「わざとやったんでしょ。見てたのよ」

彼女が急ぎ足で立ち去ると、すぐに二人の係員がやってきて、いろいろなものが載ったベッドごと、モールさんが以前使っていた部屋までわたしを運んでいった。でも、わたしはその前に水銀の玉をすくうのを忘れなかった。

ドアに鍵がかけられると、すぐにあの黒人の顔が、糖蜜色の月のように、格子窓の下から上がってくるのが見えたけれど、気づいていないふりをした。

わたしは秘密を握る子どものように指を少し開いて、手のひらに乗った銀の玉にほほえみかけた。落としたら、何十万個もの玉に分裂して、手で押して玉と玉とを近づければ、ひびひとつ入ることなくくっついて、またひとつになるのだろう。

わたしは小さな銀の玉に、何度も何度もほほえんだ。

あの人たちがモールさんになにをしたのかは、見当もつかなかった。

十五

フィロメナ・ギニアの黒塗りのキャデラックは、五時の渋滞のなかを式典に向かう車のように悠々と走っていた。もうすぐチャールズ川に架かる短い橋のひとつを渡るだろう。そうしたらわたしはなにも考えずに車のドアを開けて、走る車の流れをかいくぐって橋の欄干へと飛び出していく。飛び降りてしまえば、頭の先まで水の中だ。

ぼんやりとティッシュを指に挟んでは、錠剤くらいの大きさに丸めてチャンスをうかがっていた。わたしはキャデラックの後部座席の真ん中に座っていて、片側には母が、もう片側には弟がいて、二人とも車のドアに斜めに立てかけた棒みたいに、少し前かがみで座っていた。

わたしの前には、運転手のスパム色の太った首が、青い帽子と上着にサンドイッチみたいに挟まれているのが見えていて、その隣には、か弱いエキゾチックな鳥のように、有名な作家フィロメナ・ギニアの銀髪とエメラルド色の羽根がついた帽子があった。

なぜギニアさんが現れたのかは、よくわからなかった。わかっていたのは、彼女がわたしの事例に興味があったということと、かつてキャリアの絶頂期に、彼女も精神病院に入院していたことがあったということだけだった。

母によると、ギニアさんはバハマから電報をくれたという。そこで読んだボストンの新聞でわたしのことを知ったのだ。電報には「オトコハ　カンケイ　シテイルカ?」と書かれていた。

もしそうだったら、もちろん、ギニアさんが関わることはなかっただろう。

母は電報で「イイエ　シッピツノセイデス　モウカケナイト　オモイコンデイマス」と返信した。するとギニアさんはボストンに飛んで帰ってきて、わたしを狭苦しい市立病院の病棟から連れ出し、今はカントリークラブのような運動場やゴルフコースや庭園のある私立病院に車で連れていこうとしていて、そこでかかる費用をぜんぶ負担してくれようとしている——まるで奨学金みたいに、彼女が知っている医者たちがわたしを治してくれるまでずっと。

母は感謝しなさいと言っていた。わたしのためにお金はほとんど使い果たしてしまったから、もしギニアさんがいなかったら、どこに連れていけばいいかわからなかったと。でもわたしは、そうなったら自分がどこに行くかわかっていた。今向かっている私立病院と隣り合わせの、田舎の大きな州立病院に行かされたはずだ。

ギニアさんに感謝すべきだとはわかっていたけれど、なにも感じなかった。もしギニアさんがヨーロッパ行きや世界一周クルーズのチケットをくれたとしても、わたしはなにも変わらないだろう。どこにいても——それが船のデッキだろうが、パリのカフェやバンコクだろうが——いつも同じガラス鐘（ベル・ジャー）の中に座って、くよくよ悩むのだ。自分のすえた臭いを嗅ぎながら。

青い空が川の上にドーム状に広がり、川には帆船が点々としていた。わたしが身構えると、すぐに母と弟がドアの取っ手にそれぞれ手をかけた。タイヤが少しのあいだ、橋の滑り止めの格子の上でぶうんと音を立てていた。川や帆船、青い空や宙を漂うカモメが、うそくさい絵葉書のように通り過ぎ、あっという間に車は橋を渡ってしまった。

わたしは灰色のベルベットみたいな肌触りのシートに体を沈めると、目を閉じた。ベル・ジャーの中の空気が重くのしかかってきて、身動きが取れなかった。


また個室に入ることになった。

そこは、ゴードン先生の病院の部屋を彷彿とさせた――ベッド、整理ダンス、クローゼット、テーブルと椅子。窓には網戸はあったけれど、鉄格子はなかった。わたしの部屋は一階にあり、松葉で覆われた地面からそう離れていないところにある窓からは、赤レンガの壁に囲まれた庭の木々が見渡せた。ここから飛び降りたって、膝にアザすらできないだろう。高い壁の内側はガラスのように滑らかに見えた。

橋を渡り切ってしまって、わたしは落ち着かなかった。

絶好のチャンスを逃してしまったのだ。川の水は手をつけていないお酒のようにわたしの横を通り過ぎていった。母や弟が隣にいなかったとしても、わたしは飛び降りようとしただろうか？それすら疑わしく思えてきた。

病院の本館で登録を済ませると、細身の若い女性がやってきて自己紹介をした。「医師のノーランです。エスターを担当します」

担当医が女性だと知って驚いた。女性の精神科医がいるとは思わなかった。彼女は良妻賢母を演じるのがうまい女優のマーナ・ロイとわたしの母を足して二で割ったような人だった。白いブラウスに、ふんわりしたスカートのウエスト部分を幅広の革ベルトでしめて、三日月型のおしゃれな眼鏡をかけていた。

でも、看護婦に連れられて芝生を横切ってわたしが暮らすことになるキャプランと呼ばれる陰気なレンガ造りの建物に着くと、ノーラン先生が顔を見せにやってくるのではなく、見慣れない男たちがぞろぞろとやってきた。

厚手の白い毛布にくるまってベッドに横になると、彼らは一人ずつわたしの部屋に入ってきて、自己紹介をした。なぜこんなに大勢いるのか、なぜ自己紹介をしたがるのかはわからなかった。もしかしたら、たくさんいすぎることにわたしが気づくかどうかを試されているのかもしれない。油断は禁物だ。

最後に、ハンサムな白髪の医者がやってきてこの病院の院長だと名乗った。それから彼は巡礼者や先住民、彼らのあとに住みはじめた人たちのこと、近くを流れる川や、この病院の創設者、そしてどうして当初の建物が全焼してしまったのか、誰が建て直したのかといった話を延々としてきた。この人はきっと、わたしがいつ話に割って入って、そんな川や巡礼者の話はくだらないたわごとだってわかってますよ、と言い出すかを見ているに違いない。

でも、話のなかには本当のこともあるのかもしれないと思い直して、なにが本当でなにが本当でないのかを整理しようとしたけれど、そうこうしているあいだに院長は「では」と言っていなくなった。

わたしは医師たちの声が聞こえなくなるまで待った。それから白い毛布をはねのけると、靴を履いて廊下に出た。誰にも止められなかったので、自分がいる棟の廊下を曲がって別の棟のもっと長い廊下を進んで、ドアが開いているダイニングルームを通り過ぎた。

緑色の制服を着たメイドが夕食をテーブルに並べていた。白いリネンのテーブルクロスとグラス、紙ナプキンが用意されていた。わたしはそれが本物のグラスだという事実を、リスが木の実をたくわえるみたいに頭の片隅にしまった。市立病院では紙コップを使っていたし、肉料理を切るナイフもなかった。肉はいつも焼きすぎていたから、フォークさえあれば切れたのだ。

ようやく古臭い家具が置かれ、よれよれのラグが敷かれた大きなラウンジにたどり着いた。丸くて青白い顔をした短い黒髪の女の子が、肘掛け椅子に座って雑誌を読んでいた。かつてのガールスカウトのリーダーを思い出した。彼女の足元に目をやると、思ったとおり、前側にフリンジが付いている、スポーティな雰囲気の茶色い革のフラットシューズを履いていて、飾り紐の先には小さなニセモノのドングリがついていた。

その子は目を上げて微笑んだ。「私はヴァレリー。あなたは？」

わたしは聞こえなかったふりをして、ラウンジを出て隣の棟の端まで歩いた。その途中、腰の高さくらいのドアを通り過ぎるとき、その奥に何人かの看護婦が見えた。

「みんなはどこにいるの？」

「外よ」そう答えた看護婦は小さなテープに、なにかを何度も繰り返し書いていた。なにを書いているのか見ようとドア越しに身を乗り出すと、Ｅ・グリーンウッド、Ｅ・グリーンウッド、Ｅ・グリーンウッド、Ｅ・グリーンウッドと書かれていた。

「外って、どこへ？」

「ああ、作業療法よ。ゴルフ場にいるか、バドミントンをしてるわ」

彼女の横の椅子には服が山積みになっていた。それは、最初の病院でわたしが鏡を壊したときに、看護婦がエナメルのかばんに詰め込んでいたのと同じ服だった。彼女は書き終えると、服にラベルをつけはじめた。

わたしはラウンジに戻った。バドミントンやゴルフをしているなんて、ここの人たちはいったいなにをしているんだろう。そんなことをするなんて、深刻な症状なわけがない。

ヴァレリーの近くに座って、注意深く彼女を観察した。やっぱりそうだ、彼女がここにガールスカウトのキャンプで来ていたとしてもおかしくない。ヴァレリーはぼろぼろの『ヴォーグ』を熱心に読んでいた。

「この子はここでなにをしてるの？」とわたしは不思議に思った。「どこにもおかしいところなんてないじゃない」

「煙草を吸ってもいい？」ノーラン先生は、わたしのベッドの横にある肘掛け椅子に寄りかかるように座っていた。

わたしは煙草の匂いが好きだったから、どうぞと言った。ノーラン先生は煙草を吸えば、もっと長くいてくれるかもしれない。彼女がわたしと話をしに来たのは今回が初めてだった。先生がいなくなったら、また空虚のなかに陥るだけだ。

「ゴードン先生のことを教えてくれる？」とノーラン先生が突然言った。「好きだった？」

わたしはノーラン先生に警戒するような眼差しを向けた。医者は全員結託していて、この病院のどこか隅のほうには、ゴードン先生の病院にあったのと同じ機械が隠されていて、体から飛び出てしまうのではないかというくらいの衝撃をわたしに与えようとしているに違いない。

「全然」とわたしは言った。「少しも好きじゃなかったです」

「それは興味深いわね。どうして？」

「彼にされたことが気に入らなかったから」

「されたことって？」

わたしはノーラン先生にあの機械や青い閃光のことや体に走った衝撃や騒音について話した。わたしが話しているあいだ、彼女は身動きせずに聞いていた。

「なにか問題があったのね」と先生は言った。「そんなふうになるなんて、おかしいもの」

わたしは彼女を見つめた。

「もしきちんと行っていれば」とノーラン先生は言った。「眠ってしまうような感じなのよ」

「今度もう一度あんなことをされたら、自殺します」

するとノーラン先生はきっぱりと言った。「ここではどんなショック療法も受けることはないでしょう。いや、もし受けることになったとしても」と彼女は言い直して「事前に説明するし、前回のようにはならないって約束する」と言った。そして、こう話を締めくくった。「でもね、なかにはあれが好きな人もいるのよ」

ノーラン先生が部屋から出ていったあと、窓ぎわにマッチ箱があるのを見つけた。普通の大きさではなく、とても小さいものだった。箱を開けると、先端がピンクの小さな白い棒が並んでいた。一本火をつけようとすると、手の中で粉々になった。

ノーラン先生がなぜこんな馬鹿げたものを置いていったのか、さっぱりわからなかった。きっと、わたしがちゃんと返すかどうかを見ているのだろう。わたしはそっとそのおもちゃみたいなマッチをおろしたてのウールのバスローブの袖口に入れた。もしノーラン先生にマッチのことを聞かれたら、キャンディでできていると思って食べてしまったと答えることにしよう。

新入りの女が、隣の部屋に移ってきた。

彼女はきっと、この病棟の中でわたしよりあとに来た唯一の人間であるはずだ。とすれば、わたしの症状がどれほどひどいか、ほかの人たちとは違って知らないということだ。部屋に行って仲良くなってみようかと思った。

その女は、首元をカメオのブローチで留めた、膝と靴の中間まで丈のある紫色のワンピースを着てベッドに寝ていた。錆びたような色の髪を古臭い女教師みたいなお団子にまとめていて、細い銀縁の眼鏡を黒いゴムで胸ポケットにくくりつけていた。

「こんにちは」わたしはベッドの端に腰を下ろしながら、何気なく話しかけた。「わたしはエスター。あなたは？」

女は身じろぎもせずに、ただじっと天井を見上げていた。心がちくりとした。ヴァレリーか誰かが、彼女が最初にやって来たときに、わたしがどれだけ馬鹿なのかを話してしまったのかもしれない。

看護婦がドアから顔を出した。

「ああ、ここにいたのね」とわたしに向かって言った。「ノリスさんに会いにくるなんて、素敵じゃない！」そしてまたいなくなった。

どれくらいそこに座っていたのかは覚えていないけれど、わたしは紫色の服を着た女を見ながら、彼女のぎゅっとすぼめたピンク色の唇は開くのかどうか、もし開いたとしたらなにを言うのだろうと考えていた。

結局ノリスさんは、わたしに話しかけることも顔を見ることもなく、黒いボタンのついたアンクルブーツを履いた足をベッドの反対側に振りおろすと、部屋を出て行ってしまった。それとなくわたしを追い払おうとしているのかもしれない。わたしは静かに、少し距離をとりながら、彼女のあとについて廊下を歩いていった。

ノリスさんはダイニングルームのドアのところまで来ると立ち止まった。そこまでのあいだ、彼女はカーペットに巻き付いているみたいに描かれたバラの、ちょうど真ん中に足が来るように正確に歩いていた。ノリスさんは少し間を置いてから片足ずつ足を持ち上げて、目に見えないすねの高さまでの段を踏み越えるように、ドアの敷居を越えてダイニングルームへ入っていった。

そしてリネンがかけられた丸いテーブルのひとつに座ると、膝の上にナプキンを広げた。

「夕食までまだ一時間もあるよ」とコックがキッチンから声をかけた。

でもノリスさんは答えなかった。ただ礼儀正しくまっすぐ前を見つめていた。

わたしは彼女の向かい側の席の椅子を引くと、ナプキンを広げた。わたしたちはなにも話さず、ただそこで、近しい姉妹のように黙って、夕食のゴングが廊下に鳴り響くまでじっと座っていた。


「横になってね」と看護婦は言った。「もう一本注射をするから」

わたしはベッドにうつぶせになると、スカートをたくし上げた。そしてシルクのパジャマのズボンを下ろした。

「あらやだ、なにをそんなに下に着こんでいるの？」

「パジャマ。こうすれば着たり脱いだりする手間が省けるから」

看護婦はフンと小さく鼻を鳴らして言った。「どちら側にいたしましょうか？」いつものジョークだった。

わたしは頭を上げて、むき出しになったおしりを振り返った。これまで打った注射のせいで、紫や緑や青のあざができていた。左側のほうが右側より色濃く見える。

「右側で」

「お望みのとおりに」看護婦が針を刺すと、わたしはビクッとして顔をしかめ、わずかな痛みを味わった。毎日三回、看護婦たちはわたしに注射を打ち、注射のだいたい一時間後には砂糖入りのフルーツジュースを渡しにやって来て、わたしが飲み切るまで見ていた。

「あなたはラッキーだよ」とヴァレリーは言った。「インスリンショック療法（インスリンを大量投与することで、重い低血糖反応を起こさせて、精神病患者を治療する）なんてさ」

「なんの変化もないけどね」

「ああ、そのうちあるよ。わたしもそうだったから。反応が出たら教えてね」

でも、わたしにはなんの反応も出ないようだった。ただ、どんどん太っていった。母が買ってきた大きすぎる服はもうぱつぱつで、ぽっこりしたおなかと大きなおしりをのぞき込むと、ギニアさんにこんな姿を見られなくてよかったと思った。これじゃあまるで妊娠しているみたいだ。

「わたしの傷跡、見たことあったっけ？」

ヴァレリーは黒い前髪をかきわけると、額の左右にある二つの青白い跡を指した。いつの間にか生えてきた角を切り落としたみたいな跡だった。

わたしたちは二人で、運動療法士と一緒に精神病院の庭を歩いていた。最近は、以前よりも散歩に出られることが多くなった。ノリスさんは一度も外に出させてもらえていない。

ヴァレリーによると、ノリスさんはキャプランではなく、もっと重症な人たちのためのワイマークという病棟にいるべきなのだそうだ。

「この傷跡がなんだかわかる？」ヴァレリーはしつこかった。

「知らない。なんなの？」

「ロボトミー手術（脳の前頭前野の神経繊維の切断を伴う脳神経外科手術。精神障害の治療法とされているが、非人道的で、精神医学の負の遺産とも言われている）を受けたの」

わたしは畏敬の念に打たれてヴァレリーを見た――ようやく、彼女の大理石みたいに終始落ちついた表情の理由がわかった。「それで、気分はどうなの？」

「いいよ。もう怒ってないしね。前は、いつも怒ってたから。これまではワイマークにいたけど、キャプランに移れたし。今では街にも出られるし、買い物にも映画にも、看護婦と一緒になら行ける」

「退院したらどうするの？」

「ああ、ここを出るつもりないから」そう言うと、ヴァレリーは笑った。「わたしはここが好きなの」

「さあ、部屋替えよ！」

「なんでわたしが移動するの？」

看護婦は楽しそうに引き出しを開けたり閉めたりしてクローゼットを空にすると、中の荷物を黒い旅行カバンに畳んで入れていった。

ついにワイマークに移されるんだ、とわたしは思った。

「ああ、あなたはこの病棟の正面の部屋に移るだけよ」と看護婦は明るく言った。「きっと気に入るわ。日当たりもすごくいいしね」

廊下に出ると、ちょうどノリスさんも部屋を移るところだった。わたしの看護婦と同じくらい若くて陽気な看護婦がノリスさんの部屋の入り口に立っていて、リスのファーの襟がついた貧相な紫色のコートを着せていた。

何時間もノリスさんのベッドの横で、わたしは彼女を見張っていた。気晴らしの作業療法や散歩、バドミントンの試合、毎週開催される映画鑑賞会にすら行かなかった。わたしは楽しみにしていたけれど、ノリスさんは一度も参加しなかった。そんなふうにしてわたしはただ、彼女の青白くてなにも言葉を発さない、小さくすぼめられた唇について思いを巡らせていた。

もし彼女が口を開いて喋りだしたら、きっとみんな興奮するはずだ。そうしたら急いで廊下に出ていって看護婦たちに教えよう。そうすればわたしがノリスさんを励まし続けたおかげだと言って褒められるだろうし、もしかしたら街で買い物したり映画を観たりすることも許されて、確実にここから逃れられる。

でも、何時間見張っていても、ノリスさんはなにも言わなかった。

「どこに移るの?」わたしはノリスさんに尋ねた。

看護婦がノリスさんの肘に触れると、彼女は車輪がついた人形のようにぎこちなく動いた。

「ワイマークよ」とわたしの看護婦が小声で教えてくれた。

「残念だけど、ノリスさんはあなたみたいに回復していないから」

ノリスさんが片足を上げてから、もう片方の足を上げて、見えない敷居をまたごうとするのをわたしは見ていた。

「サプライズがあるの」看護婦はこの棟の正面にある、日当たりのいい部屋に案内しながら言った。そこからは、ゴルフ場の緑が見下ろせた。「あなたの知っている人が今日入ってきたのよ」

「わたしが知っている人?」

看護婦は笑った。「そんな目で見ないでよ。警察官じゃないから安心して」わたしがなにも言わずにいると、彼女はこう付け加えた。「あなたの古い友人だって言ってたわ。隣の部屋だから、訪ねてみたら?」

この看護婦は冗談を言っているに違いないし、隣の部屋のドアをノックしても返事はないはずだ。それでもとりあえず中に入ってみると、そこにはノリスさんがリスのファーの襟がついた紫色のコートを着たままベッドに横たわっていて、彼女の口が静かな体という花瓶からバラのつぼみのようにほころんでいるのだろう。

それでも、わたしは自分の部屋を出て隣のドアをノックした。

「どうぞ！」と明るい声がした。

ドアを少し開けて部屋の中を覗き込んだ。乗馬パンツを穿いた馬みたいな大柄の女の子が窓際に座っていて、満面の笑みで顔を上げた。

「エスター！」彼女はまるで長い、長い距離を走ってきて、ちょうどここで止まったばかりみたいに息を切らしていた。

「ジョアン？」わたしはためらいがちに言ってから、「ジョアン！」と、戸惑いと疑惑の両方を覚えながら言った。

「会えてうれしい。あなたがここにいるって聞いてたから」

ジョアンはにっこり笑うと、大きくて、まぶしいくらいに輝く、ほかの誰とも間違いようのない歯をむき出しにして言った。

「そうなの、ほんとうに私だよ。驚くと思った！」

十六

ジョアンの部屋には、クローゼット、整理ダンス、テーブル、椅子、そして青で大きくCと書かれた白い毛布があって、鏡に映したみたいにわたしの部屋とそっくりだった。ジョアンはわたしがどこにいるかを聞きつけ、なにかにかこつけて、単なる冗談のつもりでこの精神病院の部屋を予約したのだろう。それなら、看護婦にわたしの友人だと言ったのも納得できる。ジョアンのことは、それほどよく知らなかった。

「どうしてここに来たの?」わたしはジョアンのベッドで丸まりながら言った。

「あなたの記事を読んだのよ」とジョアンが言った。

「え?」

「あなたのことを読んで、逃げ出したの」

「どういうこと?」わたしは冷静に言った。

「だからね」とジョアンは、花柄の肘掛け椅子の背に寄りかかりながら言った。「夏のアルバイトで、ある団体の支部で働いてたの。フリーメイソンみたいな団体だけど、フリーメイソンじゃないよ。そこがすごく辛くてさ。足に腱膜瘤(けんまくりゅう)ができて、ほとんど歩けなかった——最後の頃は、靴の代わりにゴムの長靴を履いて仕事に行かなきゃならないくらいで。そんなんで、やる気なんて出るわけないよね……」

長靴を履いて仕事に行くだなんて、ジョアンは頭がほんとうにおかしくなったのか、それともそんな話をすっかり信じてしまうくらいわたしの頭がおかしくなっているかどうか探ろうとしているか、きっとそのいずれかだ。それに、腱膜瘤なんてできるのは年寄りだけだし。わたしは彼女の頭がおかしいと思っていて、話を合わせているふりをすることにした。

「わたしもちゃんとした靴を履いていないと、いつも気分がさえないよ」わたしは曖昧にほほ笑みながら言った。「足は痛んだの？」

「ひどくね。それに私の上司は──奥さんと別居したばかりだったんだけど、誰にも言い出せずに、離婚もできなかったの。そんなことをしたら、その団体の規則に反するからって──一分おきにブザーで私を呼ぶものだから、動くたびに足がものすごく痛くなってさ。ようやく自分の机に戻ってきて席についたと思ったら、またブザーが鳴って……それに、彼にはほかにもまだ胸のうちを明かして楽になりたいことがあったみたいで……」

「どうして辞めなかったの？」

「ああ、実際、辞めたようなものだよ。病気だって言って仕事を休み続けたから。外出もしなかったし、誰とも会わなかった。電話も引き出しにしまい込んで出なかったんだ……。

そんなこんなで、かかりつけの医者がこの大きな病院の精神科に私を送りこんだのよ。十二時に診察の予約を入れていたんだけど、とても出てこられるような状態じゃなくて。ようやく十二時半に行ったら受付の人が出てきて、先生は昼食に出かけたって言うのよ。お待ちになりますか? って聞かれたから、はいって答えたの」

「で、先生は戻ってきたの?」その話は、ジョアンが思いつきで作ったにしてはかなり入り組んでいたけれど、わたしはその先が知りたくて彼女に続きを話させた。

「うん。でもね、私は自殺するつもりだったんだよ。『この医者がうまくやってくれなければ、おしまい』って自分に言い聞かせてた。受付の人は私を連れて長い廊下を歩いていって、診察室のドアに着いたところで振り返って言ったの。『先生と一緒に何人かの医学生が一緒でも構わない?』って。そんなこと言われてもねえ。『構いません』って言って中に入ると、九組の目が私をじっと見つめてた。九組だよ! 十八個の目ってことね。

もしあの受付係が部屋には九人もいるって教えてくれていたら、その場で逃げたのに。でも、私はもう部屋に入っていたし、どうすることもできなかった。それにその日に限って、毛皮のコートを着てたしね」

「八月に?」

「でも、あの日は寒くて、雨が降っていたから。それに、私の最初の精神科医はさ……わかるでしょ。とにかく、この精神科医は私が話しているあいだ、ずっと毛皮のコートをじろじろ見てて、私は入院費を支払うときに学割はないのかって訊いたんだけど、そのとき先生がなにを考えているかわかっちゃった。彼の目にはドルマークが見えたわ。まあ、それで私は、腱膜瘤のこととか、引き出しにしまった電話のこととか、自殺しようとしていたこともぜんぶ知らないって言ったの。そしたら先生に、ほかの人たちと私の今後について話し合うから、外で待っていてくれって言われて。それで、また呼び戻されたときに、なんて言われたと思う?」

「なに?」

「先生は手を組んで、私を見ながらこう言ったんだよ。『ギリングさん、あなたにはグループ療法が向いているようです』だって」

「グ、ル、ー、プ、療法?」わたしの声は反響室みたいに嘘くさく聞こえたはずだ。でも、ジョアンはまったく気づいていなかった。

「そう言われたの。自殺したがっているっていうのに、見ず知らずの人たちと、しかもほとんど自分と変わらない人たちと、そのことについておしゃべりするなんて想像できる?」

「そんなのイカれてる」わたしは知らず知らずのうちに、どんどんこの話に吸い込まれていった。

「人、間、のすることじゃないね」

「私もそう言ってやった。まっすぐ家に帰って、その医者に手紙を書いたの。あんたみたいな人に病人を助ける資格はないって、美しい文章にまとめてやったわ……」

「返事は来たの?」

「わからない。その日にあなたの記事を読んだから」

「どういうこと?」

「ああ」とジョアンは言った。「警察はもうあなたは死んだと考えているっていう記事のことだよ。切り抜きがどこかにたくさんあるはずなんだけど」彼女が立ち上がると、馬のような強い匂いがして鼻がチクチクした。ジョアンは毎年開催される大学の体育祭で馬術のチャンピオンになったことがあったから、これまでは馬小屋で寝ていたのかもしれない。

ジョアンは開いたスーツケースの中をあさって、ひとつかみの切り抜きを取り出した。

「ほら、見て」

最初の切り抜きには、影のある黒い目をして黒い唇をニヤリと広げて微笑む女の子の写真が大きくアップで写っていた。〈ブルーミングデールズ〉で買ったイヤリングとネックレスが、ニセモノの星みたいに白い光を放って輝いているのに気づくまで、こんなけばけばしい写真がどこで撮られたのか想像もつかなかった。

「女子奨学生が行方不明　心配する母親」

写真の下の記事には、この少女が八月一七日に自宅からいなくなったこと、緑のスカートと白いブラウスという出で立ちで、長い散歩に出るというメモが残されていたことが書かれていた。

「グリーンウッドさんが深夜になっても戻らなかったため、母親が町の警察に通報した」

次の切り抜きには、母と弟とわたしが家の裏庭で笑っている写真が載っていた。その写真も誰が撮ったのか思い出せなかったけれど、ダンガリーシャツに白いスニーカーを履いている自分の姿を見て、それはほうれん草を収穫したときの格好で、ある暑い日の午後、ふらりと家にやってきたドド・コンウェイが、わたしたち三人の家族写真を撮ってくれたことを思い出した。

「グリーンウッド夫人は、この写真を見た娘が家に帰りたいと思ってくれるのではないかという願いから掲載を依頼した」

「睡眠薬も一緒に紛失か」

暗い深夜の写真には、森のなかで月みたいに真ん丸な顔をした人たちが十人くらい写っている。列の端にいる人たちが異様に背が低くて変だなと思ったら、人ではなくて犬だった。

「行方不明の少女の捜索に警察犬のブラッドハウンドが出動。ビル・ミンドリー巡査部長は『期待はできない』と漏らす」

「行方不明の女子大生、生きて見つかる！」

最後の写真には、警察官がなにかを巻いてぐにゃりと曲がった毛布の先から、何の変哲もない、キャベツみたいな頭が突き出したものを救急車の荷台に持ち上げている姿が写っていた。そして記事は、母親が一週間分の洗濯をしようと自宅の地下室に行ったときに、使われなくなった穴からかすかなうめき声が聞こえ……と続いていた。

わたしは切り抜きをベッドの白いシーツの上に広げた。

「あげる」とジョアンは言った。「スクラップブックに貼っておくといいよ」

わたしは切り抜きをまとめてたたむと、ポケットに入れた。

「あなたのことは読んだよ」とジョアンは続けた。「どうやって発見されたかってことじゃなくて、それまでのことをぜんぶね。それで、あるだけのお金をかき集めて、すぐにニューヨーク行きの飛行機に乗ったの」

「なんでニューヨークなの？」

「ああ、ニューヨークなら自殺しやすいと思って」

「で、どうしたの？」

ジョアンはきまり悪そうに笑うと、手のひらを上にして両手を伸ばした。ミニチュアの山脈みたいな、大きくて赤いみみず腫れが白い手首にいくつも走っていた。

「どうやったの？」もしかするとジョアンと共通点があるのかもしれないと、初めて思った。

「ルームメイトの部屋の窓に拳を突っこんだの」

「ルームメイトって？」

「大学時代のルームメイト。彼女はニューヨークで働いていて、ほかに泊まるところが思いつかなかったし、お金もほとんど残っていなかったから、彼女のところに泊まらせてもらうことにしたの。でも親に見つかっちゃって――ルームメイトが私の様子がおかしいって手紙で知らせたからなんだけど――そしたら父親がすぐに飛んできて、私を連れ帰ったってわけ」

「でも、もう大丈夫なんでしょ」わたしはそう言い切った。

するとジョアンは小石のような灰色の目を輝かせてわたしを見た。「たぶんね。あなたは違うの？」

十六

夕飯のあと、わたしは眠ってしまっていた。

大きな声で目が覚めた。バニスターさん、バニスターさん、バニスターさん、バニスターさん！　眠りから抜け出しながら、ベッドの柱を両手で叩いて大声をあげているのは、わたしだった。鋭敏な夜勤の看護婦のバニスターさんが苦笑いする姿が、目に飛び込んできた。

「ほら、そんなにすると壊れちゃうわよ」

彼女はわたしの腕時計を外した。

「どうしたの？　なにが起きたの？」

バニスターさんは顔をゆがめるとすぐに笑顔になった。

「反応が出たのよ」

「反応？」

「そう、気分はどう？」

「おかしな感じがする。なんだか軽くてふわふわしてる」

バニスターさんは体を起こすのを手伝ってくれた。

「もうじきおさまるわ。すぐによくなる。ホットミルクでも飲む？」

「おねがい」

バニスターさんがカップをわたしの唇に近づけると、わたしはホットミルクを舌の上で冷ましながら飲み、赤ん坊が母親のおっぱいを味わうように、贅沢に味わった。


「バニスターさんから、あなたに反応があったと聞いたわ」ノーラン先生は窓際の肘掛け椅子に座って、マッチの入った小さな箱を取り出した。わたしがバスローブの袖口に隠したのとそっくりだったから、一瞬、それを見つけた看護婦が黙ってノーラン先生に返したのかと思った。

ノーラン先生は箱の側面でマッチを擦った。熱い黄色の炎が燃え上がり、わたしは彼女がそれを煙草で吸いあげるのを見ていた。

「バニスターさんは、あなたの気分が良くなったって言ってた」

「しばらくのあいだはね。でも今はまた元通り」

「あなたにお知らせがあるの」

わたしはその続きを待った。今まで毎日、何日間そうしていたかはわからないけれど、朝も昼も夜もアルコーブと呼ばれる廊下のくぼみにできたスペースに置かれたデッキチェアで、白い毛布にくるまって、本を読むふりをしていた。ノーラン先生はきっと何日か置いたあとで、ゴードン先生と同じことを言ってくるのだろうと、なんとなく思っていた。「残念だけど、改善が見られないから、ショック療法を受けたほうがいいと思う……」と言われるのだろうと。

「どんなお知らせか聞きたくない？」

「なんなの？」わたしは気だるそうに答えながら、心の準備をした。

「しばらく面会は禁止よ」

わたしは驚いてノーラン先生を見つめた。「それって、最高なんだけど」

「あなたなら喜ぶと思ったわ」先生は微笑んだ。

そしてまずわたしが、それに続いてノーラン先生が、整理ダンスの横にあるゴミ箱を見た。長い茎をした十二本のバラの、血みたいに赤いつぼみが顔を出していた。

その日の午後、母が見舞いにきたのだ。

母は次々と訪れるたくさんの面会人の一人にすぎなかった——わたしのバイト先の雇い主で、クリスチャン・サイエンス信者の女性は、わたしと一緒に芝生を歩きながら聖書に出てくる大地から立ち上る霧の話をして、霧は「誤り」であり、わたしのこの厄介な問題はわたしが霧を信じたせいで起きたのだから、信じなくなればすぐにそんな問題は消えてしまうし、最初から病気なんかではなかったとわかるでしょうと言っていたし、高校時代の英語の先生は単語ゲームのやり方を教えてくれて、言葉への興味を蘇らせようとしていたし、フィロメナ・ギニアはここでの治療方法に不満だらけで、先生たちに文句を言い続けていた。

わたしはこうした面会時間が大嫌いだった。

わたしがアルコーブや自分の部屋にいると、笑みを浮かべた看護婦がひょいっと顔を出して、面会に来た人の名前を一人か二人告げるのだ。一度だけ、ユニテリアン教会の牧師まで連れてきたことがあった——全然好きになれなかった。面会中、彼はひどくそわそわしっぱなしで、わたしのことをとんでもないキチガイだと思っているのがよくわかった。それはわたしが、地獄は信じているけれど、わたしみたいな人たちが死ぬ前に地獄を生きなければならないのは、死後の世界や、死んだら人はどうなるかといった、みんなが信じていることを信じていないからで、みんなが死んだあとにすることを先にやって埋め合わせているからだと話したからだった。

そうした面会がいやでたまらなかったのは、来た人はみな、わたしがいかにでぶになって髪がよれよれなのかを、以前のわたしや、こうあってほしいと彼らが望むわたしの姿と比べているように思えて仕方がなかったし、みんな困惑しきって帰っていくのがわかったからだ。

放っておいてくれたら、少しは穏やかな気持ちになれるかもしれないのに。

特に母は最悪だった。叱ることはなかったけれど、悲痛な顔をして、いったいなにを私が間違えたと言うの、教えてちょうだいとせがんできた。先生たちには私がなにか間違ったことをしたせいだと思われているに違いないわ。幼いときのあなたのトイレトレーニングについてたくさん質問されたのはそのせいよ、とも言っていたけれど、わたしはかなり早くにオムツが外れたから、母が大変な思いをすることはなかったはずだ。

その日の午後、母はバラの花束を持ってきた。

「わたしの葬式のために取っておいて」とわたしは言った。

母は顔をしわくちゃにして、今にも泣き出しそうだった。

「エスター、今日がなんの日か覚えてないの?」

「覚えてない」

バレンタインデーなのかもしれないと思った。

「あなたの誕生日よ」

それを聞くやいなや、わたしはバラの花束をゴミ箱に投げ捨てた。

「あんな馬鹿みたいなことするなんて、あの人はどうかしてる」わたしはノーラン先生に言った。

先生はうなずいた。わたしが言わんとすることを汲んでくれたようだった。

「あんな人、大嫌い」とわたしは言い、お叱りの言葉が降ってくるのを待ち構えた。

でも先生は、なにかとてつもなく嬉しいことを言われたかのように微笑むだけで、「そうでしょうね」と言った。

「今日のあなたはラッキーね」

若い看護婦が朝食のトレイを片付けているあいだ、船のデッキで潮風を浴びている乗客みたいに、わたしは白い毛布にくるまっていた。

「どうしてラッキーなの?」

「まだ伝えていいのかわからないけど、今日からベルサイズに移るのよ」看護婦はなにかを期待するような目でわたしを見た。

「ベルサイズ?」わたしは言った。「そんなところには移れないよ」

「どうして?」

「まだ準備ができていない。そこまでよくなってないし」

「なにを言ってるの。あなたはじゅうぶんによくなってるわ。心配ご無用よ。もしそうじゃなかったら、移動させたりしないから」

看護婦が去ったあと、わたしはノーラン先生の新たな動向を理解しようとした。彼女はなにを証明しようとしているんだろう? わたしはなにも変わっていないというのに。なにひとつ変わっていない。ベルサイズはこの病院のなかで一番いい病棟だ。ベルサイズからみんな仕事に戻り、学校に戻り、家に戻っていく。

ジョアンはきっとベルサイズにいるのだろう。物理学の本とゴルフクラブとバドミントンのラケットを持っている、ハスキーボイスのジョアン。ジョアンは、わたしとほとんど完治している人たちとのあいだにある溝だ。ジョアンがキャプランを去って以来、わたしはこの精神病院の人づてに彼女の回復過程を追っていた。

ジョアンに散歩が許された。ジョアンは買い物に行けるようになった。ジョアンは街にも出られるようになった。そうした知らせを、表面的には喜んで聞いていたけれど、苦々しい気持ちが山のように積み重なっていった。彼女は一番輝いていたときのわたしの分身で、しかも、わたしを追いかけて苦しめるためにいた。

わたしがベルサイズに移る頃には、ジョアンはもういないかもしれない。

少なくともベルサイズでは、ショック療法のことは忘れられる。キャプランではたくさんの女性がショック療法を受けていた。誰が受けているのかは、わたしたちみたいに朝食のトレイを受け取らないのを見ればすぐにわかった。わたしたちが自分の部屋で朝食をとっているあいだ、彼女たちはショック療法を受けていて、終わって電気が消えたようにおとなしくなると、看護婦に子どもみたいに連れられてラウンジにやってきて朝食を食べた。

毎朝、看護婦がわたしのトレイを持ってドアをノックする音を聞くと、その日はもう危険から逃れられたとわかって、計り知れないほどの安堵感が体じゅうを駆け抜けた。もしほんとうにノーラン先生がショック療法を受けたことがないのなら、どうしてショック療法中は眠ってしまうと知っているのだろう。その人は眠っているように見えるだけで、体の中ではずっと青いボルトの光や機械の音を感じているなんてことが、どうしてわかる？

ピアノの音が廊下の奥から聞こえてきた。

夕食のとき、わたしは静かに座ってベルサイズの女性たちのおしゃべりに耳を傾けていた。みんなセンスのいい服を着て入念にメイクもしていて、なかには街で買い物をしたり友人に会いに行ったりしていた人もいて、夕食のあいだはずっと内輪の冗談を何度も言い合っていた。

「ジャックに電話しようかな」とディーディーという名前の女性が言った。「家にいなかったらどうしよう。でも、どこに電話すればいいかは知ってる。絶対そこにいるってわかってるんだから」

わたしのテーブルに座っている、背が低くて活発そうなブロンドの女性が笑った。「今日はもう少しでローリング先生を思いのままにできそうだったわ」そして小さな人形みたいに、きらきらした青い目を見開いてみせた。「古くなったパーシーを新しい夫に交換してもいい頃よね」

部屋の反対側では、ジョアンがスパムと焼きトマトをむさぼるように食べていた。彼女はここにいる女性たちのなかですっかりくつろいでいる様子で、わたしのことは自分より劣る冴えない知り合いみたいに、少し不敵な笑みを浮かべながら冷たくあしらっていた。

夕食が終わると、わたしはすぐにベッドに入ったけれど、ピアノの音が聞こえてきて、ジョアンやディーディー、ルーベル、ブロンドの女性、そしてそのほかの女性たちがリビングルームでこそこそとわたしのことを笑いながら噂話をしているのが想像できた。わたしのような人間がベルサイズにいるなんて最悪だし、ここではなくてワイマークにいるべきだとでも話しているのだろう。

そこで、彼女たちの意地悪な会話に終止符を打ちに行くことにした。

毛布を軽くストールみたいに肩にかけると、光と賑やかな音がするほうへ廊下をふらふらと歩いていった。

その日の夜はそのあとずっと、ディーディーが自分で作った曲をグランドピアノでがんがん弾きまくるのを聴いていた。そのあいだ、ほかの女性たちはトランプでブリッジをしたりおしゃべりをしたりしていて、まるで大学寮みたいだったけれど、大半の女性は大学生と言うには十年は年を取りすぎていた。

そのうちの一人で、背が高くて、白髪で、よく響く低い声をした素敵な女性は、ヴァッサー大の出身だった。上流階級の人であることは、社交界の人の話ばかりするのですぐにわかった。彼女には二人か三人の娘がいて、その年は全員が社交界デビューする予定だったけれど、彼女が精神病院に入院したせいで台無しになったようだった。

ディーディーが作った曲のなかには「ミルクマン」という曲があって、みんなにレコードをリリースするべきだと繰り返し言われていた——必ずヒットするはずだからと。最初、彼女の手は鍵盤の上でぽろぽろとゆっくり歩く子馬の蹄（ひづめ）の音みたいな短いメロディーを奏でていたが、次に牛乳配達人（ミルクマン）の口笛のようなメロディが入ってきて、二つのメロディが並走しはじめた。

「すごくいい曲だね」わたしはうちとけた声で言った。

ジョアンはピアノの角に寄りかかりながらファッション雑誌の最新号をめくっていて、ディーディーは二人だけの秘密があるかのようにジョアンに笑ってみせた。

「ねえ、エスター」とジョアンは雑誌を持ち上げて言った。「これってあなたなの？」

ディーディーは演奏する手を止めた。「ちょっと見せて」彼女は雑誌を取りあげると、ジョアンが指さしたページを覗き込んでから、わたしに視線を戻した。

「これは違うでしょ」とディーディーが言った。「どう見ても違うよ」彼女はもう一度雑誌を見てからわたしを見て言った。「全然違うじゃない！」

「でも、これはエスターだよ？　そうでしょう、エスター？」とジョアンが言った。

ルーベルとサヴェージさんがなんとなく動いていったので、わたしはなんのことを話しているのかわかっているふりをしながら、二人と一緒にピアノの前に移動した。

雑誌のページには、白いふわふわしたストラップレスのイブニングドレスを着た女の子が、口が引き裂かれるくらい思いっきり笑っていて、大勢の身をかがめた男の子たちに取り囲まれている写真が載っていた。その子は透明な飲み物がたっぷり入ったグラスを手に、わたしの肩越しに少し左側の後ろにあるなにかを見つめているみたいだった。かすかな息が首の後ろをかすめた。わたしはくるりと振り返った。

柔らかいゴム底の靴を履いた夜勤の看護婦が、誰にも気づかれずに部屋に入ってきていた。

「嘘でしょ」と彼女は言った。「ほんとうにあなたなの?」

「違う、わたしじゃない。ジョアンの勘違いだよ。誰か違う人だって」

「自分だって認めちゃいなよ!」とディーディーが叫んだ。

でもわたしは聞こえないふりをして背を向けた。

すると、ルーベルが看護婦に頭数を揃えるためにブリッジをやってくれないかと言いはじめたので、わたしは椅子を引いて来てそれを見ることにした。でも、そもそもブリッジなんてなにもわかっていなかった。お金持ちの女の子たちみたいに、大学でたしなむ時間がなかったからだ。

わたしはキングとジャックとクイーンの平坦なポーカーフェイスを見つめながら、看護婦が自分のつらい人生について話すのを聞いていた。

「あなたたちお嬢さん方には、二つの仕事を掛け持ちするのがどういうことかわからないでしょうね」と彼女は言った。「夜はここで、あなたたちを見てるでしょ……」

ルーベルはくっくっと笑った。「あら、私たちなら平気よ。ここでは一番おりこうなんだから。あなたも知ってるでしょ」

「そうね、あなたたちはいいのよ」看護婦はスペアミントのガムをみんなに回しながら、ピンク色のガムを一枚ホイルの包み紙から取り出した。「あなたたちは問題ないの。問題は、州立病院にいるやつらよ」

「そこでも働いてるの？」わたしは急に興味が湧いて尋ねた。

「そうよ」看護婦はわたしの顔をじっと見つめていたけれど、わたしはベルサイズにいられるような子ではないと彼女が思っているのがわかった。「きっとあなたは、少しも好きになれないと思うわ、レディ・ジェーン（一六世紀のイングランドの女王。ロンドン塔に幽閉され、処刑された）」

わたしの名前はよく知っているはずなのに、なぜレディ・ジェーンと呼ぶのか不思議だった。

「どうして？」わたしはしつこく尋ねた。

「だって、ここみたいにいいところじゃないから。ここって、カントリークラブみたいじゃない。でもあっちには、なにもないの。これといった作業療法もなければ、散歩もないし……」

「なんで散歩がないの？」

「そりゃ、従業員が足・り・な・いからよ」看護婦がカードでうまい手を使うと、ルーベルは唸った。「いいこと、お嬢さんたち。車が買えるほどお金が貯まったら、私はさっさといなくなるから」

「ここからも？」ジョアンは知りたがっていた。

「もちろん。それからは個人的に引き受ける仕事だけをやる。気が向いたらね……」

わたしはそれ以上話を聞くのをやめた。

この看護婦はわたしに残された選択肢を伝えるように言われたに違いない。症状が改善しなければ、煌々と燃えていた星が燃え尽きたみたいに、落ちて、落ちて、落ちていき、ベルサイズからキャプラン、ワイマーク、そして最後はノーラン先生とギニアさんにも見放されて隣の州立病院へ送られるのだと。

わたしは毛布を体に巻きつけると、椅子を後ろに押して立った。

「寒いの？」看護婦がぶしつけに訊いてきた。

「うん」とわたしは言うと、廊下に向かった。「体が凍ってしまいそう」

自分の白い繭のなかで温かくて穏やかな目覚めを迎えた。冬らしい淡い日差しが、鏡や引き出しの上のコップやドアノブの金属をまぶしく照らしていた。廊下の向こうから、朝早くにキッチンで朝食のトレイを準備するメイドたちの喧騒が聞こえてきた。

廊下の一番奥にあるわたしの隣の部屋のドアを、看護婦がノックする音が聞こえた。サヴェージさんの寝ぼけた声が響きわたると、看護婦がカチャカチャという音とともにトレイを持って彼女の部屋へ入っていった。やんわりとした喜びを感じながら、わたしは湯気の立つ青い陶器のコーヒーピッチャーや青い陶器の朝食用カップ、白いデイジーの絵がついた青い陶器の厚手のクリーム入れのことを思い浮かべた。

わたしは諦めはじめていた。

どうせ堕ちていくのなら、せめてできるだけ長く、心の癒しとなるものにしがみついていよう。

看護婦はわたしの部屋のドアをコンコンと叩くと、返事を待たずに、すっと入ってきた。

新しい看護婦だった——入れ替わりが激しいのだ——今度の人はひょろっとしていて、砂のような顔色に砂のような色の髪をして、骨ばった鼻には大きなそばかすが水玉模様を描いている。なぜか、その看護婦を見ると気分が悪くなった。彼女が部屋を横切って緑色のブラインドを上げたときに初めて、彼女がどこか不自然なのは手ぶらだからだと気づいた。

わたしは口を開けて朝食のトレイはどこかと訊こうとしたけれど、すぐにやめた。この看護婦はわたしを誰かと間違えているのだ。新人にはよくあること。ベルサイズの誰か、わたしの知らない人がショック療法を受けるのに、この看護婦はわたしをその人だと勘違いしている。まあ無理もないけれど。

わたしは彼女が部屋を一巡して、なにかの表面を撫でたり、整えたり、隣の部屋にいるルーベルにトレイを持っていったりするあいだ、待っていた。

それから足をスリッパに突っ込むと、毛布を引きずりながら——朝日はまぶしかったけれど、すごく寒かった——足早にキッチンへ向かった。ピンクの制服を着たメイドが、ストーブの上に置かれた立派だけど使い古されたケトルから、ずらりと並んだ青い陶器のピッチャーにコーヒーを注いでいた。

わたしは運ばれるのを待って整列しているトレイを愛おしそうに見ていた——きっちりと二等

辺三角形に折られて銀のフォークの錨の下に敷かれた白いペーパーナプキン、青いエッグカップに入った半熟卵の青白いドーム、オレンジマーマレードが載ったホタテの貝がらの形をした透明の器。手を伸ばしてトレイを受け取りさえすれば、世界はまたすっかり正常になる。

「手違いがあったみたいで」と、わたしはカウンター越しに身を乗り出しながら、秘密を打ち明けるみたいに低い声でメイドに言った。「新しい看護婦さんが、今朝のトレイを持ってくるのを忘れちゃったみたいなんだけど」

明るい笑顔を見せて、悪く思っていないことを示そうとした。

「名前は?」

「グリーンウッド。エスター・グリーンウッド」

「グリーンウッドね。グリーンウッド、グリーンウッドと……」メイドのいぼだらけの人差し指が、キッチンの壁に貼られたベルサイズに入院している患者の名前のリストを辿っていった。

「グリーンウッド、今日の朝食はなしね」

わたしは両手でカウンターの縁をつかんだ。

「そんなわけがない。ほんとうにグリーンウッドって書いてあるの?」

「ほら、ここにグリーンウッドってあるよ」そうメイドがきっぱりと言うのと同時に、さっきの看護婦がやってきた。

彼女は怪訝そうにわたしを見てからメイドに目を移した。

「グリーンウッドさんが朝食のトレイを欲しがっていて」と、メイドはわたしの目を見ずに言った。

「ああ」と看護婦は言うと、わたしに微笑んだ。「今朝はトレイをもう少しあとにもらうことになってるのよ、グリーンウッドさん。あなたは……」

でも、わたしは看護婦の次の言葉を待たなかった。わけもわからず大股で廊下に出ていくと、捕まらないように自分の部屋ではなく、アルコーブに向かった。キャプランのアルコーブよりはずっと劣るけれど、それでもアルコーブはアルコーブで、廊下の静かな一角にあって、そこならジョアンもルーベルもディーディーもサヴェージさんも来ない。

わたしは頭から毛布をかぶると、アルコーブの一番隅っこで丸くなった。ショック療法を受けることよりも、ノーラン先生の公然の裏切りが心にこたえた。わたしは彼女が好きだったし、むしろ大好きなくらいで、訳もなく信頼を寄せてなにもかも話していたし、それにショック療法をまた受けることになったら事前に教えてくれると、固く約束していたのに。

もし前の晩に教えてくれていたら、当然わたしは一晩じゅう眠れず、恐怖と不吉な予感で頭をいっぱいにしていただろう。でも、朝には冷静になって心の準備ができていたはずだ。そうしたら、二人の看護婦に挟まれながら、処刑されることを冷静に受け止めて覚悟を決めた人のように威厳をもって、ディーディーやルーベルやサヴェージさんやジョアンの横を通り過ぎていっただろう。

看護婦がかがみ込んでわたしを覗き込み、名前を呼んだ。

わたしはさっと身を引いて、さらに奥のほうで身を縮ませた。すると彼女はいなくなった。でもすぐに二人の屈強な男を連れて戻ってきて、泣きわめいたり叩いたりするわたしを運んで、ラウンジに集まってきた冷ややかな笑顔の人たちの横を通っていくことになると、わかっていた。

ノーラン先生は母親のようにわたしに腕を回すと、抱きしめた。

「前もって教えてくれるって言ったじゃない！」わたしはぐちゃぐちゃになった毛布越しに彼女に叫んだ。

「今こうして伝えているでしょう?」とノーラン先生は言った。「そのために今日は特別に早く来たのよ。それに私があなたを連れて行くから」

わたしは腫れぼったい瞼を上げて先生を覗いた。「どうして昨日の夜に言ってくれなかったの?」

「そんなことをすれば、あなたはきっと眠れなくなると思ったからよ。もし……」

「教えてくれるって言ったじゃない」

「聞いて、エスター」ノーラン先生が言った。「私も一緒に行く。ずっとそばにいるから。前に約束した通り、すべてちゃんとやるようにする。あなたが目覚めたときも私はそばにいるし、またここに送ってきてあげるから」わたしは彼女を見た。

先生はすごく動揺しているようだった。

わたしは少し考えてから「絶対にそばにいるって約束して」と言った。

「約束する」

ノーラン先生は白いハンカチを取り出して、わたしの顔を拭いてくれた。それから昔からの友達みたいに、わたしの腕に自分の腕を絡ませて立ち上がらせると、一緒に廊下を歩きはじめた。足に絡まっていた毛布は、そのまま床に落としたけれど、先生は気づいていないようだった。部屋から出てきたジョアンとすれ違うとき、わたしが意味ありげに軽蔑するような笑みを浮かべると、彼女は少し下がってわたしたちが通り過ぎるまで待っていた。

ノーラン先生は廊下のはずれにあるドアの鍵を開けて、わたしを連れて地下の謎めいた廊下へと続く階段を降りていった。そこはこの病院のすべての建物に通じる入り組んだトンネルや穴につながっていた。

壁は洗面所に使われるような白いタイル張りで、黒い天井に間隔を空けて取り付けられた裸電球がまぶしかった。ストレッチャーや車椅子が、シューシュー、カンカンと音を立てている配管のあちこちに座礁したように立てかけられている。配管はまぶしい壁に沿って入り組んだ神経系のように伸びていた。わたしはノーラン先生の腕にまるで死のようにしがみついていて、ときどき先生は励ますかのようにわたしの腕をぎゅっと握った。

そうしてついに、「電気療法」と黒い文字で書かれた緑色のドアの前で止まった。尻込みするわたしをノーラン先生は待っていてくれた。しばらくするとわたしは「早く終わらせよう」と言って、先生と一緒に中に入っていった。

待合室にはノーラン先生とわたしのほかに、よれよれのこげ茶色のバスローブを着た青白い男と付き添いの看護婦しかいなかった。

「座る?」ノーラン先生は木のベンチを指さしたけれど、わたしの足は重りがくくりつけられたようで、ショック療法の担当者たちがやって来たときに、座った姿勢からだと自分で体を持ち上げるのが大変だろうと思った。

「このまま立ってる」

最後に、白いスモックを着た背の高い、死体みたいに青白い顔をした女性が、部屋の中にあるもうひとつのドアから入ってきた。てっきり、わたしより先に来ていたこげ茶色のバスローブを着た男を先に連れて行くのだろうと思っていたから、彼女がわたしに向かって歩いて来たときは驚いた。

「おはようございます、ノーラン先生」その人はわたしの肩に腕を回しながら言った。「この子がエスター?」

「そうです、ヒューイさん。エスター、こちらがヒューイさんよ。これからあなたの面倒を見てくれる。あなたのことは話しておいたから」

その女性は身長が二メートルは超えていそうだった。ヒューイさんが感じよくわたしのほうに前かがみになったときに顔をよく見ると、出っ歯で、ひどいニキビの跡がぼこぼこしていて月のクレーターみたいだった。

「すぐにはじめることもできるけど、エスター」とヒューイさんが言った。「アンダーソンさんは待つのは構いませんよね。どうです？　アンダーソンさん？」

アンダーソンさんはなにも言わなかったので、わたしはヒューイさんの腕を肩に乗せたまま、ノーラン先生も一緒に奥の部屋に移動した。

目の前の光景をぜんぶ見てしまったら死んでしまうかもしれないと思って、目を大きく開ける勇気はなかったけれど、瞼の隙間から、白いシーツがピンと敷かれた背の高いベッドとその後ろにある機械、そしてマスクをした人——その人が男か女かはわからなかった——が機械の後ろにいるのが見えた。ベッドの両脇にもマスクをした人たちが立っている。

ヒューイさんはわたしがベッドに上がって、仰向けに寝るのを手伝ってくれた。

「なにか話していて」とわたしは言った。

ヒューイさんはなだめるように低い声で話しながら、わたしのこめかみに軟膏を塗り、そこに小さな電気のボタンを装着した。「大丈夫、なにも感じないから。これをしっかり嚙んでいてね……」そしてわたしの舌の上になにかをのせ、わたしがパニックになりながらもそれを嚙みしめると、黒板に書かれたチョークの文字みたいに暗闇がわたしを拭い去った。

十八

「エスター」

深い昏々とした眠りから覚めて、まず最初に見えたのはノーラン先生の顔だった。目の前で揺れている先生は「エスター、エスター」と言っていた。

わたしはぎこちない手つきで目をこすった。

ノーラン先生の後ろには、しわくちゃの白黒のチェックのローブを着た女性がいて、まるで高いところから落とされたみたいに簡易ベッドの上に体を投げ出していた。でもそれ以上見る前に、ノーラン先生が、気持ちのいい青空の下に連れ出してくれた。

興奮と恐怖はすっかり消えていた。驚くほど穏やかな気持ちだった。ベル・ジャーは宙に浮いていて、頭の上一メートルくらいのところにあった。わたしは循環する空気に全身を預けた。

「私が言ったとおりだったでしょ?」ノーラン先生が一緒にベルサイズに戻る途中で言った。茶色の葉を踏むたびにバリバリ音がした。

「うん」

「いい? これからもずっとこういう感じだからね」先生はきっぱりと言った。「週に三回、火曜日と木曜日と土曜日にショック療法を受けることになるわ」わたしは長く息を吸い込んだ。

「いつまで?」

「それは」とノーラン先生が言った。「あなたと私次第ね」

＊

銀のナイフを手に取って、目の前にあるゆで卵のふたの部分を割った。そしてナイフを置き、じっと見つめた。どうしてあんなにナイフが好きだったのか考えようとしたけれど、頭が思考の縄からすり抜けて、がらんとした空間の真ん中で、ブランコに乗った鳥のように揺れていた。

ジョアンとディーディーがピアノ用の長椅子に並んで座っていて、ディーディーはジョアンに「チョップスティックス」という連弾曲の下のパートを教えながら、自分は上のパートを弾いていた。

ジョアンがあんなに馬みたいで、大きな歯と灰色のぎょろぎょろとした小石みたいな目をしているのは残念すぎる。バディ・ウィラードみたいな男でさえ自分のものにしておけなかったんだから。ディーディーの夫は愛人と同棲しているみたいで、そのせいで彼女は年老いた頭の堅い猫のようにひねくれてしまった。

「て・が・みをもらっちゃった」ジョアンが、わたしの部屋のドアからくしゃくしゃの頭をのぞかせて、そう繰り返していた。

「よかったね」わたしは読んでいる本から目を離さずに言った。短期間に連続して受けた五回のショック療法が終わって、わたしが街への外出を許されてからというもの、ジョアンは息を切らした大きなハエみたいにまとわりついてきた――まるで、近くにいれば回復という甘い蜜を吸い取れるとでも思っているみたいに。物理学の本も、部屋じゅうに埃まみれで山積みになっていたリング付きの講義ノートも取り上げられて、彼女はふたたび外出禁止となっていた。

「誰からの手紙か知りたくないの？」

ジョアンはじりじりと部屋に入ってくると、わたしのベッドに座った。あんたにはむしずが走るから出て行ってと言ってやりたかったけれど、言えなかった。

「はいはい」わたしは読みかけのページに指を挟んで本を閉じた。「誰からなの？」

ジョアンはスカートのポケットから淡いブルーの封筒を取り出して、いたずらっぽく振ってみせた。

「すごい偶然だね！」とわたしは言った。

「偶然って？」

わたしは整理ダンスから淡いブルーの封筒を取り出すと、お別れのハンカチみたいにジョアンに向かって振った。「わたしも手紙をもらったんだよね。同じ人からなんじゃない？」

「彼は良くなったのよ」とジョアンは言った。「退院したんだって」

そこで、少し間があいた。

「彼と結婚するつもりなの？」

「しないよ」とわたしは言った。「あなたは？」

ジョアンは、はぐらかそうとするように笑った。「そもそも彼のことはあんまり好きじゃなかったし」

「そうなの？」

「そうだよ。私が好きだったのは彼の家族だから」

「ウィラードさんたちのこと？」

「そう」ジョアンの声が冷たい隙間風のようにわたしの背筋を通り過ぎていった。「あの人たちが大好きだった。すごく優しくて、幸せそうで、うちの親とは全然違う。いつも会いに行ってたんだ」そこで、ジョアンは一息ついた。「あなたが現れるまではね」

「ごめん」と言ったあと、わたしはこう続けた。「そんなに好きなら、どうして会いに行かなかったの？」

「そんなの無理でしょ」とジョアンは言った。「あなたがバディとデートしているあいだは特にね。そんなことしたら……なんていうか、変な感じになるし」

わたしは考えた。「そうかもね」

「あなたは——」とジョアンは言いかけて、ためらった。「彼に面会に来てもらうの？」

「わからない」

最初は、バディが精神病院にわたしを訪ねてきたら最悪なことになると思っていた――きっと彼のことだから、他人の不幸を満足げに眺めながら親しげに医者と話をしたりするのだろう。でも、彼を呼び出して関係を断つのは、一歩踏み出すことになるかもしれないとも思えた。別に、ほかにいい人がいるわけではないけれど。バディには同時通訳の男もいないし、誰もいないけれど、付き合う相手があなたではないことはたしかで、だからダラダラと付き合うのはもうやめると言おう。「あなたは?」

「呼ぶよ」とジョアンは息をついて言った。「もしかすると、お母さんを連れてきてくれるかもしれないしね。連れてきてって頼むつもり……」

「彼のお母さん?」

ジョアンは口を尖らせた。「私はウィラードさんが好きなの。彼女はすごく素晴らしい女性だよ。私にとってはほんとうのお母さんみたいな人なの」

わたしはウィラードさんの姿を思い浮かべた。くすんだ赤紫色のツイードに、実用的な靴、母親らしい賢明な格言の数々。夫は彼女のかわいい息子みたいで、実際、彼の声は少年のように高くて愛らしかった。ジョアンとウィラードさん。ジョアンと……ウィラードさん……。

わたしはその朝、ディーディーの部屋のドアをノックしていた。あの連弾曲の楽譜を借りようと思ったのだ。数分待ったけれど返事がなかったから、きっと外出しているのだろうし、それなら彼女の整理ダンスから楽譜を借りて行こうと思って、ドアを押して部屋に入った。

ベルサイズでも、いや、ベルサイズですらドアには鍵がついていたけれど、患者は鍵を持たされていなかった。ドアが閉じているのはプライバシーが必要という意味で、鍵がかけられているのと同じように尊重されていた。ノックをして、もう一度ノックをしたら諦めるのだ。まぶしい廊下を通ってきたあとで、半分使い物にならない目を凝らしながら、麝香(じゃこう)の香りのする部屋に広がる暗闇のなかで、わたしはそれを思い出した。

はっきり物が見えてくるようになると、ベッドから起き上がる影が見えた。すると誰かが低い声でくっくっと笑った。その影が髪を整えると、暗がりのなかで、青白い石ころみたいな二つの目がわたしを見ていた。ディーディーは枕にもたれかかっていて、緑色のウールのガウンの下は素足で、少し嘲るような笑みを浮かべている。煙草の火が右手の指のあいだで煌々としていた。

「わたしはただ……」とわたしは言った。

「わかってる」とディーディーは言った。「あの楽譜でしょ」

「ハロー、エスター」とジョアンが言うと、そのとうもろこしの皮みたいなざらついた声にわたしは吐き気を覚えた。「待ってて、エスター。私が下のパートをやるから、一緒に弾こう」

今ではジョアンは、頑なにこう言うようになっていた。「そもそもバディ・ウィラードなんて、あまり好きじゃなかったんだよね。あの人って、なんでも知ったかぶって話すんだもん。女の人のことならなんでもわかってるって思ってたし……」

わたしはジョアンを見た。ぞっとするほど気持ち悪かったし、前から根深い嫌悪感があったけれど、なぜかわたしは彼女に惹きつけられていた。それは火星人や、イボイボだらけのヒキガエルを観察しているのに似ていた。彼女の考えはわたしのとは違ったし、感じ方も違ったけれど、お互いの距離が近かったから、彼女の考えや感じ方はよこしまで真っ黒なわたしの生き写しのように思えたのだ。

ときどき、ジョアンはわたしがつくり上げた人間なのかもしれないと思ったりもした。わたしの人生に危機が訪れるたびにひょっこり現れて、わたしがそれまでどんな人間だったか、どんな経験をしてきたかを思い出させ、わたしのすぐ目の前で今度は彼女自身の、でもわたしのと似ている危機をこれみよがしに見せているのかもしれないと。

「女の人が女の人に惹かれる理由がわからなくて」その日の昼、わたしはノーラン先生に言った。

「女の人が、女性にはあって男性にはないと思うものってなんだと思う?」

ノーラン先生は一瞬置いてからこう言った。「優しさね」

それを聞いてわたしは黙るしかなかった。

「あなたが好きだよ」とジョアンは言っていた。「バディよりもね」

馬鹿みたいにほほ笑みながらわたしのベッドの上でくつろぐ彼女を横目に、わたしは大学寮にいたときに起きたちょっとしたスキャンダルを思い出していた。でぶで貫禄のある大きな胸をした、おばあちゃんかと思うくらいやぼったい敬虔な宗教学専攻の四年生と、ブラインドデートをした相手からことごとく、会ってから数時間も経たないうちに、工夫を凝らしたさまざまな方法で置き去りにされる背が高くてのろい一年生が、頻繁すぎるほど顔を合わせていたことが発端だった。二人はいつも一緒で、あるときなんかは、太ったほうの子の部屋で二人が抱き合っているところに誰かが遭遇したという噂がたったくらいだった。

「でも二人はなにをしてたの?」わたしは尋ねた。男と男、女と女が一緒にいるところを考えようとすると、実際になにをするのかまでは想像できなかった。

「ああ」とその噂を流した子は言った。「ミリーは椅子に座っていて、セオドラはベッドに横になっていたんだけど、ミリーがセオドラの髪を撫でていたの」

がっかりだった。なにか具体的な悪行が暴かれると期待していたのに。女の人がほかの女の人とするのは、横になって抱きしめることだけなの?

当然ながら、わたしの大学にいた有名な女性詩人は、女性と一緒に暮らしていた——おかっぱで、ずんぐりした年のいった古典学者だった。いつだったかその詩人に、わたしはいつか結婚して子どもを何人もつくるかもしれないと言うと、彼女はゾッとしたような顔でわたしをじっと見つめて、大声でこう言った。「そうしたら、あなたのキャリアはどうなるのよ?」

頭が痛くなった。どうしてわたしは変な年上の女の人ばかり惹きつけてしまうのだろう? この有名な詩人にはじまり、フィロメナ・ギニアに、ジェイ・シー、そしてあのクリスチャン・サイエンス信者の女性や、誰だか良くわからない人たちも、みんななんらかの形でわたしを養子にしたがっていて、手をかけて影響を与えた代償として、わたしを自分たちみたいにしようとしていた。

「あなたが好きだよ」

「それはきついよ、ジョアン」わたしは本を手に取りながら言った。「だって、わたしはあんたのことなんて嫌いなの。はっきり言わせてもらうけど、あんたを見てると吐き気がする」

そしてわたしは、ずんぐりした体を老馬のようにベッドに横たえたジョアンを残して、部屋を出て行った。


医者を待つあいだ、やっぱりやめたほうがいいかどうか考えていた。これからやろうとしていることは違法だ——マサチューセッツ州では。いずれにせよ、この州はカトリック教徒だらけなのだから。でもノーラン先生は、この先生は古い友人で賢明な人だと言っていた。

「診察内容はなんですか?」白い制服を着た機敏な態度の受付係は、ノートに書かれたリストにわたしの名前があるかを確認しながら尋ねた。

「診察内容ってどういうことですか?」まさか、医者以外の人にそんなことを訊かれるとは思いもしなかったし、共同の待合室はほかの医者から名前を呼ばれるのを待つ患者でいっぱいで、そのほとんどが妊娠していたり赤ちゃんを連れていたりして、彼女たちの視線がわたしのぺたんこの処女のおなかに集まっているのを感じていた。

受付の女性がちらりとわたしを見上げたので、わたしは頬を赤らめた。

「ペッサリーのフィッティング（精子が入ってこないように子宮の入り口に装着する医療器具。医師に相談して合ったサイズのものを選ぶ。使用する際はペッサリーに殺精子剤を塗り、セックスの前に自分で装着し、射精後約8時間たってから自分で取り出す）ですよね？」と彼女は優しく言った。「かかる費用が異なってくるので、確認したかっただけです。学生さんですか？」

「そうですけど……」

「それなら、半額ですね。十ドルのところ五ドルになります。請求書をお送りしますか？」

請求書が届く頃には、おそらく戻っているはずの自宅の住所を言おうとしたけれど、母が請求書を開けて中身を見てしまうかもしれないと思った。ほかに書ける住所といえば、自分が精神病院にいることを公表したくない人たちが使う無難な私書箱番号だけだった。でも、その番号を見たら受付係は感づいてしまうかもしれないと思い「今、払います」とわたしは言って、カバンの中にある丸めた札束から五ドル札を引き抜いた。

その五ドルは、フィロメナ・ギニアがお見舞金として送ってくれたものの一部だった。自分のお金がなにに使われたのかを知ったら、彼女はどう思うだろう。

それを彼女が知ろうと知るまいと、フィロメナ・ギニアのおかげでわたしは自由を買えている。

「男の言いなりになるなんて、考えただけでもいやなの」わたしはノーラン先生に言った。「男はなんの心配ごともないのに、わたしは赤ん坊のことが大きな棒みたいに頭から離れない」

「赤ん坊の心配がなかったら、ふるまいが変わるの？」

「うん」とわたしは言った。「でも……」それからノーラン先生に、例の既婚の女性弁護士についてと、彼女が書いた「貞操を守るために」という記事について話した。

先生はわたしが話し終わるまでなにも言わずに聞いていた。でも、突然笑い出して「プロパガンダね！」と言うと、処方箋の用紙にここの医師の名前と住所を走り書きしたのだ。

わたしは緊張しながら『ベイビー・トーク』誌をぱらぱらとめくっていた。どのページでも、まるまるとした赤ん坊たちの輝くような顔がわたしにほほえみかけていた――髪の毛がまだない赤ん坊、チョコレート色の肌をした赤ん坊、アイゼンハワーみたいな顔をした赤ん坊、初めて寝返りを打った赤ん坊、ガラガラに手を伸ばす赤ん坊、初めてスプーン一杯の固形物を食べる赤ん坊、みんな一つひとつ、成長するために必要な些細なことを片っ端から巧妙にこなしていく――不安だらけで心が落ち着かない世界に出ていくために。

幼児用シリアルのパブラムや、すえたミルク、塩漬けしたようなオムツの悪臭が混じり合った臭いがして、悲しみと優しさを同時に感じた。わたしのまわりの女性たちにとって、赤ん坊を産むのがどれほど簡単そうに見えることか！　それなのになぜわたしはこんなに母性がなく、彼女たちとかけ離れているのだろう？　どうしてドド・コンウェイみたいに、えんえんと泣き続けるでぶな赤ん坊を、次から次へと産んで育てる夢を見ることができないのだろう？

一日じゅう赤ん坊の世話なんかしていたら、気が狂ってしまう。

向かいに座っている女性の膝の上にいる赤ん坊を見た。生後何ヵ月くらいなのかはまったくわからないし、これまで見たどんな赤ん坊も同じだった——もしかしたら、早口ですらすら話せたり、すぼめたピンク色の唇の奥に二十本歯が生えているのかもしれない。その子は小さなぐらぐらする頭を肩の上に載せて——首はないように見えるけれど——賢そうなプラトニックな表情でわたしを見ていた。

　赤ん坊の母親はとにかくずっと微笑み続けていて、この世の最初の奇跡みたいにその子を抱いていた。この母親と赤ん坊がお互いに満たされているのはなぜなのだろうと思って、手がかりとなるようなものに目を凝らしてみたけれど、なにも見つからないうちに医者に名前を呼ばれた。

「フィッティングをご希望ですね」と医者が明るく言ったので、気まずい質問をするような医者でなかったことに胸をなでおろした。船がチャールズタウン海軍工廠(こうしょう)に停泊したらすぐに水兵と結婚するつもりで、婚約指輪をしていないのは二人ともすごく貧しいからだと説明することも考えていたけれど、結局土壇場になってそんなもっともらしい話はしないで、ただ「はい」と答えることにした。

　診察台にのぼりながらこう考えていた。「わたしは解放へ向かってのぼっているんだ。恐怖からの解放、セックスしたからという理由だけでバディ・ウィラードみたいな間違った相手と結婚することからの解放、〈フローレンス・クリッテントン・ホーム〉みたいな可哀想な女の子が集まる施設からの解放。彼女たちだってわたしみたいにフィッティングしてもらえばよかったのに。だってあの子たちは、どのみちやっちゃうんだから……」

無地の茶色い紙で包装された箱を膝に抱えて精神病院へ戻るわたしは、どこかの奥さんが街で一日過ごしたあと、未婚の叔母さんのために〈シュラフツ〉でケーキを買ったり、〈ファイリーンズ・ベースメント〉で帽子を買ったりして帰るところに見えたかもしれない。カトリック教徒はレントゲンのような目を持っているのではないかという不安が次第に薄れていくと、気持ちが楽になった。買い物ができる特権をうまく使えたと思った。

わたしは自分のことは自分で決める。

次は、ふさわしい男探しだ。

十九

「私、精神科医になろうと思ってるんだけど」

ジョアンはいつものように鼻息を荒くしながら興奮気味に言った。わたしたちはベルサイズのラウンジでアップルサイダーを飲んでいるところだった。

「ふうん」とわたしはドライな口調で言った。「いいんじゃない？」

「クイン先生と長いこと話したんだけど、全然ありえる話だって言ってくれた」クイン先生はジョアンの担当の精神科医で、聡明でやり手の独身女性だった。もし彼女がわたしの担当だったら、わたしはまだキャプランか、もっと言えばワイマークにいたかもしれないとよく考えていた。クイン先生にはよくわからないところがあって、ジョアンはそこに惹かれていたけれど、わたしは北極にいるかと思うくらいの寒気を覚えるだけだった。

ジョアンがフロイトのエゴとイドについてまくしたてていたので、わたしは思考をほかのこと――一番下の引き出しに入れてまだ開けていない茶色の包み紙の箱に向けた。わたしはノーラン先生とエゴやイドの話をしたことはなかった。自分がなにを話しているのか、ほんとうにわかっていなかった。

「……私はこれから、外で暮らすことになるから」

それを聞いて、わたしはジョアンの話に意識を向けた。「どこで?」羨ましい気持ちを隠そうとしながら尋ねた。

ノーラン先生は、先生からの推薦状とフィロメナ・ギニアの奨学金があれば、後期から大学がまたわたしを受け入れてくれるはずだと言っていたけれど、それまでのあいだ、わたしが母と同居することをほかの医者たちが認めなかったので、冬学期がはじまるまでは精神病院に残ることになっていた。

それでも、ジョアンがわたしより先に門をくぐって出ていくなんてずるいと思った。

「どこでってば?」わたしはしつこく尋ねた。「さすがにひとり暮らしはさせてもらえないんでしょ?」ジョアンはその週にふたたび街へ出ることが許されたばかりだった。

「いやいや、そんなわけないでしょ。看護婦のケネディさんとケンブリッジに住むんだよ。彼女のルームメイトが結婚しちゃったから、一緒に住む人が必要なんだって」

「乾杯」わたしはアップルサイダーが入ったグラスを掲げて、ジョアンと乾杯した。心の奥深いところでは思うことがたくさんあるけれど、ジョアンのことはずっと大切に思うだろう。わたしたちは、戦争や疫病のような抵抗できない状況によって余儀なく一緒にされて、二人だけの世界を共有しているかのようだった。「いつ発つの?」

「来月の一日」

「いいね」

ジョアンは切なさを募らせていた。「会いに来てくれるよね、エスター？」

「もちろん」

でも心のなかでは、「それはないな」と思っていた。


「痛いっ」とわたしは言った。「これって痛いものなの？」

アーウィンはなにも言わなかった。でもそれから、「そういうこともあるよ」と言った。

彼と出会ったのは、ハーバード大学のワイドナー図書館の階段だった。長い階段の一番上で、雪に埋もれた中庭を囲む赤レンガの建物を見下ろしながら、精神病院へ戻るトロリーバスに乗ろうとしていたら、わりと不細工でメガネをかけた、でも知的な顔立ちをした背の高い若い男が近づいてきて「時間を教えてくれませんか？」と声をかけてきたのだ。

わたしは腕時計に目をやった。「四時五分です」

男が夕食のトレイみたいに抱えていたたくさんの本を抱え直そうとしたとき、骨ばった手首が見えた。

「時計をしてるじゃない！」

すると男は残念そうに自分の腕時計を見た。そして腕を持ち上げて耳元で振ると「動いていないんだ」と言って愛想よく笑った。「どこへ行くの？」

思わず「精神病院に戻るところ」と言いそうになったけれど、その男は期待できそうだったから、考えを改めた。「家に帰るの」

「その前にコーヒーでもどう？」

わたしはためらった。夕食は病院でとることになっていて、もう少しで永遠にそこからおさらばできるというときに、遅刻はしたくなかったのだ。

「コーヒーをちょっと飲むだけだよ？」

わたしはこの男に、正常な自分という新しい自分を試してみることにした。どう答えるか迷っているうちに、彼はアーウィンと名乗り、高給取りの数学教授であることを告げた。だから、わたしは「いいわ」と答え、アーウィンの歩幅に合わせながら、氷で覆われた長い階段を隣り合わせで降りていった。

アーウィンの書斎を見てはじめて、誘惑しようと決めた。

アーウィンはケンブリッジ郊外のくたびれた通りの一角にある、薄暗いけれど住み心地の良さそうな地下の部屋に住んでいて、そこでビールでも飲もうと、学生用のカフェテリアで三杯目の苦いコーヒーを飲んだあとに車で連れて行かれたのだ。わたしたちは茶色の革張りの椅子に座って、ページに方程式が詩のように芸術的に並んでいる、到底理解できそうにない埃まみれの本の山に囲まれていた。

一杯目のビールをすすっていると（真冬に飲む冷えたビールは好きではなかったけれど、なにか固いものにつかまっていたかったからグラスを受け取った）ドアの呼び鈴が鳴った。

アーウィンはばつが悪そうな顔をした。「ご婦人かもしれないな」

アーウィンには女性を古臭くご婦人と呼ぶ、変なくせがあった。

「どうぞ、どうぞ」とわたしは大げさな手振りをしてみせた。「入れてあげて」

するとアーウィンは首を振った。「きみがいたら、彼女は怒るはずだ」

わたしは冷たいビールが入った琥珀色のメスシリンダーに向かって微笑んだ。

呼び鈴がまた鳴り、今度は有無を言わせないようなノックの一撃も聞こえた。アーウィンはため息をつくと、立ち上がった。彼がいなくなった瞬間、わたしはバスルームに駆け込むと、アルミみたいな色の汚いブラインドの裏に隠れて、アーウィンの修道士みたいな顔がドアの隙間に現れるのを見ていた。

羊毛のごわごわしたセーターに紫色のスラックス、ペルシャ風の羊のファーがついた黒いハイヒールのオーバーシューズ、それにおそろいのニット帽をかぶった大柄で大きな胸をしたスラブ人の女が、冬の空気のなかに聞き取れない言葉を白く吐き出していた。アーウィンの声が、冷え切った廊下を伝って聞こえてきた。

「すまないけど、オルガ……仕事中なんだよ、オルガ……いや、そうじゃないよ、オルガ」そのあいだずっとご婦人の赤い口は動き続け、白い煙に変換された言葉が、ドアの近くに落ちているライラックの裸の枝のあいだを漂っていった。そしてようやく「たぶんね、オルガ……さようなら、オルガ」という声が聞こえた。

わたしはウールをまとったご婦人の胸元の、草原のような広がりに見とれていた。わたしから十センチほど離れたところを、木の階段をきしませながら降りていく彼女の真っ赤な唇には、シベリア人の厳しさのようなものが滲んでいた。

「ケンブリッジでは、ものすごくたくさんの女性と関係を持っているんでしょうね」わたしはケンブリッジのこだわりのフランス料理店で、エスカルゴをピックで刺しながらアーウィンに明るく尋ねた。

「そうだね」アーウィンは控えめな笑みをかすかに浮かべて「ご婦人方とはうまくやれてると思うよ」と認めた。

わたしはエスカルゴの殻をつまむと、中に残ったハーブが効いたグリーンのスープを飲んだ。こうするのが正しいのかどうかはわからなかったけれど、何ヵ月も健康的で、面白みのない精神病院の食生活を続けてきたから、無性にバターを欲していた。

ノーラン先生にレストランの公衆電話から電話をして、ケンブリッジのジョアンの部屋で外泊する許可をもらった。もちろん、夕食のあとにアーウィンがわたしを部屋に誘うかどうかはわからなかったけれど、あのスラブ人のご婦人（別の教授の妻だった）を追い払ったことは脈ありに思えた。

わたしは頭を後ろに傾けて、グラスに入ったニュイ・サン・ジョルジュを飲み干した。

「ほんとうにワインが好きなんだね」じっと見ていたアーウィンが言った。

「ニュイ・サン・ジョルジュだけよ。想像するの、聖ゲオルギオス（フランス名はサン・ジョルジュ）がドラゴンを退治して……」

アーウィンが腕を伸ばして、わたしの手に自分の手を重ねた。

初めて寝る男は知的な人に限る。それなら、尊敬できるから。アーウィンは二十六歳ですでに教授だったし、男の神童に特有の、つるりとした青白い肌をしていた。それに、わたしには自分の経験不足を補ってくれる経験豊かな人が必要だったから、この点で言えばアーウィンにはご婦人たちがいるので安心だった。それから、万が一を考えて、よく知らない人がよかったし、これからも知らずにいられる人がよかった――部族の儀式についての物語に出てくる、人間味のない、司祭みたいな偉い人が。

夜がふける頃には、アーウィンについてなんの疑いも持たなくなっていた。

バディ・ウィラードが堕落していると知ってから、自分が処女であることが首のまわりに課せられた石臼のように重くのしかかっていた。わたしにとってはかなり長いあいだすごく重要なことだったから、なにがなんでも守ろうとするのが習慣になっていた。五年も守り続けてきたし、もううんざりだ。

アーウィンがアパートメントの奥で、ワインでもうろうとしてぐったりしているわたしを抱きかかえて、真っ暗な寝室に運ぼうとしたときになってようやく、わたしは囁くように言った。

「アーウィン、伝えておいたほうがいいと思うんだけど、わたし、処女なの」

アーウィンは笑ってわたしをベッドに放り出した。

数分後、驚いたような声がした――アーウィンはわたしの言うことを信じていなかったのだ。昼間のうちにペッサリーをつけておいてよかった。こんなにワインを飲んでいたら、あんな扱いづらい、でも必要な処置をわざわざしようとは思わなかっただろうから。わたしはこの状況に酔いしれながら、裸でアーウィンのごわごわした毛布の上で横になって、奇跡のような変化が訪れるのを待っていた。

でも感じたのは驚くほど強烈な、鋭い痛みだけだった。

「痛いっ」わたしは言った。「これって、痛いものなの?」

アーウィンはなにも言わなかった。でもそれから、「そういうこともあるよ」と言った。

しばらくするとアーウィンは起き上がってバスルームに向かった。シャワーのお湯が流れる音が聞こえた。アーウィンはやろうとしていたことをやれたのか、それともわたしが処女であることがなんらかの形で妨げになったのかは、よくわからなかった。まだわたしは処女のままなのかと訊いてみたかったけれど、気持ちが落ち着かなかった。太もものあいだを生ぬるい液体が伝っていた。おそるおそる手を伸ばして触ってみた。

バスルームから漏れてくる光に向かって手をかざすと、指先が黒かった。

「アーウィン」わたしは不安をにじませた声で言った。「タオルを持ってきて」

アーウィンはバスタオルを腰に巻いて戻ってくると、もう一枚の小さめのタオルをわたしに投げた。それを太もものあいだに押しつけて、すぐに離すと、タオルは血で半分黒くなっていた。

「血が出てる！」わたしは驚いて、体を起こしながら言った。

「ああ、よくあることだよ」とアーウィンは言って、わたしを安心させた。「大丈夫だから」

そのとき、血がついた花嫁のシーツや、すでに処女ではない花嫁が赤いインクが入ったカプセルを渡される話が脳裏によみがえってきた。どれくらい出血するんだろうと考えながら、タオルを抱えて横になった。ふいに、この血が答えだと思った。もう処女であるはずがない。わたしは暗闇のなかで微笑んだ。素晴らしい伝統の一部になれた気がした。

こっそりと、タオルの白い部分を傷口に当てながら、出血が止まったらすぐに遅い時間のトロリーバスで精神病院に戻ろうと考えていた。心から安心できる場所で、新しい自分の状態についていろいろと考えたかった。でもタオルは外すと黒くなっていて血が滴り落ちた。

「わたし……もう帰ったほうがいいと思う」わたしは消え入るような声で言った。

「そんなに急がなくてもいいよ」

「いや、もう帰る」

アーウィンにタオルを借りて、太もものあいだに包帯代わりに詰めてから、汗ばんだ服を着た。アーウィンは家まで送ると言ってくれたけれど、精神病院まで送ってもらうわけにはいかなかったから、バッグの中をまさぐってジョアンの住所を探した。アーウィンはその場所を知っていて、外に出て車を準備した。あまりにも不安で、まだ出血していると彼に言えなかった。血が止まりますようにと、ずっと願い続けていた。

でも、アーウィンが誰もいない雪の積もった道を運転するあいだも、生温かいものがタオルのダムとスカートを伝って車のシートに染み出していた。

車のスピードを落として、明かりの灯った家の前を次々と通り過ぎながら、大学の寮や実家で暮らしていたときに処女を捨てなくてよかったと思った。こんなふうに隠すことなんて絶対にできなかっただろう。

ジョアンは喜びと驚きに満ちた顔でドアを開けた。アーウィンはわたしの手にキスをすると、ジョアンにわたしをよろしくと言った。

ドアを閉めてもたれかかると、顔から血の気が引いていくのを感じた。

「エスター、どうしたの?」とジョアンが言った。

わたしの脚のあいだを伝う血が黒いエナメルの靴にべったり染み込んでいることに、ジョアンはいつ気づくのだろう。もしわたしが銃弾に当たって死にかけていたとしても、ジョアンはあのうつろな目でわたしをじっと見つめて、コーヒーとサンドイッチをお願い、と言うのを待っているに違いない。

「あの看護婦はいる?」

「いないよ。キャプランで夜勤だから……」

「よかった」そう言って苦々しく微笑むと、またぐっしょり濡れたタオルを伝って血が靴の中へだらだらと滴りはじめた。「あ、でもよくないか……」

「顔色が変だよ?」とジョアンが言った。

「医者を呼んで」

「どうして?」

「いいから早く」

「でも……」

それでも彼女はなにも気づいていなかった。

わたしは小さくうめきながら屈みこむと、冬の寒さでひび割れた〈ブルーミングデールズ〉で買った黒い靴を片方脱いだ。そしてジョアンの大きく見開かれた、小石のような目の前に掲げてから傾けて、ベージュのラグの上に滝のように流れ落ちていく血を、彼女がしっかりと認識するのを見届けた。

「なにそれ! どうしたの?」

「出血してるの」

ジョアンはわたしを半分引きずるようにしてソファまで連れて行くと、横にならせた。そして血まみれの足の下にクッションをいくつか差し込んだ。それからわたしの後ろのほうに立ったまま「あの男の人は誰なの?」と訊いてきた。

一瞬、馬鹿な考えが頭をよぎった。わたしがアーウィンと過ごした夜の一部始終を話すまで、ジョアンは医者を呼ぶのを渋るだろう。もしかすると、すべてを打ち明けたとしても、医者を呼んでくれないかもしれない――ある意味で罰として。でもすぐに思い直した。ジョアンはわたしの説明を文字どおりに受け止めるだろうし、わたしがアーウィンと寝たことは彼女には理解できないだろう。それに、彼の登場はわたしが家に来た喜びに比べたら、彼女にとって大したことではないはずだと。

「ああ、誰でもないよ」わたしは、力のない手を振ってどうでもいいような仕草をして言った。また血がどっと出てきたので、ぎょっとしておなかに力を入れた。「タオルを取ってきて」

ジョアンは部屋を出ていくと、すぐにタオルとシーツを山ほど抱えて戻ってきた。そして手際の良い看護婦のように、わたしの血で濡れた服をはぎとり、一番下のタオルが真っ赤に染まっているのを見ると、一瞬息を呑んでから新しいタオルを当ててくれた。わたしは横になって、ばくばくと鳴り続ける心臓の鼓動を静めようとした。心臓が高鳴るたびに血がどっとあふれだした。

あるヴィクトリア朝の小説のなかで、難産の末に滝のように血を流しながら、青白い顔をした気高い女性たちが次々に死んでいくという不安な場面があったのを思い出した。おそらくアーウィンは、よくわからないけれどわたしをひどく傷つけたに違いない。こうしてジョアンのソファで横になりながら、わたしはほんとうに死んでいくのだ。

ジョアンはインド生地のオットマンを引きよせると、ケンブリッジにいる医者の名前が書かれた長いリストに片っ端から電話をかけはじめた。最初にかけた番号は誰も出なかった。二番目にかけた番号は医者が出たので、ジョアンはわたしの症状を説明しはじめたけれど、最後まで話さないまま「わかりました」と言って受話器を置いた。

「なんだって？」

「今の医者はいつも診ている患者か急患しか診ないって。今日は日曜だから」

わたしは腕を持ち上げて時計を見ようとしたけれど、手は体の脇で岩のようになっていてびくともしなかった。日曜日——それは医者にとっての至福の時間！　カントリークラブにいる医者、海辺にいる医者、愛人と過ごす医者、妻と過ごす医者、教会に行く医者、ヨットに乗る医者——どこにいる医者もみな断固として医者ではなく、人間でいようとする。

「お願いだから」とわたしは言った。「緊急だって言って」

三件目は出ず、四件目もジョアンが生理が関連していると言った瞬間に電話を切られた。ジョアンは泣きだした。

「いい？　ジョアン」わたしは痛みに耐えながら言った。「地元の大きな病院に電話して、緊急だって伝えて。そうすれば、受け入れてくれるから」

ジョアンは顔を明るくすると、五番目の番号のダイヤルを回しはじめた。救急病棟の人が、病院まで来てくれれば医師が対応すると約束してくれた。それからジョアンはタクシーを呼んだ。

彼女は一緒に行くと言って聞かなかった。わたしは絶望のようなものを感じながらきれいなタオルを握りしめていて、その間にタクシー運転手はジョアンが伝えた住所の意味をすぐに理解して、夜明けの薄暗い通りをできるだけ近道しながら、救急病棟の入り口に甲高いタイヤ音を響かせて車を止めた。

ジョアンに支払いを任せると、わたしは誰もいない、生々しい照明の部屋へと駆け込んだ。白いカーテンの向こうから看護婦が慌てて出てきた。ジョアンが近視のフクロウみたいに目をぱちくりさせながらドアから入ってくる前に、なんとか自分の状態について手短にほんとうのことを伝えられた。

すると救急病棟の医者が出てきて、わたしは看護婦の助けを借りながら診察台によじのぼった。彼女が医者に何かを耳打ちすると、彼はうなずいて血まみれのタオルを外しはじめた。触診されているのがわかった。ジョアンは兵士みたいに体を硬直させたままそばに立って、わたしの手を握っていたけれど、それがわたしのためなのか彼女のためなのかは、わからなかった。

「痛い！」強烈な一突きにわたしは顔をゆがめた。

医者は口笛を吹いた。

「きみは百万人に一人の人物だな」

「え？」

「百万人に一人の割合で、こういうことが起きるんだよ」

医者がぶっきらぼうに低い声でなにかを伝えると、看護婦は急いでサイドテーブルからガーゼと銀色の器具を持ってきた。「なるほどね」医者は身をかがめると「なにが問題か、よくわかったよ」と言った。

「でも、治せるんですか?」

すると医者は笑った。「ああ、治せるよ。大丈夫だ」


ドアを叩く音で目が覚めた。真夜中を過ぎていて、精神病院は死んだように静まり返っていた。こんな時間まで誰がまだ起きているのか見当もつかなかった。

「どうぞ!」わたしはベッドサイドの明かりをつけた。

ドアがかちゃっと音を立てて開くと、クイン先生のこぎれいに整えられた黒い頭が、その隙間から現れた。わたしは驚いて彼女を見た。彼女のことは知っていたし、よく病院の廊下ですれ違っていたけれど、軽く会釈する程度で話したことはなかったからだ。

クイン先生は「グリーンウッドさん、ちょっといいですか?」と言った。

わたしはうなずいた。

先生は部屋に入ると、静かにドアを閉めた。彼女はいつもの通り、しわひとつないネイビーのスーツを着ていて、雪のように白い無地のブラウスからはVの字に首が見えていた。

「お邪魔してごめんなさいね、グリーンウッドさん。それもこんな時間に。でも、ジョアンのことでちょっと助けてもらえないかと思って」

一瞬、ジョアンが精神病院に戻ることになったのはわたしのせいだと責められるのかもしれないと思った。救急病棟に行ったあと、ジョアンがどこまでほんとうのことを知ったのかはわからなかったけれど、その数日後、彼女はベルサイズに戻ってきた――街に出るときは最大限に自由にできるという条件付きで。

「わたしにできることがあれば」とわたしはクイン先生に言った。

するとと先生は深刻な顔でわたしのベッドの端に座った。「ジョアンの居場所を知りたいの。あなたなら心当たりがあるんじゃないかと思って」

急にわたしはジョアンとの関係を完全に断ち切りたい思いにかられた。「知りません」とわたしは冷たく言った。「部屋にいないんですか？」

とっくにベルサイズの門限は過ぎていた。

「いないわ。彼女は今晩、街に映画を観に行く許可をもらっていたんだけど、まだ戻っていないの」

「誰と一緒に？」

「ひとりよ」クイン先生は一息置いてから言った。「彼女が泊まるような場所に心当たりはある？」

「きっと戻ってきますよ。なにかあって足止めを食らっているんじゃないですか？」でも、こんなに夜が静かなボストンで、なにがあったら足止めを食らうと言うのだろう。

先生は首を振った。「最後のトロリーバスは一時間前だったの」

「タクシーで戻ってくるのかも?」

先生はため息をついた。

「ケネディさんっていう若い看護婦には訊いてみました?」とわたしは続けた。「ジョアンが前に住んでいたところは?」

クイン先生はうなずいた。

「家族は?」

「ああ、あそこには行くはずがないわ……念のために連絡はしたけど」

クイン先生は、静まり返った部屋の中からなにか手がかりを見つけようとでもしているみたいに、しばらくその場にいた。それから「まあ、できることをするしかないわね」と言って去っていった。

わたしは電気を消してまた眠ろうとしたけれど、ジョアンの顔が目の前に浮かんできた。体はなくてチェシャ猫みたいにニヤニヤ笑っている。暗闇のなかで、彼女のかすれたひそひそ声が聞こえたような気すらしたけれど、それはただ精神病院の木が風に揺れているだけだった……。

霜が降りた灰色の夜明けに、ドアを叩く音でふたたび目が覚めた。

今度は自分からドアを開けに行った。

目の前にはクイン先生がいた。彼女はきゃしゃな鬼軍曹のように直立不動の姿勢で立っていたけれど、なぜか輪郭は不思議なほどぼやけていた。

「あなたには伝えるべきだと思って」と先生は言った。「ジョアンが発見されたわ」

クイン先生のその言い方に、体じゅうの血の流れが遅くなった。

「どこで？」

「森の中よ。凍った池のそばで……」

わたしは口を開いたけれど、言葉が出てこなかった。

「用務員さんが見つけたの」と先生は続けた。「たった今、出勤する途中で……」

「まさか……」

「死んだわ」とクイン先生は言った。「残念だけど、首を吊ってね」

十九

二十

降り積もった新雪が精神病院の敷地を覆っていた――クリスマスに少しだけ降る雪ではなく、一月に降って人の背丈くらい積もる大雪で、学校や仕事場や教会からは灯りが消え、一日かそこらは、メモ帳や手帳やカレンダーがまっさらな空白になるような雪だった。

一週間もしないうちに行われる、この病院の理事たちとの面接を通過すれば、フィロメナ・ギニアの黒塗りの大きな車がわたしを乗せて西へ出発し、わたしが通う大学の錬鉄製の門の前まで送り届けてくれることだろう。

冬の真っ只中に！

マサチューセッツは大理石みたいな静けさに埋もれていることだろう。わたしはグランマ・モーゼスが描くような雪が舞い散る村を想像した。枯れたガマの穂がカサカサと音を立てる沼地に、カエルやナマズが薄い氷の下で夢を見ている池、そして震える森。

でも、上辺だけきれいで滑らかな粘板岩の下には同じ地形が広がっている。サンフランシスコやヨーロッパや火星の代わりに、わたしは小川や丘や木々といった馴染みある風景を見て学ぶことになる。ある意味、あれほど激しい離れ方をした場所で、半年間の空白を経てまた新たなスタートを切るというのは、それほど大したことではないように思えた。

もちろん、わたしに起きたことは誰もが知っているのだろう。

ノーラン先生はかなり率直に、腫れ物扱いされることも多いだろうし、警鐘(けいしょう)をつけたハンセン病患者のように避ける人もいるはずだと言っていた。二十歳の誕生日以来、最初で最後に精神病院に見舞いにきた母の、とがめる月のような青白い顔が脳裏に浮かんだ。精神病院にいる娘なんてね！　ひどい仕打ちを受けたものだ。それでも、母はむろんわたしを許すことにした。「諦めたところから二人でまたやり直すのよ、エスター」殉教者のような、優しい微笑みを浮かべて、母は言った。「悪い夢でも見ていたってことにするの」

悪い夢。

ベル・ジャーの中で、死んだ赤ん坊みたいに無表情で動かなくなった人間にとっては、この世界そのものが悪い夢だ。

悪い夢。

わたしはぜんぶ覚えている。

解剖用の死体のことも、ドリーンのことも、イチジクの木の話も、マルコのダイヤのことも、コモン広場の水兵のことも、ゴードン先生のところの外斜視の看護婦のことも、割れた体温計のことも、二種類の豆を運んできた黒人のことも、インスリン療法で九キロ太ったことも、空と海のあいだに灰色の頭蓋骨みたいに突き出した岩のことも。

もしかすると忘れてしまえば、雪のように、なにも感じなくなって覆い隠されてしまうのかもしれない。

でも、あれはぜんぶわたしの一部だった。わたしの風景だった。


「男の人が来てるわよ！」

にこにこしながら、雪を頭にかぶった看護婦がドアから顔を覗かせたので、一瞬混乱して、ほんとうに大学に戻ってきて、ここから見えるこぎれいな白い家具や木立や丘の向こうに広がる白い景色は、寮の部屋の傷だらけの椅子や机や殺風景な中庭が改良されただけなのかと思った。

「男の人が来てるよ！」以前、寮の電話で当直の女の子がそう言っていた。

ベルサイズにいたわたしたちは、わたしが戻ることになっている大学でブリッジをしたり、噂話をしたり、勉強したりしている女の子たちと、どこが違うというのだろう？　彼女たちだって、ベル・ジャーみたいなものの中で座っている。

「どうぞ！」と言うと、バディ・ウィラードが、カーキ色のキャップを手に、部屋に入ってきた。

「あら、バディ」とわたしは言った。

「やあ、エスター」

わたしたちはそこに立ったまま、見つめ合っていた。わたしはわずかでもいいから感情や、わずかなときめきが湧き上がってくるのを待っていた。でもなにも感じなかった。ほっとするような退屈さ以外なにもなかった。カーキ色のジャケットを着たバディの姿は、一年前のあの日にスキー場のふもとで彼が寄りかかっていた茶色のフェンスみたいに小さくて、わたしには関係ないもののように思えた。

「どうやってここに来たの？」ようやくわたしは尋ねた。

「母さんの車さ」

「こんな雪のなかを？」

「まあね」バディはにやりと笑った。「吹き溜まりにはまって、車が動かなくなっちゃってさ。坂がきつすぎて上がれないんだ。どこかでシャベルを借りられるかな？」

「管理人さんから借りられるよ」

「いいね」バディは踵(きびす)を返して出ていこうとした。

「待って、わたしも一緒に行って手伝う」

そのときわたしを見たバディの目には、奇妙ななにかがちらついていた。以前面会にやってきた、クリスチャン・サイエンスの信者や昔の英語の先生やユニテリアン教会の牧師と同じ、好奇心と警戒心が入り混じったものだった。

「やだ、バディ」とわたしは笑った。「わたしはもう大丈夫だから」

「ああ、わかってる。わかってるよ、エスター」バディは慌てて言った。

「埋もれた車を掘り出したりしないほうがいいのはあなたでしょ、バディ。わたしじゃなくて」

そうしてバディはほとんどの作業をわたしに任せた。

車は精神病院まで続くガラスみたいにつるつるした坂道で滑って、片輪を車道の縁に乗り上げるようにして大きな吹き溜まりにはまり込んでいた。

灰色の雲のとばりから顔を出した太陽が、まだ誰も踏みしめていない雪の斜面を夏のような輝きで照らしていた。手を休めてその清らかな広がりを見わたすと、洪水で腰の高さまで水に浸かった木々や草原を見たときと同じような深い興奮を覚えた——これまでの世界の秩序が少しだけ変わって、新たな局面に入ったかのようだった。

わたしはこの車と吹き溜まりに感謝した。そのおかげで、バディがわたしに尋ねようと思っていて、ベルサイズで午後のお茶を飲んでいるときにようやく、緊張した低い声で尋ねた質問を避けていられたのだから。ディーディーはティーカップの縁から、嫉妬深い猫みたいにわたしたちを見つめていた。ジョアンが死んでから、ディーディーはしばらくのあいだワイマークに移されていたけれど、今はまたわたしたちと一緒にいる。

「ずっと考えてたんだけど……」バディはぎこちない音を立てながらカップをソーサーに置いた。

「何のこと？」

「ずっと考えてたんだ……つまり、きみなら教えてくれるんじゃないかって」バディに目を見つめられて初めて、彼が以前とは違うことに気づいた。カメラのフラッシュみたいに簡単に、しかも頻繁に広がる自信に満ちた笑みの代わりに、彼の顔には心配そうで、ためらいすら感じさせる表情があった——欲しいものがほとんど手に入らない男の顔だった。

「教えられることなら話すよ、バディ」

「僕には女性をクレイジーにさせてしまうなにかがあるのかな?」

抑えきれなくて、わたしは吹き出してしまった――バディの顔が真剣だったのと、彼の言う「クレイジー」とは、一般的には「夢中にさせる」という意味で使われることが頭をよぎったからかもしれない。

「つまり」とバディはたたみ掛けるように言った。「僕はジョアンと付き合ったあとに、きみと付き合っただろ……そしたらまずはきみが……それからジョアンが……」

わたしは指でケーキのかけらを、茶色い紅茶のこぼれた雫のなかにそっと落とした。

「もちろん、あなたのせいじゃないわよ!」ノーラン先生がそう言うのが聞こえた。わたしはジョアンのことを話そうと思って先生のところに来たのだが、彼女が怒ったような声をあげたのはこのときだけだった。「誰のせいでもない。彼女がやったの」そしてノーラン先生は、どんなに優秀な精神科医でも担当する患者のなかには自殺する人がいて、その場合、医者は責任を問われるべきか、問われるべきではないか……という話をしてくれた。

「わたしたちのことと、あなたのことは何の関係もないよ、バディ」

「ほんとうに?」

「うん、絶対にない」

「そうか」バディは深く息をついた。「それならよかった」

そして彼は強壮剤みたいに紅茶を飲み干した。

「ここを出ていくんだって?」

わたしは看護婦に付き添われた患者たちと一緒にいるヴァレリーの横で、足並みを揃えて歩きはじめた。「先生たちがいいと言ったらだけどね。明日が面接なの」

踏み固められた雪が足元でざくざくと音を立てていて、昼の太陽が暮れる前にはまたガラスみたいになるつららや雪片が解けて水滴がしたたる音が、音楽のようにそこかしこで聞こえていた。密集した黒いマツの木の影は、まぶしい光のなかで見るとラベンダー色をしていた。わたしはヴァレリーと一緒に、歩き慣れた迷宮みたいな精神病院の、雪かきされた道をしばらく歩いた。隣の道を通り過ぎていく医師や看護婦や患者たちは、積み上げられた雪で腰から下が見えず、キャスター付きの台に乗って動いているみたいだった。

「面接!」ヴァレリーはふんと鼻を鳴らした。「そんなのなんでもないよ! 出してくれるって言ってるんなら、出してくれるでしょ」

「そうだといいけど」

キャプランの建物の前で、わたしはヴァレリーの穏やかで雪の乙女のような顔に別れを告げた。その表情の裏では良いことも悪いこともほとんど起きそうになかった。ひとりで歩き続けると、太陽の光に包まれているのに息が白かった。ヴァレリーが最後に明るい声で「さよなら! また会おうね」と叫ぶのが聞こえた。

「それはごめんだわ」とわたしは思った。

でも、確信が持てなかった。まったくと言っていいほど自信がなかった。いつかまた――大学で、ヨーロッパで、あるいはどこかで、それがどこでも――ベル・ジャーが上から降りてきて、息苦しくなるくらい物ごとが歪んで見えはじめるかもしれない。

それにバディは、わたしが車を雪から掘り出すのをただ傍観していたという無念をはらすかのように、こう言ったのではなかったか。「きみはどんな人と結婚するんだろうね、エスター」

「え？」わたしはかき出した雪を山にしたときに舞い上がった、雪のひりひりするようなシャワーを浴びながら目をパチパチさせて言った。

「きみはどんな人と結婚するんだろうね、エスター。だってきみは」そしてバディは、丘やマツの木や、なだらかな風景をぶつ切りにするように建っている、雪をかぶった切妻造りの建物を包み込むような仕草をして言った。「こんなところにいたんだから」

そしてもちろん、こんな場所で過ごしてしまった今、わたしだって誰がわたしと結婚しようと思うかなんてわからなかった。見当すらつかなかった。

「アーウィン、請求書があるんだけど」

わたしは精神病院の管理棟のメインホールにある、公衆電話の受話器に向かって静かに言った。

最初は電話交換手に話を聞かれているのではないかと疑ったけれど、彼女は平然と小さなプラグを抜いたり差したりしているだけだった。

「うん」とアーウィンが言った。

「十二月のあの日に受けた緊急治療と、その一週間後の検診にかかった二十ドルの請求書」

「うん」とアーウィンは言った。

「病院はあなた宛てに送った請求書に返答がなかったから、わたしに請求書を送るって言ってる」

「わかった、わかったよ。今から小切手を書くから。金額は書かずに送るよ」アーウィンの声が微妙に変わった。「いつまた会える?」

「ほんとうに知りたいの?」

「ああ、とてもね」

「あなたとはもう二度と会わない」わたしはそう言うと、毅然とした態度でがちゃんと電話を切った。

そのあと、アーウィンはほんとうに病院に小切手を送ってくるだろうかと少し考えたけれど「送らないわけがない。だって彼は数学の教授なんだし、問題を未解決なままにはしたくないはず」と思い直した。

言い知れぬ脱力感と安堵感を覚えた。

アーウィンの声を聞いてもなんとも思わなかった。

彼と話をするのは、最初で最後のデート以来初めてで、これがほんとうの最後になるだろうと確信していた。アーウィンはわたしと連絡を取ろうと思っても、ケネディ看護婦のアパートに行く以外なかったし、ジョアンが死んでから彼女は別の場所に引っ越していて、連絡の取りようがなかった。

わたしは完全に自由だった。

ジョアンの両親はわたしを葬儀に呼んでくれた。

わたしはジョアンの親友の一人だった、とジョアンのお母さんは言っていた。

「行かなくてもいいのよ」とノーラン先生は言った。「行かないほうがいいと私が言ったって手紙に書けばいいんだから」

「行くよ」とわたしは言ってほんとうに参列し、簡素な葬儀のあいだずっと、わたしはなにを埋葬しているつもりなんだろうと考えていた。

祭壇では、雪のように白い花で飾られた棺がぼうっと見えていた——そこにはないものを映し出す黒い影のようだった。まわりの列席者の顔はろうそくの光に照らされて青白く、クリスマスで残ったマツの枝が、冷たい空気のなかで陰鬱な香りを放っていた。

わたしの隣ではジョディの頬が食べ頃のリンゴのようにふくらんでいて、参列者の小さな集まりのあちらこちらに、ジョアンを知っていたわたしの大学や故郷の女の子たちの顔が見えた。ディーディーとケネディ看護婦は、前の席でスカーフを被った頭を垂れていた。

そして、棺と花と司祭や弔問客の顔の後ろには、街の墓地のなだらかな芝生が今は膝あたりまで雪に埋もれ、墓石が煙の出ない煙突のように頭を出しているのが見えた。

真っ黒な、深さ二メートルの穴が固い地面に掘られるだろう。その影がここにある影と一緒になって、この土地特有の黄色がかった土が真っ白なところにできた傷口をふさぎ、さらにまた雪が降れば、ジョアンの墓の新しさという痕跡さえも消し去るのだろう。

わたしは深呼吸をして、自分の心が得意げにまた高鳴るのを聞いていた。

わたしは、わたしは、わたしは。

医師たちは週に一度の決定会議を開いていた——古い課題、新しい課題、入院患者、退院患者について話し合い、そして面接をする。わたしは精神病院の図書室で、ぼろぼろの『ナショナル・ジオグラフィック』をぱらぱらとめくりながら、ぼんやりと自分の番を待っていた。

患者たちが、看護婦に付き添われながら、本が置かれた棚を見て回り、司書と低い声で話をしていた。彼女もこの病院の出身だ。近眼で、独身で、目立たない彼女を見つめながら、どうしてこの人はこの病院から完全に卒業したとわかるのだろう、それに、どうして図書室にやってくる患者とは違って、自分は健全で問題ないと思えるのだろうと考えていた。

「怖がらないで」とノーラン先生は言っていた。「私もそばにいるし、あなたが知っている先生たちもいる。よそから来ている人も何人かいると思うけれど、院長のヴァイニング先生がいくつか質問してくるから、それに答えたら出ていけるわよ」

ノーラン先生にそう言われても、死ぬほど怖かった。

ここを出ていくときには、これから先の人生に待ち受けていることすべてを確信していて、よくわかっているはずだと思っていた――なんだかんだ言っても、わたしは「分析」されたのだから。でもそれどころか、見えるのは疑問符ばかりだった。

落ち着かない気持ちで、閉ざされた会議室のドアを何度も見た。ストッキングにしわはないし、黒い靴はひび割れてはいるけれどピカピカだし、赤いウールのスーツも派手で計画通りだ。古いものと、新しいもの……。

でも、これから結婚するわけではない。もう一度生まれ変わるには通過儀礼があるはずだ――穴に継ぎが当てられ、新品同様に作り直されて、ここを出て行ってもいいと認めてもらうための儀礼が。どういう儀礼ならふさわしいかを考えていると、どこからともなくノーラン先生が現れて、わたしの肩に触れた。

「さあ、エスター」

わたしは立ち上がると、先生のあとについて開け放たれたドアに向かっていった。

ドアの敷居のところで立ち止まって、小さく深呼吸をすると、ここに来た初めての日に川や巡礼者たちについて教えてくれた白髪の医者と、死体のように青ざめたニキビ跡だらけのヒューイさんの顔が見え、白いマスクの上からのぞいているいくつかの目にも見覚えがあるように思えた。

　その目や顔がいっせいにこちらを向くと、わたしはまるで魔法の糸で導かれるように、部屋の中へと足を一歩踏み出した。

訳者あとがき

本書はシルヴィア・プラス（一九三二〜六三年）の『The Bell Jar』を翻訳したものである。

「イチジクの木の幹の分かれ目に座り、飢え死にしそうになっている自分の姿が見えた――どのイチジクを選んだらいいか決められないのだ。あれもこれも欲しくて、ひとつを選んでしまったら、残りすべてを失うと思っている。そうして決められずにいたら、イチジクにしわが寄って黒くなり、ひとつ、またひとつと、足元の地面に落ちていった。」

これは本書のなかでもとりわけ注目されることの多い一節だ。イチジクの木は比喩的な人生の木であり、そこに実っているのは、キャリアを築きたい、家庭を持ちたい、海外に行きたい……というあらゆる可能性だ。間違ったキャリアや人生の道を選ぶことの恐怖は、Z世代の共感を呼び、ハッシュタグ #figtree は TikTok で二六〇〇万回以上再生されている。

自らの自意識に悩まされ、理想と現実の乖離（かいり）に苦しむ――Z世代に限らず多くの人は、こんな経験をした覚えがあるのではないだろうか。どうしようもなく漠然とした不安に襲われ、これまでの自分の人生が無意味に思え、目の前で無情にも崩壊していくような思い。『ベル・ジャー』には、主人公エスター・グリーンウッドの目を通して、そうした社会における自分のあり方に不安を覚える若者の心理が描かれている。

舞台は一九五三年六月のニューヨークから一九五四年一月のボストン。冷戦下のアメリカで、ソビエト連邦のスパイだと糾弾された民間人、ローゼンバーグ夫妻が電気椅子にかけられて処刑されることがセンセーショナルに新聞で報じられていた時代だ。知的で裕福な人々が多く住むボストン郊外で、シングルマザーに育てられ、他の誰よりも努力して優秀な成績を収めてきたエスターは、ファッション誌のコンテストで書いたものが認められ、同雑誌社のインターンの一人に選ばれる。期待を膨らませて大都会マンハッタンへやってくるものの、社会の厳しさや不条理を目の当たりにして、自分の無能さを実感する。それに加えて信じていたボーイフレンドの〝裏切り〟もずっと頭から離れない。ニューヨークで何かを成し遂げたという実感もなく実家に戻り、思い描いていた作家としての道も閉ざされると、次第に精神のバランスを失い、ついには自殺を図って精神病院に入れられる……。

本書は詩人としてピュリッツァー賞を受賞した作家シルヴィア・プラスが残した唯一の長編小説で、十九歳の少女の感性を痛々しいほどリアルに描いていると同時に、一九五〇年代アメリカ社会を痛烈に批判する作品として広く読み継がれてきた。現代でも『ベル・ジャー』を読む、というのがその人のアイデンティティの一部を示すこととして認識されるくらい浸透しており、最近ではNetflixの『マスター・オブ・ゼロ』で今後の人生に悩む主人公がこの本を読んでいたり、『セックス・エデュケーション』ではプラス好きの女の子のことを理解したい一心で男の子がこの本を読んでいたりする。他にも、シンガーソングライターのラナ・デル・レイやアーロ・パークス、俳優のクロエ・グレース・モレッツなど多くの著名人が、影響を受けた一冊として公言している。

本書がこれほどまでに人々に影響を与える理由のひとつには、プラスの自伝的な作品として知られていることがある。一九三二年にアメリカ、ボストンで生まれたプラスは、幼い頃から書くことを望んでいた。八歳で書いた詩はボストンの新聞に掲載され、九歳で物語も書きはじめたという。十八歳になるまでに、自作の詩と短編小説が『クリスチャン・サイエンス・モニター』や『セブンティーン』に掲載されるなど、才能は早くから芽を出しはじめた。早くに父親を亡くし、教師である母親の手ひとつで育てられたプラスは、奨学金を得て名門スミス・カレッジに入学。成績も優秀だったが、在籍中に自宅で初めての自殺を図り、その後数ヵ月間、精神病院に入院することになった。プラスが二十歳のときのことだ。本書はこのときの経験をもとに描かれている。

退院後はスミス・カレッジを首席で卒業し、フルブライト奨学金を得てケンブリッジ大学に留学。そこで出会った詩人テッド・ヒューズと結婚した。一九五七年に卒業すると、『ニューヨーカー』誌をはじめとする一流文芸誌に詩を発表しはじめ、天才詩人としての頭角を現し、ついに一九六〇年に詩集『The Colossus』でデビューして、高い評価を得た。

プラスは『The Colossus』を出版した翌年に『ベル・ジャー』の最初の草稿を完成させた。五〇年代半ばまで、精神崩壊や精神病院、自殺未遂について、プラスは小説にするのは恥ずべきことだと思っていた。だが精神崩壊をテーマにしたシャーリー・ジャクソンの『鳥の巣』が成功したのを見て、自分自身の精神について書くことを真剣に考えはじめたという。

一九六二年には、ヒューズの浮気が原因で、プラスは子どもたちを連れてロンドンの小さなアパートメントに引っ越していた。夫から生活費はもらっていたが、経済的に依存することを嫌ったプラスは、最初から最後までほとんど推敲することなく、フルスピードで『ベル・ジャー』を書き上げたと言われている。そうしてようやく、一九六三年一月十四日にイギリスのハイネマンから出版されることになったが、プラスの人生を色濃く反映している小説ということで、自殺未遂が含まれる内容や登場する人たちのプライバシーに気遣い、ヴィクトリア・ルーカスという作家名が使われていた。経済的自立を求めて『ベル・ジャー』が売れることを願っていたプラスだったが、当時の評判や売上はそれほど芳しくなかった（ある出版社には「稚拙で乱暴」だと刊行を断られている）。そうして刊行後一ヵ月もしないうちに、プラスはオーブンに頭を入れてガス中毒で亡くなった――別の部屋に、幼い子どもふたりを残したまま。

没後一九六七年に、シルヴィア・プラスの名前でイギリスで刊行されたが、プラスの母親が封印を望んだこともあり、アメリカでの刊行は難航した。一九七一年にようやく実現すると、刊行と同時にベストセラーとなった。当時『ニューヨーク・タイムズ』に掲載された書評には、「辛辣で容赦なく、素晴らしい。サリンジャーが描いたフラニー（『フラニーとズーイ』）が地獄のような十年間を送ったあと、そのときの自分について書いたかもしれないような小説」と書かれている。

日本では、一九七四年に『自殺志願』（田中融二訳、角川書店）として翻訳され、さらに二〇〇四年に『ベル・ジャー』（青柳祐美子訳、河出書房新社）として「少女版『キャッチャー・イン・ザ・ライ』とされる名作」というキャッチフレーズとともに新訳が刊行された。

タイトルにもなっているベル・ジャーとは、実験などで使われる上から被せる形のガラス容器のことで、このイメージは全編を通して頻繁に登場する。エスターの生きづらさと孤独感を象徴するもので、同時に彼女が苦しめられる精神的な病や閉塞感をも表している。精神病院に入院させられたエスターは、幾度かの電気ショック療法を経てベル・ジャーから〝解放〟されるが、この電気ショック療法とは、頭部に電気を流してけいれんを起こすことで脳の機能を改善する治療法のことだ。一九三〇年代に開発され、欧米では精神科治療として、一九四〇～六〇年代にかけて広く行われ、現在でも有効な治療法とされている。

エスターのこの個人的な体験は、冒頭にも描かれているローゼンバーグ夫妻の死刑執行という大きな政治問題と呼応している。アイゼンハワーの時代のアメリカでは、反体制は電気ショックによって罰せられた。プラスは、エスターが精神を病んだ原因のひとつとして、冷戦下の保守的なアメリカという、女性を母親や妻という役割に束縛し、その機会や自立、権利を制限する抑圧的な文化的状況があるとわかるように描いている。エスターはそうした女性蔑視の社会に抗い、女性は男性という矢を飛ばすためにいるという考え方に対して「わたしは打ち上げられる花火から放たれる色とりどりの矢」になりたいと強く思う。だがエスターは精神を病み、電気ショック療法の機械にかけられる。そして、いいかげんな男性医師の手違いによって全身がバラバラになるような思いをする――まるで処刑されたかのように。

男性による女性蔑視に対してエスターはひどく敏感だが、エスター自身も自分とは違う人――外国人、黒人、レズビアンなど――を露骨に見下し、容姿や外見で人を判断する。自分が男性からされていやだとわかっていることを、自分より弱い立場の他者にしてしまうという、こうした差別の入れ子構造は、小説の背景となっている一九五〇年代が、まだ白人主義が色濃く、同性愛者にとって厳しい時代であったことを裏付けている。と同時に、そうでもしないと自分を守れないエスターの弱さが浮き彫りになっているようにも思える。

まるでエスターの頭のなかを見ているようなイメージの連鎖と描写の流れもこの作品の特徴だ。アスファルトから立ちのぼる湯気は、バーベキューから立ちのぼる湯気に、斜視の看護婦の目は隣で寝ている男の子の腕時計の光に、雑誌社からもらったサングラスケースについている貝殻は海岸の珍しい貝殻に呼応する。エスターの目に映ったものが、次々に描写されていくにつれ、彼女がなにを経験しているのかがゆっくりと形になっていく。巧妙な詩のようにイメージが積み重ねられていく文書を読んでいると、まるで実際に自分が体験しているかのようにも思えてきて、そうしたシンクロ感覚が、人々の心を大きく揺さぶり、忘れられない一冊とさせるのかもしれない。

私が初めて本書を読んだのは、大学院のときに受けた柴田元幸先生のアメリカ文学の授業だった（『メアリ・ヴェントゥーラと第九王国 シルヴィア・プラス短篇集』の訳者でもある）。ヒリヒリするような心と体の痛みの描写に胸が締め付けられると同時に、いつも斜に構えて、本当は誰よりも人が好きなのに、誰にも真の自分を見せようとしない孤独なエスターに惹きつけられた。とても他人の話には思えなかった。

今回、二十年ぶりに精読して目に留まったのは、地獄のような現実で主体性を取り戻すために抗うエスターの姿だった。少しでも自分の尊厳を損なうような言動を取った相手には、やり返してやろうとするエスターには、保守的なボストン郊外の社会にも、憧れのニューヨークにも居場所を見つけられず、苦しみを分かちあえる同士もいない〝孤高のバッドガール〟の姿を見たように思う。

翻訳に関して言えば、前述したような差別的な表現は原文に忠実に、そして看護婦、コック、メイドなどの呼称は時代背景を踏まえて訳した。またプラスが優れた詩人であったことを考え、詩情をできるだけそこなわないような訳文をつくることを心がけた。うだるほど暑い埃まみれのニューヨークの街から、太陽がぎらつくスキー場、海底に散らばる骨が見えるボストン郊外の海まで、エスターの目を通して語られる風景はどこか不穏で恐ろしく、でも美しい。息が詰まりそうなくらい苦しい話であり、気持ちに余裕がないと心ごと持っていかれてしまいそうになるが、そうした繊細で感性を揺さぶられるような描写に救われたように思う。エスターの心の声はあまりにもリアルで、醜いまでに辛辣だ。だが、ときにくすりと笑えるようなコミカルさも持ち合わせていて、そうしてむき出しになった彼女の魅力はいつまでも心に残り続ける。

最後に、晶文社の深井美香さんに心からの感謝を。『ベル・ジャー』を翻訳しませんか？とメールをいただいたときは、夢なのかと思って、思わずパソコンの前で立ち上がってしまった。それくらい、この作品は私の心のすみにいつもあった重要な作品で、いつか新訳に挑戦してみたいと思っていた。

ちなみに晶文社では、これから「I am I am I am」というシリーズ名で、海外文学の翻訳を刊行していくそうだ。本書はその第一弾となる。シリーズ名はエスターが自分の存在を確認する大切な台詞から取っている。翻訳ではどのような日本語になっているか、確認してみていただけたら嬉しい。

また、はかないけれど強く美しい装丁を手掛けてくださったデザイナーの脇田あすかさん。素晴らしい装画を描いてくださった安藤晶子さんも、ほんとうにありがとうございました。

作品が書かれてから六十年以上が経つが、エスターが感じていたような生きづらさは今も変わらないように思える。むしろ、より移り変わりの激しい世の中になったことで、現実に置いていかれ、ひとり取り残されていくように感じている人は多いのではないだろうか。現代を生きる読者の方々に本書はどのような波紋を残すのだろう。機会があれば、みなさんの感想をお聞きしてみたい。

二〇二四年六月

小澤身和子

本書には今日では差別的とされる語句や表現が含まれるが、執筆された時代背景を考慮し、当時のまま訳出した。

シルヴィア・プラス

1932-1963年。ボストン生まれ。詩人、作家。8歳から詩を、9歳から物語を書き始め、10代から作品が雑誌に掲載される。1955年にスミス・カレッジを卒業後、フルブライト奨学金でケンブリッジ大学へ留学。1960年に詩集『The Colossus』を出版。1963年、唯一の長編小説である『ベル・ジャー』を別名のもと出版。同年、自ら命を絶つ。1982年、詩集『The Collected Poems』でピュリツァー賞を受賞。本書『ベル・ジャー』は英米だけで430万部以上を売り上げた世界的ベストセラーであり、現在も多くの読者の心を摑んでいる。

小澤身和子　訳

東京大学大学院人文社会系研究科修士号取得、博士課程満期修了。ユニバーシティ・カレッジ・ロンドン修士号取得。「クーリエ・ジャポン」の編集者を経て翻訳家に。訳書にリン・エンライト『これからのヴァギナの話をしよう』、ウォルター・テヴィス『クイーンズ・ギャンビット』、カルメン・マリア・マチャド『イン・ザ・ドリームハウス』、デボラ・レヴィ『ホットミルク』、ニナ・マグロクリン『覚醒せよ、セイレーン』など。

装画＝安藤晶子

装丁＝脇田あすか

ベル・ジャー

2024年 7 月25日　初版
2024年11月25日　5刷

著　　　シルヴィア・プラス
訳　　　小澤身和子

発行者　株式会社晶文社
　　　　東京都千代田区神田神保町 1-11　〒101-0051
　　　　電話　03-3518-4940（代表）・4942（編集）
　　　　URL https://www.shobunsha.co.jp

印刷・製本　中央精版印刷株式会社

ISBN 978-4-7949-7435-8 Printed in Japan